优秀蒙古文文学作品翻译出版工程 ★ 第六辑

野马道

中篇小说卷

内蒙古翻译家协会 / 选编

作家出版社

前言

少数民族文学是中华文学宝库中的璀璨明珠。作为少数民族文学的一种，个性鲜明的蒙古族文学植根于草原文化的深厚沃土，历史悠久、内涵丰富、深情豪迈、风格独特，蕴含着尊重自然、坚守信义、开放包容、崇尚英雄的草原文化核心理念。千百年来，灿若星河的蒙古族文学熠熠生辉、绵延接续，与各民族文学共同繁荣，彼此照耀，形成多元一体的中华文学版图，向世界展示着中华文化的独特魅力与多彩斑斓，这其中，蒙古文文学的创作摇曳多姿，独具风华。

2019 年 7 月，习近平总书记在考察内蒙古时指出，要重视少数民族优秀传统文化的保护与传承，加强民族团结进步教育，建设各民族共有精神家园。贯彻落实好习总书记的指示精神，推动蒙古族文学事业的繁荣发展，是新时代草原文学工作者的重要文化使命与责任担当。

为集中展示优秀蒙古文文学创作的丰硕成果，自 2011 年始，内蒙古自治区党委宣传部、内蒙古自治区文学艺术界联合会、内蒙古翻译家协会联合启动“优秀蒙古文文学作品翻译出版工程”，将内蒙古籍作家创作的优秀蒙古文作品汉译或英译，大规模、全方位、多视角地向海内外读者全力推介。至 2018 年，此项工程共翻译出版图书 40 册，包括长篇小说 21 部、中篇小说卷 9 部、短篇小说卷 5 部、报告文学卷 1 部、诗歌卷 2 部、散文卷 2 部。这 494 部（篇／首）作品，在国内外读者中产生了广泛而热烈的反响。翻译出版工程的实施，显著提升了蒙古文文学的知名度和影响力，极大调动了母语写作的积极性，同时也激发起翻译家们的热望与豪情，对推动我国多民族文学交流融合，满足人民群众日益增长的文化期待，筑牢中华民族共同体意识，扎实推进民族团结，发挥了积极有效不可估量的作用。

值此中华人民共和国成立70周年之际，优秀蒙古文文学作品翻译出版第二个五年工程开始启动。这是将总书记深情嘱托落到实处的具体行动，对于我们不忘初心，牢记使命，践行社会主义核心价值观，推动内蒙古文艺蓬勃发展和文化“走出去”，深化习近平守望相助理念，弘扬蒙古马精神，构筑共有精神家园，汇聚建设亮丽内蒙古、共圆伟大中国梦的精神力量，都具有重大而又深远的历史意义与人文价值。

工程入选作品，在一定程度上代表着新时代以来蒙古文文学创作的整体面貌和艺术水准。篇幅或长或短，主题各有侧重，技巧各美其美。其中，既有爱国主义、英雄主义酣畅淋漓的书写，也有对宏大历史场景波澜壮阔的描摹；既有对社会变革沉静深邃的思考，也有对人民生活和情感细腻入微的表达。通过讲述北疆广袤大地上草原儿女质朴动人的故事，鲜活地记录了历史沉浮和世事沧桑，彰显了草原文化深刻丰富的内涵。如同草原上千年流淌、千折百转的河流，奔腾向前，澡雪精神，涤荡尘虑，净化心灵。

在感谢母语作家辉煌创作的同时，我们应特别致谢翻译家们的巨大付出与默默奉献。翻译，特别是文学翻译，不仅仅是对原作的精准解读，更是高妙的再度创造，需沉潜其中、心领神会、娓娓道来，还要点石成金、灵感迸发、妙不可阶。文学翻译的难度在于，信达雅标准之外，译作应是原作的甦生与升腾。这个过程，既检验着译者精准把握语言的能力，对两种文化的熟稔程度；又是对艺术审美的方向感、人生经验与生命体悟能力的严苛考量。唯有各方齐备，方可脱胎换骨、绣虎雕龙、笔酣墨饱，使其魅力丛生、茁茂葳蕤。纵观第一期工程收录的优选之作，我们欣喜看到译者艰难的文化解密与艺术再造，相信在此基础上通过翻译家们的倾力付出，第二期工程的读者将会获得更多的精神享受和智慧启迪，并由此带来心灵的震撼与久远的回味。

此项翻译出版工程，既是对已有优秀蒙古文文学作品的梳理推广，也寄托着对未来蒙古文文学创作的企盼和祝愿。衷心希望广大蒙古文文学作家、翻译家携手并肩，坚持以人民为中心的创作导向，凝神静气，深入生活，扎根草原，孜孜以求，用敏感多思的心灵感受时代，抒发真情，呈现大美，创作并翻译出更多接地气、传得开、留得下的经典之作，为时代放歌，为人民抒怀，为英雄喝彩，为草原增色。

鲜花如海，旗帜高扬。在习近平总书记关于文艺创作指示精神引领下，在新时代文艺春天的感召下，我们的蒙古文文学花蕾定将在牧草深处蓦然绽放，我们的翻译大家亦会悉心采撷，以心命笔，共铸华章。让人们深切感受蒙古文文学的独有魅力，感受草原的宽广温暖与迷人馨香，让中华文学的百花园绽放出更加绚丽夺目的光彩！

内蒙古自治区党委常委、宣传部长 刘少刚

目 录

野马道

罗布生 著

洛桑 译

罗布生

笔名洛桑、特·罗布生、特·罗布桑。1943年出生于今阿拉善盟额济纳旗。内蒙古蒙文专科学校毕业。内蒙古作家协会会员。当过编剧、导演、演员、编辑。主要用蒙古文写作，处女作发表于1957年。出版有诗集《约会》、长篇小说《红柳河》、中短篇小说集《遥远的阿拉腾赫勒》、电视连续剧《乔达尔与诺洛金》。

谨以此篇献给为研究中世纪蒙古族文化历史而献身的学者们

——作者

眼前这片土地着实令人生畏。它没有草，没有水，没有人迹，清一色的砾石滩绵延无边，亘古的蛮荒寂静无声，寂寞和无奈像海水一样从四面八方向你挤压过来，使你喘不过气来。这是一片无人问津的土地，是一片人迹罕至的真空世界。它的总面积比起号称死亡之海的塔克拉玛干大沙漠还要大上好几倍。

它叫野马道。意即迁徙之路。这原来指的是蒙古高原上的野马、野驴、野骆驼和蒙古羚[①]，每年到春夏之交为躲避荒漠酷暑成群择路通过这段无人区，再越过河西走廊到可可西里度过一个凉爽的夏天之后，到了秋季又返回蒙古高原的大迁徙。这迁徙每年都如此往返，于是蒙古人给这片戈壁起了“野马道”这个名，称呼它为野马道戈壁。

野马道不是道，是一大片戈壁滩。它的疆域北起蒙古阿尔泰山，西至东天山，东至阴山山脉，南面到河西走廊。在这片广

① 蒙古羚：高鼻羚。

阔的疆域里，不管你走到哪里，全是清一色的砾石滩独霸你的视觉，叫你看煞眼。这千篇一律的景观让你心理失去平衡心生恐惧。不过请不要以为这里是生命禁区，你不要被它冷漠无情的外貌所蒙骗了。其实你细心去观察就会发现，这里到处都有生命在蓬勃生长。

像黑色的脊背一样无穷延伸的砾石滩上，有一条被雨水冲积而成的小盐碱滩，它形成了一片小沙地。沙地上生长着一簇簇沙蓬、白刺和风滚草，给这灰色的世界增了点儿色彩变化。这片沙地是小蜥和各种小甲虫的极乐天堂。一个叫“小走马”的小鸟在沙蓬之间急速奔跑。这个小鸟与别的鸟类不同，为了生存它练就了一套不是飞，而是急速奔跑去追抓小蜥的本领。现在就有一只“小走马”在沙蓬中间急速追赶着猎物。但是不知什么原因，它突然刹住步子歪着脑袋静听片刻，一会儿又“腾”的一声起飞，消失在北方。

这时候，在小鸟飞去的反方向，在笼罩着地面的地气银波中出现了一个黑点，不一会儿黑点儿变换成了两个，再过一会儿又变成了一个骑马的人。原来是一位武士骑着一匹马又牵着一匹马由南向北疾驰过来。他驰上了一条矮土梁，勒马向北眺望，眼前戈壁滩上银色的地气似湖水一样荡漾，有一柱巨大的黑旋风从西北天边向着东南方向迅速移动，如同一柱顶天立地的大黑棒在旋转。

如果是冬季天晴的时候，从这里就能够瞭见东天山特木尔高峰的皑皑白雪在云端闪烁。但是现在什么也看不到。因为地气蒸发太厉害，北方的天空被笼罩在蒙蒙雾霭之中。不过这位武士还是看到了一线希望：经过仔细观察，在东北方天边那块飘浮的云雾中，透射着一线浅浅的紫蓝色光晕。那就是武士所期待看到的景色。他能够猜想出来在那块光晕下面就有一片地表水露头而形成的小小的绿洲。说不定还有一片盛开的马兰花和一座蒙古包等着他。

武士沧桑的脸上露出淡淡的笑意。他轻轻夹了一下马镫，海骝马几乎与此同时四蹄腾空，箭也似的飞驰而去，如同一阵风消失在远方。

一

正如武士所预料，在那片云彩下面，确实有一块地表水露头而形成的一小片绿洲。他驰骋了半个驿站地来到绿洲的边缘，勒住了坐骑。

这是一片洼地，中间有一条干河塘，两岸开满了马兰花，紫蓝色的云雾飘满了绿洲上空。芨芨滩上有一座灰白色的蒙古包，这应该是蒙古本土最南端的住户。户主宝日胡拉这阵儿正坐在包门口，地上堆了一堆干瘪的黄羊筋，他用木锤把它们打烂后剥离出筋丝，然后捻成丝线，准备做过冬的蒙古靴时纳靴底用。他的小孙子毫其贝克和他的四眼狗一起挤在蒙古包仅有的那一点阴影里玩耍。这时候牧羊狗突然狂吠着跑向西南方向。主妇宗巴岱从井边背回一桶水，正在放回当作火房的小棚屋里。

小孙子给屋里的爷爷报信："爷爷，来人了！"

听到孙子的通报，宝日胡拉慌忙收起了地上的活计。

一只巨大的牧羊狗到一里地外来迎接武士。当武士驰到马桩边时，这家人并排站在门前迎接了他。客人右肩搭着马褡子，左手提着弓箭从马桩走来时，宝日胡拉就意识到来了一位不同寻常的客人。当宾主互换烟锅互道姓名之后宝日胡拉才明白，来客竟是成吉思汗卫队千户长，大名鼎鼎的夏来将军。宝日胡拉简直不敢相信，眼前这位普普通通的军人竟是那位声名显赫的大人物？

来人身穿一身退了色的蓝布单长袍，头盔退去了光泽，饱经风霜的脸面无法判断年龄。

这就是大汗的贴身侍卫？

宝日胡拉两口子无法相信自己的眼睛，看这人与自己去西夏打仗的儿子几乎相差无几。看到了这位军人之后宗巴岱触景生情，在向客人敬献奶子酒的时候想起了自己的儿子，不由得掉落了泪水。

夏来领会到了眼前是一位军人的母亲。于是他像对待母亲一样单腿跪礼，双手高高举过头去接宗巴岱敬给他的奶酒并一饮而尽。对于一个出生入死的战士来讲，所有战士的母亲都是他的亲妈妈。夏来从随身的马褡子里取出一坛五斤装的高粱烧和一包东生烟，还有一块布料和一块砖茶，作为见面礼敬给房主，又给豪齐贝克一大包红枣和麻糖，并把他抱过来放到大腿上，轻轻亲了一口小男孩红扑扑的小脸蛋。

“你爸也是军人吗？”

小男孩点点头，默默注视着他。看来男孩有很多话想要问他，但是夏来明白如果孩子真的问了，他可能连一句也答不上来。夏来也有一个儿子。他的儿子没有这男孩儿大，才刚刚学会走路。

军人啊！军人！一股感慨涌上了夏来的心头。

“孙子他爸也参了军跟随大汗去了西夏，不知道什么时候才能回来？估计将军没有见过他吧？他叫莫尔根哲别！”宗巴岱抹着眼泪问起了儿子。

夏来一时语塞，他不知道该怎么回答这位母亲才好：“大汗的军队共有四万人征战西夏，我只管辖一千人，我的部队里没有您的儿子。不过您放心！西夏国已经投降，您的儿子很快就会回来的。”

其实夏来对此一点底数都没有。他知道攻克也尔盖城[1]的时候战斗打得非常惨烈，死了许多蒙古军人。夏来清楚那场战役就是房主的儿子所属部队打的，如今夏来无法确定这位母亲的儿子是否还健在。夏来手下有一千个像宗巴岱儿子一样的战士，以前他带领那些战士出生入死的时候，从来没有想过那些战士的背后还有一千个母亲在抹着眼泪期盼着儿子快回家。夏来今天是第一次面对一个士兵的母亲，看她流眼泪。他心里五味杂陈。他不清楚这个会面将如何影响他往后的一生。

对宝日胡拉和宗巴岱来讲今天是个不平常的日子。他们虽然没有打听到儿子的消息，但是看到了从西夏战场上回来的军人之后，就像见到了自己的儿子一样感到亲切和温暖。更何况见到的是心里崇拜的英雄，同时又收到了这么贵重的礼物。今天他俩没有不高兴的理由，于是宝日胡拉叫宗巴岱快去伙棚煮黑尾黄羊肉。正好宝日胡拉昨天才用捕兽器抓回一只黑尾黄羊，今天这么珍贵的时刻该把它拿出来招待客人。黑尾黄羊是猎物中的珍品，很幸运，有贵人来到时他不丢面子了。

一闻到烧酒香宝日胡拉就醉成半仙。

“将军，你肯定想不到自从蒙古军南下之后，漠南的生意人就绝迹了。不要说这么珍贵的礼品，就是那些米面针线之类的生活常用品也得从准噶尔运。幸好儿子去年充军前给家里运来了整筐砖茶，我们才没有断茶。”

宝日胡拉话多了起来，并且缠着夏来跟他一起喝。但是夏来以他下午要走远路为由，只尝了一口就把酒碗还给宝日胡拉。

宝日胡拉有点扫兴。但又觉得从大汗那里来的人肯定有大事要忙，所以也不再纠缠他就自己照顾自己了。在宝日胡拉看来酒这东西有一种神奇的威力，一接触它就忘却所有的烦心事。

---

① 也尔盖城：西夏国都城兴庆府，今银川。

“在黄金的阿尔泰山上，飘散着白雪的银发。”宝日胡拉开始吟唱……

蒙古包天窗洒下来的阳光，从屋中间的地毡上往上移到了东边的箱柜上方。这说明太阳已经偏西，中午的热浪退去。从撩开围毡的哈那[①]方格里，夏来看到了井边有三头野驴在嬉戏。让人窒息的炎热叫他浑身汗渍渍难受，夏来准备到井边浇两桶冷水冲冲凉。于是他从马褡子里取出一根细皮绳走了出去。

醉成半仙的宝日胡拉没注意夏来出去，酒精的作用早已把他带入了神仙的境界里，沉浸在无限的欢悦中自得其乐唱起了《阿尔泰山颂》。但是他的歌声半截卡住了，他那沉醉仙境的意识也回来了。他从敞开的门里看到了一件奇事：夏来光着膀子牵回一头野驴子来，到了马桩跟前野驴往后稍，夏来又好像轻轻碰了一下野驴的耳后根，那头野驴就倒地起不来了，夏来再拍了一下，那头野驴又“腾”地站了起来，乖乖到了马桩上被拴住了。这一切看在眼里后宝日胡拉一下子酒醒了。他奔出家喊了起来：

“嗨！混小子！你别把它害死了！”

在宝日胡拉看来，这三头野驴每年都守在他家井边过完夏天才走，宝日胡拉觉得它们快成家养的毛驴了。所以他急得喊了起来。不过他更奇怪这混小子是怎么把它抓回来的？这可不是家养的毛驴，这是野驴啊！性子野着呢！他不得其解。

夏来撩开袖筒给宝日胡拉看了手腕上绕着的细皮绳后，宝日胡拉才明白过来原来这小子是用套马绳套住的。不管怎么说在宝日胡拉眼里夏来这个人可是不一般。

当日头丢下五杆子的时候，夏来起程向西驰去。离别时特别叮咛宝日胡拉两口子要给他看好野驴不要放走，说是四天后回来牵走它。

---

① 哈那：蒙古包毡壁的木质支架。

西面是一望无际的戈壁滩，至少有二十个驿站地方圆没有人烟。当夏来的背影消失在远方，宝日胡拉两口子才回家。他们实在猜不透夏来此行目的何在，如果没有逼命的事，这么晚了，他为什么独自一人要往那片狼群出没的野地里闯呢？他们不明白。

二

这片圆形高地算不上土岗，它的高度与周边地形相差无几，只有特别仔细辨别之后你才能感觉出它比周边的地形高出那么一点点。站在土岗上不管望向哪里，你都找不到能够留住你视线的任何物体，哪怕是一棵树、一块儿卧牛石什么的，都没有，全是一马平川，一个颜色，一种形态。这是一个没有标记的地方，谁都记不住它。

也许这就是大汗所说的那个谁也不知道的地方？他一个激灵！谁也记不住不就是谁也不知道！即使你再熟悉也没有用！这个地方让你失去记忆。

夏来下马盘腿坐在土岗上，掏出烟荷包，把乌拉棉[①]放在火石上用火镰打着点上了烟。东生烟淡淡的香味在空气中飘散开来，连两匹马都闻到了，它们翕动起鼻孔打了个响鼻。

他眯起眼来环顾四方。往北看，地平线在夕阳的余晖中变得一片深蓝。往南边看，有一条细细的白崖高出了近处的地面，一直向西南方向延伸到消失。那里应该是一片开阔凹地。那条白线是对面高地的边缘在夕阳的余晖下被照成一条细白线在延伸。

夏来想起成吉思汗的那句话：

---

① 乌拉棉：胡杨树上长的一种易燃物，黄色、柔软。

“我在世的时日不多了。我想找一处谁也找不到的地方躺下，不受打扰永久安眠！这件事只能托付给你了。这事你知，我知，不能有第三人知道！明白了吗？明白了就去执行。给你三个月的时间！”

三个月前，成吉思汗把夏来叫到他的病榻前下达了这道密令！

大汗是一个非常明智的人。

自从在疏勒河狩猎被马甩下后，大汗的身体每况愈下，一直不见好转。对夏来来讲这一天的到来只是早晚的事。但是这件事从大汗自己嘴里说出来之后，夏来还是觉得非常震惊。也不知道是什么原因，在夏来看来这件事不应该发生，即便有那也不该是大汗自己讲。但是现在大汗的密令已下达，他必须执行，他别无选择！夏来从没见过不执行大汗命令的人。何况大汗已经亲自给他下了命令，这说明大汗本人已经预见到了后果。

这命令使夏来心情无比难受。他清楚大汗从不相信眼泪，也最讨厌军人掉眼泪，他强忍着泪水跪别大汗退出行宫。夏来连夜起程去寻找那个秘密的地方。自那以后他穿越了蒙古帝国多半的版图，三个月来他没有睡过一次安稳觉。他突然觉着今晚他可以睡个安稳觉了。

他卸下马鞍和马褡子，卸下了马嚼子给两匹马饮了一皮桶水之后又挂上了料兜子。他铺好毡条子喝了一袋马奶之后，就脱掉衣服盖上斗篷躺了下来。

心绪一片安宁。没有挂心事多好啊！夏来想。他数着星星进入梦乡。

他梦中回到了杭爱山脉义德尔河流域的家乡，梦见了柳林中的蒙古包和包门口抱着两岁儿子迎接他的妻子莫洛代查汗。梦见他的小儿子特木尔向他蹒跚走来，他蹲下伸出双臂准备迎接儿子……

夏来见过许多美丽的女人，但是莫洛代查汗是他唯一的心爱。她比他大两岁，他俩从小一块儿长大。他们两家的蒙古包始终在一个浩特[①]。从小她就像个大姐姐似的关怀他，白天牵着他玩，黑夜搂着他睡，无数个美好的夜晚像河水一样流淌，如果没有战争，他们如今该会多幸福……

梦被驱散，他突然醒了。不知道是什么东西生生把他从梦里拉了出来。星星眨着眼，下弦月没有升起来，四周静悄悄。只有他的海骝马打着响鼻急躁地跺着蹄子。原来是它把他吵醒了。这说明有“客”来访了！这可不怎么样。

夏来没有起来，甚至也没有改变地上躺的姿势。他慢慢扭过头观察两侧：他发现一侧有两对、两侧有四对绿莹莹的小圆光在闪烁。他顺着脚趾方向平望去，又看见了一对绿光闪动。

他明白来了一群狼。它们是一家子共六只。应该还有一只他没有看见的，在他头顶方向，那是只公狼，是主攻手。两边四对是助攻手，它们是没有独立成家的年轻狼崽们，而脚趾方向的那一只是母狼，它是这群狼的首领或总指挥，这群狼听它指示统一行动。现在一切就绪，狼群只等待着母狼发出命令。一旦接到母狼的信号，首先由公狼带头以迅雷不及掩耳之势扑上猎物先割断两匹马的喉管，然后群狼集中解决人。一旦狼群有组织的围攻行动开始，它们连喘气的工夫都不会给你留。

不过现在还好，没有到围攻的时候，母狼还没有摸清马头底下躺着的那一堆黑糊糊的东西究竟是什么玩意儿，是人还是别的啥？还有在母狼看来那两匹马早该吓跑了，但是为什么一直到现在还不动弹？母狼感到疑惑。总的来说母狼觉得还有很多疑点不清楚，所以它举棋不定原地徘徊，没有下决心马上进攻。这给夏来争取到了活命的时间。

---

① 浩特：一户牧人家。

夏来必须在母狼下达进攻命令之前采取果断措施行动才能救出自己。如果一旦进攻开始那他可就全盘皆输，绝无胜数。

夏来开始行动，他平躺着从马褡子里摸出一只翎箭。这是一只特殊的箭，箭杆上固定有一根爆竹，爆竹的导火线上绑着一片乌拉棉。这一次他取火没用火镰，而是摸出两根火柴，在头盔上一划燃着了乌拉棉。现在他并不怕狼群，狼怕火现在它们会观望一阵。他盘腿坐了起来，等到翎箭上的爆竹导火线引燃后，他把弯弓拉满射向距离他三十步远，不停来回挪动的那对绿光。

母狼看见一簇火光向它飞来，还没来得及明白就被一声巨响击倒。它被那声巨响吓破了胆，拉了一摊稀屎魂归西天。母狼被火光击倒公狼看得清清楚楚，生存的本能提示它赶快逃命。它拼命地跑呀跑不敢停下，怕那个火光追上它，最后公狼的舌头掉了出来再也喘不了气，一头栽倒起不来了。

人狼大战结束。夏来信步走到母狼跟前查看，有一股狼屎味臭不可闻。他明白母狼是被吓死的。狼被吓死的时候要拉一地稀屎，这是惯例。四条腿和两条腿之间的智能交逢就这么简单：没有惊心动魄的场面，没有心惊肉跳的紧张。当然，这只是对夏来而言如此，如果换了别人也许就不这么简单了，这里很可能是一个惨不忍睹的血腥场面，其结果当然是人输给狼的计谋。

半个月亮从东方升起，月光洒下，戈壁滩一地清辉。

夏来又备鞍上马了，他踩着清亮的月光向南驰去。他唱起一支古老的长调歌曲《清凉的山》，声音低沉而嘹亮，在清凉的夜间空气里声音传得很远。在这空阔无度的野马道上一个人夜间行走太孤独了，或许这歌声正是他孤独心情的写照！三个月来每个夜晚他几乎都是这样度过的。除了孤独只有歌声倍伴他一路。

自那一晚夏来接到大汗的密令之后就连夜起程了。那晚从凉州出发他先到了葱岭，然后往北驰上伊塞克湖，再向东穿越阿拉陶山脉和萨彦岭，从那里他拐向多湖盆地和杭爱山脉，然后向东去了肯特山脉和兴安岭，最后从黄河之滨折返到大戈壁这片不毛之地。几个月来他就像一个无头苍蝇乱窜了几万里地，也没有找到他要找的那一块隐蔽之地。期限将尽，他几乎绝望了。他不知道该怎样给大汗禀报。但是昨天来到那片无名高地之后他突然又从绝望中解脱了。他的心灵告诉他这就是大汗寻找的那个地方。啊，这个地方为什么不早点出现？为什么当他绕完了半个蒙古几尽绝望的时候才出现在他面前？是命运的捉弄？不管怎么说绝地逢生就好！

半个月亮爬上半空。白茫茫的天河不再是正南正北贯穿中天，而是从西南向东北倾斜了。天马上就亮呀。他又在马背上度过了一宿。他的坐骑在马鞍下轻轻飘荡，就像摇篮一样有节奏地轻轻晃悠。如果愿意，你可以在这走马背上边行军边睡上一觉。说起这走马的步子，它对你的睡眠而言并无大碍，你完全可以把它当作一支催眠曲来享受，它不破坏你的美梦。

我们对本故事的主人公夏来已经非常熟了。他最大的特点就是一跨上他的海骝走马，脚镫轻轻一夹就一阵风似的驰过五个驿站之地。要知道那个时候的一个驿站距离是约合如今的四十公里。照这样计算，夏来一天要走五站，实际他一天就能跑二百公里之遥。

在今天看来，这个数字也许令人难以置信。就算人能承受，跑这么远的距离，那马早就累死了。人们认为这是随意杜撰而已。

这且不论，我们谈一谈当时的欧洲发生的另一件大事儿：大约一二四一年吧，在波兰的尼米兹草原上发生了一场世界从此忘不了尼米兹的战斗！欧洲二十万联军与来犯的蒙古骑兵打了一仗。这不是遭遇战，是双方亮明旗号打的明仗。结果是二十万人之众的欧洲联军居然被仅仅两万人的蒙古骑兵打得落花流水，一败涂地。这次战役成为世界战争史上以少胜多的典范，尼米兹这个名字也从此被世人记住了。

之后很多人研究过尼米兹之役。但是他们只是从战争的角度分析对比双方的兵力和战术，而据说没有人从文化的角度看待过这场战役。实际上这场战役欧洲人败给了另一种文化——败在了他们从来没有见过的马背文化上。

在尼米兹战役发生的那个年代，欧洲已经很发达和先进了。但是他们从没有接触过蒙古人的马文化，所以他们在尼米兹时时处处估算错了蒙古军的速度和机动能力。当他们认为蒙古人已被套牢，他们要狠狠揍的时候，蒙古人却跑了，并没有被套住。当他们快要追上的时候，蒙古人突然回身放箭，万箭齐射，打得联军人仰马翻。结果是整个战役的主动权全掌握在蒙古军手里。直到最后一刻尼米兹的将领们始终没有明白：蒙古人的速度是从哪里来的？这个秘密始终没有揭开。其实用不着揭开。蒙古军的速度和机动能力是从他们的马文化里来的。说的具体点就是从他们骑的小个头的蒙古马那里来的。

蒙古人对马只分快马和走马两种。成吉思汗的军队只用走马，而不用快马。走马和快马步法不一样。走马的步法是一直不变的“走”，如果想快只需加快频率而不必改变步法。这有点像京剧舞台上旦角的碎步一样，不能抬脚太高。快马则不是，快马要跑快必须狂奔才行。这种快马最多奔个四五十里就到头了，马也不行了，人也颠跨了。相对来讲走马能保持长时间一个节奏和一个速度，而且行军途中马和人都能睡觉。更重要的是马的步法不影响骑士射箭和挥刀。

除了走马之外，还得提一句成吉思汗军队的马鞍：成吉思汗军队的马鞍奇小，只有现在的蒙古马鞍的一半。马鞍的凹槽处搁不下屁股，只能容得下一条腿。这样一来骑马人只能单腿骑马，把身体重心支在一条腿上采取侧身坐姿。这个骑马姿势给马和骑士都带来了许多好处，骑手可以单腿骑，也可以左右腿轮换着骑，同时不用屁股磡马背，远路可以不伤马背。其中最关健之处是：骑手因为是侧身坐姿，他可以在打仗中前后左右全面开弓和旋转挥刀。这给蒙古人带来了极大的方便和自由。在双方对阵的时候，成吉思汗的军队往往有时候突然调头逃跑。你以为他们真的逃跑了，其实不是。当你穷追的时候他们又突然回过头来万箭齐射，打你个措手不及。然后就在你眼皮底下列队消失。这实际上是成吉思汗军队玩弄的一个骗术。不可理解的是他的对手们每每上当不止，从不吸取教训。

俗话讲“兵不厌诈”，大概就是指的这个现象：屡屡上当，从不醒悟！

这就是蒙古人的蒙古马文化。这种马文化给蒙古人带来了举世无双的速度与机动性，使他们在战争中占据了几个世纪的优势。蒙古马在他们的战争生活里实际上不是坐骑，而是一个“战士”。

三

当第一缕阳光照耀天边云霞的时候，夏来从无名高地走了五个驿站之地，走出大戈壁来到了一个大裂谷的边缘，勒住了马。

这裂谷与戈壁滩的落差有三十丈深。裂谷下方是一片临时搭建的帐幕之城，灰、白、蓝、红各种色彩的帐篷有序地排列着，从谷底往平原伸展。一队队骑兵穿梭驰骋其间，火房里的炊烟像云雾一样被晨风吹散。在远处的水泊子上云集着几百只骆驼和马匹在饮水。有一支长长的骆驼队伍沿着斜坡往裂谷顶端爬去。

夏来将军的部队夜间从西州城来到这里宿营，今天一早他们又将从这里开拔，往北进入大戈壁去执行一场绝密任务，进入大戈壁深处去建筑一个谁也不知道的陵墓。看来行动按预期开始了。一丝淡淡的微笑闪现在夏来那青铜色的粗糙脸庞上，他用脚镫轻轻夹了一下枣骝马的肚皮，枣骝马沿着弯曲的道路向谷底疾驰而下，朝着帐篷城最东北边的一座蓝色的大帐幕驰去。那是他军营里的行“宫”或者是指挥所，也算是他的一个“家”。为了执行大汗的秘密使命，他横穿蒙古帝国广阔的疆域，马不停蹄地度过了整整三个月，今天他真想回这个“家”好好休息一宿，叫那个西夏女人给他好好搓澡按摩一次。她是一个王妃，是大汗奖给他的战利品。她有一手绝活儿，通过推拿可以把你身子骨上堆积的所有疾病全部祛除，真正叫手到病除。夏来不知道这些漠南人是怎么想出来的这些奇怪嗜好。要说打仗他们不会打，但是要说享受，他们可是各式各样的馊招都能想出来……

大汗说过这样的东西偶尔体会一次可以，不能每天都思暮着，那样你就会蜕变成一个吃奶的娃娃，离不开女人的奶子了。

当然，夏来并不是大汗说的那种混混，他不会去迷恋那种邪门享受，他只是偶尔想排除一下长期行军的劳顿而已。

夏来来到帐幕门口下马，站岗的士兵跑过来接走了他的马缰。他轻轻走向他的大帐幕。铁打的兵营流水的兵。这是他戎马生涯中的一个避难所，也算是一个家。他有三个月没有掀开这个家的门帘了。

在他的帐幕里等待他的是那个西夏王妃。她用胆怯的目光注视着他，那眼神里只有祈求饶命的字词。夏来明白他是胜利者和征服者，她是他的虏获物，是可以任意处置的牲口。不过他并不准备那样对待她，他早就决定放她回家。今天是他和她过的最后一晚，明天他就派人把她送回大同江畔的故乡，从此她可以变成一个自由人。他决定当夜就释放她，派五名士兵护送她到她的故乡。他估计自己往后与这样奢华的日子无缘了。他的潜意识告诉他将来也许命都难保。谁知道他前面有啥在等着他？是福？是祸？只有天知道。

宝日胡拉还没有来得及从那坛烧酒带给他的梦幻中清醒过来，夏来的军士第三天就来到了他们家。军士带来了一袋小米、一袋白面还有半截野骆驼肉。这使老汉受宠若惊一下子清醒了过来。到了第五天的日落时分，夏来领着一支队伍亲临驾到。他带来了五十峰骆驼和五十名泥水匠还有五十名武士。他们在干河塘岸边搭起了几十座帐篷，又在河塘上游的三个泉眼周边河槽里挖开五个大水洼，让水坑慢慢积满水。

从来无人问津的小绿洲一下子沸腾了起来。宝日胡拉和宗巴岱平时从没见过这么多的泥水匠，他们惊奇地注视着眼前的一切，连四眼狗旺哈尔都不敢瞎跑只是在蒙古包周边转悠。旺哈尔感到陌生的是这些人的说话声音它以前从没听见过，还有，那些泥水匠身上散发的饭菜味以前它也从没有嗅过。所以它有种陌生且恐惧的感觉。

夏来这次又带来了两坛烧酒。一坛送给宝日胡拉，另一坛说是给自己留着，他以后过来喝。他也没有说清是什么时候过来喝。宗巴岱把那坛酒悄悄地藏在了她老汉找不到的地方，否则就留不住了。

夏来当然没有忘记他的野驴朋友。

那头野驴五天没有饮水，早就卧下起不来了。可是一见夏来它居然活了，腾地站了起来并且使劲儿嚎叫。等夏来给它放下一盆水时，野驴高兴得又是嘶鸣，又是甩头，前腿跪下来狂饮。

“昨天我给它送水喝，它尥蹶子不让我靠近，把水斗给踢烂了。可是它今天一见你就这么亲，这可真怪了。你是用了什么魔法把它降伏得这么服帖？”

宝日胡拉看着野驴饮水感到莫名其妙。

夏来哈哈大笑：“不是说不打不成交吗，你们俩的缘分还没有打出来呗。走！咱们抿一口，今晚我驯服它，喝两口壮壮胆子！”

宝日胡拉笑着说：“你也怕它？”

那一晚夏来喝了三碗奶子酒又吃了半盆肉，到了后半夜以后就牵着野驴走了。第二天清晨宝日胡拉一看那头野驴在马桩上站着打盹，还套了马嚼子，就只差给它套马鞍子了。宝日胡拉感到无法理解，这么烈性十足的动物，它的野性怎么半黑夜的工夫就不见了呢？

“哎！混小子！你这一黑夜把它咋折腾成这么老实了？”

宝日胡拉这样问夏来。在老两口的心里这夏来早就不是千户长了，他们把他看成亲儿子了。尤其是宝日胡拉酒劲儿一上来，夏来在他眼里就再不是将军，而是变成“混小子”了。

“哪能用半黑夜呢！那也太夸张了吧！我把它拉到干河塘的沙子地里骑着蹦了三袋烟的工夫，它就变成这副模样了。不信你骑试试，它现在一点性子都没了！”

夏来说着去解野驴的缰绳准备让宝日胡拉骑骑试试。但是宝日胡拉不敢：“不敢不敢！它会把我这身老骨头打散一地的。”

对于宝日胡拉和宗巴岱来讲，这个夏来将军的每件事都很稀奇。但身为大汗侍卫长，有的是不可以随便讲的事情，作为普通庶民的他们非常清楚这一点，所以从不去随便问夏来。在他俩看来，只要夏来没有说，那就有他们不该知道也不该问的道理。所以他们俩默默地看着夏来天天忙活，每天给夏来准备好茶和饭等待着，夏来每晚来和宝日胡拉喝上一坛子奶酒，就是喝了酒夏来也从不谈起他这次的真正来意。

第三天又来了五十峰骆驼，第四天休整了一天，第五天全部撤走了。每峰骆驼驮着用整张牛皮做的两大袋水，整整一百峰骆驼形成了一个一里长的队伍，浩浩荡荡向西踏上了大戈壁。他们是趁夜间起程，趁凉快准备穿越戈壁。夏来却没有跟着一起走，他留了下来。

夏来将军又待了一天，第六天太阳快落之前起程去追赶队伍去了。

夏来离开时卸下了芨芨滩上搭建的帐篷放到宝日胡拉的小火房棚里，同时还给宝日胡拉留下了一个重要任务。原来这几天夏来在他的大帐幕地底下挖了一个大地洞。帐幕拆除了，大洞留在了原址上。但是从外表一点都看不出来，只有把伪装的芨芨草垫挪开后你才能看到露出来的洞口。

宝日胡拉看到这洞口后眼睛都快瞪直了。这几天宝日胡拉每天都要到夏来的帐幕里串门三四趟。每次来送水、送茶、送吃的，总有事。但每回见到时夏来总是盘腿坐在地毡上自己跟自己下棋，宝日胡拉他就从没有看见过有人在这个家里挖什么地洞来着。但是现在帐幕一拆除有这么大一个洞口在他眼前露出来，他无法相信自己的眼睛。

“这洞是什么时候挖出来的？”宝日胡拉直视夏来，用眼神追问。

“您忘了，这几天我每晚都去您家喝一坛奶酒直到后半夜才离开来着？这个洞就是那段时间里挖出来的。”

“那么，挖出来的土呢？”

“泥水匠们背到河塘里倒掉了。”

宝日胡拉好奇地走了下去。下面是四面墙和顶棚、地面全用石板砌起来的一个地下室。宝日胡拉看得目瞪口呆。

“不可思议！”

宝日胡拉大概无话可说，他咂着舌头直晃脑袋，自己也不清楚在表示啥意思。但夏来对他说：“这件事我下次回来给您做解释。但是现在我要走了。我求您一件事，您每天给我搬开这个洞口给它通通风，让里边的潮气慢慢晾干！”

宝日胡拉许久看着夏来不吱声，眼睛里生了泪圈：“孩子啊！你是不是遇到什么不幸了？”

“没有，我非常好。我在执行大汗的命令！我是他最信得过的人。请放心吧，我不久就会回来看您的。”

夏来微笑着跨上了马，牵着他的枣骝马还有他那头驯好的野驴，一起上路了，像一阵风消失在夕阳西下的戈壁深处。夏来给宝日胡拉留下了满心疑团。

四

公元一二二七年八月二十七日，世人敬畏的蒙古大汗成吉思离开人世。他身后留下了一条血路，有人认为他是一代魔王，也有人称他是一代天骄，褒贬不一。

那时留下的蒙古人唯一的史书大典《蒙古秘史》里记载他只活了六十三岁，是在征战西夏途中大约一二二六年春，在玉门关以西疏勒城一带的阿尔金山下打猎时不慎摔下马，摔断的肋骨刺入肺中，久治无效于次年八月二十七日逝世。关于成吉思汗去世的地方，《蒙古秘史》里记载为土如莫盖城。而《元史》把它译解为黄河以南六盘山下的灵武城。但是《蒙古秘史》关于运回成吉思汗灵柩的过程，并没有渡过黄河的记载，只记录了在大漠以北一个叫“木纳”的地方，成吉思汗灵柩的车辆曾深陷沙地。在这里给读者应该说明一件事：当时的武威是西夏的陪都凉州城的民间称谓，而《蒙古秘史》里的“土如莫盖城”在蒙古语里是“武力侵占”之意，所以“武威”这个名字更贴近这个词意。我们在这篇小说里就暂时认为成吉思汗的去世之地算作武威即古代的凉州城，而不是《元史》里写的那个六盘山下的灵武城。这是本文作者的杜撰。这是一句题外话。

成吉思汗离世的消息在当时以闪电的速度传遍了世界。到了第八天就传到了远在四千公里之外征战波斯的太子窝阔台可汗那里。窝阔台可汗是成吉思汗的第三个儿子，也是法定的继承人。成吉思汗的几个儿子都嗜酒如命，无奈之下成吉思汗指定他来继承自己的家业。

八百年前在没有现代化通讯和交通工具的条件下，蒙古人靠什么把消息那么快就传递给了几千里之外的窝阔台呢？这个问题一直困扰着现代的历史学家们。一个日本作家甚至在他的书里用“既非神也是魔鬼”来形容当时的蒙古人。当然这话不当。蒙古人可不是鬼，更不可能是神，他们是人，这是无需考证的事。不过说这话的第一人原来不是那位日本作家，而是窝阔台汗本人。这话我们后面补说，暂且放置一边。

窝阔台可汗接到快信之后仅用了十天时间，他的大军就跨越了几千里地来到大戈壁见到了夏来千户长。这时的夏来已经在野马道大戈壁深处的一块不起眼的黑土梁底下，按照大汗的遗愿给他建造了一座地下陵墓。

自那一晚在大汗病榻前领授密令之后，整整四个月夏来没睡过一个安稳觉。从选址到建成这座陵墓，几乎耗尽了他所有的精力。作为成吉思汗信得过的人——他是一个忠诚的战士。如今新主子来验收他的工程，他心里无法平静，不知道会出现什么样的结果。有可能他从此被打入十八层地狱再也见不到天日。

他在这片横竖几十个驿站、杳无人迹的戈壁上，在这条比周边的地形高不到哪儿去的小小土梁下方五十丈深的地方，为建造这座才九间房那么大的小墓穴，他动用了三百名工匠、五百名士兵，整整干了三十个日夜。为了建造它，他用五百峰骆驼从十个驿站远的地方拉来六千张大理石板，镶嵌顶部、地面、四面墙和回廊，石缝全用松香来黏合固定。顶部用骆驼车拉来的五尺大石板拼接并用八根石柱和石头横梁交叉固定而成。为了不破坏墓穴外部地貌原态，他又从一箭射程远的地方打了一口斜井进入墓穴中心。图纸是一位波斯工匠设计，他当然不会来到现场。

窝阔台可汗跟着夏来走进了墓穴。松香灯的芳香扑鼻而来。窝阔台在征战途中所到之处看到过无数陵墓和皇宫。比起那些富丽堂皇的墓宫来说，这个小小的墓室简直是个菜窖。但是对窝阔台可汗来讲，这是他大汗阿爸的意思。不要说夏来一个千户长，就是他这个大汗的继承人也不能违抗这条圣谕。原来他窝阔台对这条圣谕百思不得其解：一个占领了欧亚广袤领土的大君主，调遣什么样的工匠、什么样的财宝建造一个世上独一无二的宫殿不行，为什么去建这么一个小小的菜窖呢？但是他现在看着这小墓室突然顿悟：也许他的大汗阿爸比那些昏君看得更远，想得更周到。那些昏君只想着眼前扬名千古，未曾想过事后有多少人报复他们。而他的大汗阿爸却与那些昏君恰恰相反，他想不留踪迹，人间蒸发，叫他的敌人们就是在他死后也找不到向他报仇的机会。窝阔台不得不佩服大汗阿爸的明智选择！

窝阔台的细眼睛迷成了一条缝，他满意地微笑了。

早就提心吊胆的夏来总算放下了悬着的一颗心。他不由得高兴起来，想到往后他可以回家和老婆孩子过一个庶民的太平日子了。他向往那样的太平生活很久很久了。

五

送成吉思汗灵柩回家乡的队伍从西夏陪都凉州城出发了，他们沿着大漠北边向东北方向移动。他们慢慢腾腾行进了二十五天之后，今天遇到了不测。这支五千人的大队伍快要行进到额济奈城时，在一个叫木纳的沙地，运载成吉思汗灵柩的大车轱辘陷进沙地里不能动弹了。讲迷信的人说这事可不得了，于是惊动了大家，引起了一阵恐慌。最后还是由大萨满出来做法事才把大家的情绪压了下去。

大萨满敲打着他的扁鼓，露出一副凶神恶煞相来开始表演。他与神交流。人们不知道他对着天唱了什么，说了什么。那个萨满用人们听不懂的语言对着天喊了半天，浑身的彩色布条像羽毛一样抖个不停，腰间系的铃铛叮当作响。不知过了多少时长，突然间大萨满口吐白沫昏死了过去。他终于把神请到了人间。于是那大车轱辘从沙窝里滚了出来，人们惊恐的心安宁了，送殡的队伍又开始移动了。

不过在这里应该特别说明一件事儿才对：在萨满请神下凡的过程中，有十头大黄牛辅佐了这位大仙发神功成功，把深陷在沙土里的灵柩车给拉了出来。但是人们情愿相信这是大萨满的神功，却不会承认这灵柩车是大黄牛们竭尽全力才从那个沙窝子里拉出来的。当然那十头不会说话的牲口肯定不会为自己辩解！生活就是如此无厘头！

由于文化习俗的区别这个送殡队伍并没有披麻戴孝，敲锣打鼓，吹拉弹唱，哭天喊地，惊动天地！一切都在庄严肃穆之中行进。你只能听见几千匹马踩出来的马蹄声响，如同地震一样隆隆传来，从十几里地以外就能听到。

队伍越过额吉乃城之后，夜间进入了野马道大戈壁。夜空里没有星星。乌云低垂，阵阵闪电在天边划过，隆隆雷声从远方滚过来。自进入九月以来，这天气就没有晴朗过。或许对成吉思汗的去世这老天爷也动了情了。大雨来临，凉风嗖嗖，骆驼刺在风中抖嗦。就在这大雨倾盆之时，从送殡的队伍里分离出了三支不同颜色的马队，朝着不同的方向悄悄游离而去。这漆黑的雨夜里，谁也没有注意那三支队伍分离出来干什么去了，对其目的更无从知晓。

人们只知道其中的一支分队第二天日落时分来到了大戈壁深处窝阔台可汗的行宫门前。窝阔台可汗在行宫西侧专门搭建了一座十个哈纳的大蒙古包，门外铺上三层白毡，大瓮里盛满马奶酒亲自迎候这支非常特殊的队伍。

百人马队一路急驰到窝阔台可汗面前，四路纵队中间分开，中间一下子分离出一条空道。这时从队伍的深处跑出四个武士，他们用细皮绳悬空吊着一只用新白毡裹着的灵柩送到了窝阔台可汗面前。窝阔台可汗单腿跪拜这只灵柩之后，在上面点了一滴马奶酒，由四个武士抬进了新毡包置放在事先放好的灵台上。整个过程灵柩一直没有触地。

当灵屋里只剩窝阔台可汗、鄂苏夫人①和成吉思汗贴身侍卫夏来将军三人时，灵柩被打开了：成吉思汗被浸泡在透明的松香油里，他安详地闭上了眼睛，就好像睡着了一样。

在另外一间房里，窝阔台可汗的随军大萨满在做法事，使死者灵魂升天。

三更时分，由窝阔台可汗、鄂苏夫人和夏来侍卫长三人把大汗的灵柩抬进了地下灵室，轻轻置放在白大理石灵台上，同时将西夏国最后一个皇帝布尔汗押进来，用他的心祭了马尾旌旗，之后拉了出去。

眼前这位曾用马蹄踏碎过半个世界的一代天骄，如今离开这个世界的时候，只带走了布尔汗一个人陪伴他西去。他曾经拥有过数不尽的财富和土地，如今走的时候，除了他一手握的马鞭和一手握的印玺之外，什么也没有带走。他如今在胡杨木的棺材里头，枕着弯弓和箭袋安详地睡着了。他那条棺材朴素到连一条油彩画纹都没有，只是用酥油拌合着戈壁红黏土擦拭出了淡红色的色泽而已。

他的遗嘱用鹿皮纸写上之后卷放在右首。

他的印玺刻有“普天君主成吉思汗永存”几个字。玉玺是长

---

① 鄂苏夫人：成吉思汗第四夫人。

方形的，因为蒙古字不适合方形印章。

如果将来的某一天，有那么一个盗墓贼无意之中闯进这座墓穴，看到这么一点随葬品他会有何感慨？当然，就是把他打死他也不会相信这里埋葬的是这世界上最有钱的人！

五更时分，窝阔台可汗、鄂苏皇后还有侍卫长夏来千户长给成吉思汗盖上棺盖退出了墓室。只有一件大苏鲁锭[①]黑马尾旗立在了他的首位，这算是陪伴成吉思汗去另一个世界的唯一物件。

葬礼的最后由五十名士兵填死了进入墓穴的唯一通道。之后又来了一队骑兵用马蹄把外部痕迹全部踏平，复原如初。从此在这片土岗上你再也找不到人工动土的任何迹象了。

黎明时分又有两峰母驼被拉来，把骆驼羔子在母驼眼前杀害之后埋在了这座无名岗下面。按牧人的说法，这两只母驼以后每年到了这个日子这个时辰都会来到这个地方“探望”它们的“孩子”，它们将代代相传。实际上它们才是这座陵墓真正的守墓者。

一代天骄成吉思汗的葬礼在戈壁滩上就这样悄无声息地结束了。那些来这里参加葬礼活动的士兵和工匠们，谁也没有料到这里安葬的是功业盖世的成吉思汗。他们以为这里下葬的只是一名千户长而已。他们即将起程去参加在成吉思汗的诞生地斡南河畔举行的大汗的“真正”葬礼。那时候将有一个替身躺在棺木里去替大汗接受众人膜拜。除了极个别与大汗常接触的人知道那是一个假大汗以外，其余大众一概不知。如果那极少数的知情者万一泄露这秘密，那将是杀头之罪等着他们。他们谁都不会说出来，一直到死。

从今天起这座无名岗又回到它以往的宁静里。再也不会有任何两条腿的动物来干扰它的安详，只有那两峰母驼在一个固定的时辰跑来看望它们被埋在土岗下面的孩子们，在砾石滩上留下一

① 苏鲁锭：即纛，根据所饰的颜色分“黑苏鲁锭”与“白苏鲁锭”。前者出征时用作军旗，后者作为族徽。

地泪水。而人类对这些骆驼的特异行为从不会去注意。

也许有那么一个月明星稀的夜晚有一群狼光顾这里，它们凭着超灵敏的嗅觉有可能嗅到大地深处某个特殊的味道。但是它们只能在土岗外表到处嗅嗅而已，它们当然不可能钻到地里去探究那个味源。它们只是那个死在这里的母狼的后代而已。

至于人类更不会游荡到这里来。即使来了也记不住这块地方。因为它没有任何特色标志叫你记住，和周围一样一无“是”处。

如果成吉思汗确实被遗忘了，这首先应该归功于夏来将军。

六

葬礼结束了。窝阔台可汗命令夏来千户长来见他。太阳刚刚升起。夏来有一种不祥的预感从心里滋生。这些日子他一直在忙，没有顾得上考虑自己的将来。现在看来他不考虑，别人已经替他想好了！

“你出色地执行了父汗的密令，为此我代表我的父汗感谢你！请接受我对你的敬赐！”

窝阔台可汗说着给夏来斟满了一碗马奶酒，同时赐给他十枚波斯金币。

“你的武士和工匠将归我所有！你往后的日子自由了。不过有个条件：你往后不能生活在蒙古帝国的地盘上。你自己选择一个去处吧！最好你到一个谁也不认得你的地方，隐姓埋名悄无声息过你的后半辈子！你还有什么要求吗？”

话已经说到头儿，什么都明摆着，还有什么要求呢？夏来没有吱声。

“那好吧！我的侍卫长伊尔白克千户长送你一程，然后你就自己行动！祝你自由平安！”

夏来当着窝阔台可汗的面慢慢数起了十个金币，然后放进了鹿皮靴筒里。

窝阔台可汗向前探了探身子问夏来：“你嫌少吗？”

“不！可汗，也许我连一个都用不上！千恩万谢可汗的赏赐！”

窝阔台听后眯起了有些浮肿的双眼目送夏来退出。窝阔台的这个眼神说明了一个问题：可汗认为眼前的这个人是个明白人，他暗暗佩服这位将军的智勇和内觉。看着夏来退出，他轻轻叹了一声。

夏来走出窝阔台可汗的行宫，抬头看了看已经升得老高的太阳。他有点头晕目眩。他不清楚危险将以什么方式降临。以前的他从不为危险所惧，因为有大汗在他的背后撑腰。可眼前一切都改变了。他现在是孤身一人，是谁都可以踩死的小甲虫一个。他突然明白过来，现在一切全靠自己了。

夏来漫不经心地随意张望，他看到了全副武装的五十名骑士早就排列在窝阔台行宫背后等他。

他太天真了。就在两天前，窝阔台看到他替父汗建造的陵墓之后还对他赞不绝口呢。夏来还以为忙完大汗的后事以后他就可以回家，和老婆孩子过无忧无虑的平安日子呢。但是现在看来全被窝阔台设计了。夏来明白，自己纵然有再多的本事，要想从这训练有素的五十名骑手手里逃脱是根本不可能的。他明白了，活着出去的可能性几乎没有了。

他的两匹马和一头野驴在百步开外的马桩上竖起耳朵警觉地注视着他。好像某种东西也感染了它们，它们也许从主人的身上感受到了他所面临的危险。他放慢了步子，为了掩饰内心的紧张吹起了口哨。与此同时他紧张地思考着如何才能甩掉这帮狗娘养的兔崽子们。

到了马桩以后他慢慢地动作，把两匹马的肚带勒紧，把马鞍和马褡子全部固定结实，然后又把马绊取下来套在了野驴的脖颈上扣紧，又给野驴喂了两口红枣和柿饼子。他在不慌不忙做这些的同时想起了莫洛代查汗和儿子特木尔。人真是个奇怪的动物，怎么在这个时候想起他们俩？

“难道我真的再也见不到他们了？”夏来的思绪一环扣一环——“我必须活下去！”他的心里有一个声音在呐喊！就像牛角号在呼唤！

夏来看了一眼窝阔台的军队，他们纹丝不动。夏来知道其实伊尔白克早就等得不耐烦了。夏来恨从胆边生！他抚摸着海骝马的鬃毛轻轻给它说：“我们要逃出去！”上了坐骑以后开始缓步行进，并慢条斯理地吹起了口哨。他选择了往西南方向行进！

伊尔白克在夏来身后一直诅咒他：去死了还玩什么邪乎！伊尔白克真想一刀砍下夏来的头扔在窝阔台面前交差完事！他是个办事图痛快的人。但是现在还不能。窝阔台有命令叫他走得远一点行动！所以他跟前边的这个死人还得磨叽一会儿！他与夏来一直保持着三百步的距离。这距离是半箭射程。可以随时射杀的射程。他强忍着心中的不耐烦，勒着马控制着马步跟随着。

前面不远处就有一个下坡，下坡又与一个西南走向的开阔凹地相连。距下坡只有二十步时夏来突然加速，海骝马箭也似的飞驰了起来。就在进入下坡的那一刻，夏来从海骝马上跳到了野驴背上。两匹马的缰绳早就捆拴在了一起，夏来给它们掉转了头，它们向着东南方向疾驰而去。此时的夏来已经骑上野驴向西南方向飞奔去了。

后面紧跟的伊尔白克到谷地的边缘一下子看傻了。刚刚在前边磨蹭晃悠的夏来小子怎么转眼就没影了？两匹马空跑着，怎么连个骑手都没有了？他突然看到在西南方有一溜白尘越走越远，伊尔白克不敢相信自己的眼睛。

“他把我涮了！”

当伊尔白克明白自己受骗后再去追赶夏来为时已晚，夏来已经走出了他的一箭射程越走越远了，但是伊尔白克并不气馁，他要追下去。他骑的是伊犁快驹，他就不信追不上这个光腚子骑着毛驴逃跑的狼崽子。不过他惊愕地刹住了马缰：又有一股烟尘突然从左侧冒了出来，迅速蔓延逼近了夏来。原来是一大群野驴从侧翼跑了出来尾随夏来，把他裹在中间形成一股洪流涌向天边，给拼命追赶的伊尔白克留下了满天沙尘。

伊尔白克只好勒住了马不再追了。他知道这群野驴一时半会儿根本停不下来，而且跑远路家马可不是野驴的对手，根本不可能追得上。所以他决定只有它们全停下来吃草饮水的时候围堵。伊尔白克看了看太阳，太阳已经中午了，他下令队伍原地休息，等太阳偏西再出发。

前两天伊尔白克就发现夏来老是牵着一头野驴走，他还奇怪来着。现在他才明白，为了今天的逃脱夏来早就计划好了。他不得不佩服这个人的心机。不过他也不服气。他发誓叫夏来也尝尝号称“黑狼”的伊尔白克的厉害。

你活在世上，这世上的事儿并非处处随你的愿。有时候老天也要来插一手，把你手中的好事全给你搅乱。本来有胜算的事情，结果突发变化让你无法左右了，你说怎么办？

伊尔白克回想起这一次领受任务的时候，窝阔台曾经问过他解决夏来需要多少人手，当时伊尔白克不假思索地脱口而出他只需要一个人。但是窝阔台思谋良久才说：“给你拨五十名武士！”

伊尔白克听了这话心里诮笑过窝阔台：不就是成吉思汗的一个贴身侍卫吗？他现在手上没有一兵一卒，我们何必这样兴师动众？在他看来对付一个夏来他一人就可以了，这应该是明摆着的事！但是现在看来他当时估计错了，对于这个贼人他太不了解了，过于轻看了。现在看来窝阔台早就知道此人不省油。

太阳偏西，热浪退去，伊克白克才开始行动。他估计野驴群不会走远，说不准这时已经到了一个有水有草的地方停下来散开了。他把跟踪足迹的“专家”西尔闹海“黄狗”叫了过来，放在队伍的前方去观察那群野驴的足迹，从中分辨出夏来的足迹提供给他。伊尔白克如此安排之后带着队伍跟着“黄狗”出发了。

太阳离地平线还有三杆子[1]。野驴群越过戈壁滩来到了一片绿洲，在一眼沙漠泉边停了下来。夏来估计这地方离甩脱伊尔白克的那片洼地至少有四个驿站远。

泉水在沙窝子里汩汩流淌，一片芦苇环绕着明镜似的小池溏。夏来跳下野驴背，脱下长袍和长筒鹿皮靴，牵着野驴走进了池水中和野驴一块冲了个澡，洗刷干净浑身的尘土。野驴第一次享受到了人类给它刷背洗澡的幸福，用它那毛茸茸的大鼻孔一个劲儿地蹭夏来的光膀子。这大概是表示它的谢意。

夏来估计着，伊尔白克有可能前半夜才到这里来围堵他。如果上天有眼现在恩赐给他一场大沙尘暴该多好啊！那样他就可以任意选择一个方向不留痕迹地逃走。但是风暴不会降临！而且那个有名的“黄狗”明天一早就会嗅出他的踪迹，就算他一夜跑了千里，也休想逃脱那一群骑着伊犁天马的武士们的追捕。于是他作出了一个十分大胆的决定：他要逆向逃脱碰碰运气！

太阳落入地平线还剩一个套马杆的距离。夏来跨上野驴又起程了，这次他重新踩着自己刚才的来路向着东北方向迎着伊尔白克驰去。夕阳的余晖照着他的背影。他消失在了戈壁滩的夕照里，他的前程吉凶难卜。

伊尔白克来到芦苇泉边时，月亮还没有升起。他放出一半士兵到周边五箭地方圆查清情况，其余人下马安营。他和“黄狗”

---

① 三杆子：三个套马杆的距离。

来到芦苇泉边察看，泉边有一沓子足迹，可摸黑什么都看不出来。派出的侦察兵一会儿回来报告说他们找到了野驴群，就在南边不远的沙蒿丛里散游，但没有找到夏来的踪迹。

四周一片静谧。夜风轻拂，群星闪烁。伊尔白克觉得夏来好像就在附近某一处悄悄地注视着他。夏来是属狼的。伊尔白克明白自己在明处，夏来一直在暗处潜藏着。

伊尔白克不知道此时此刻夏来准备给他下什么套子。

他给自己帐幕周围按排了三个流动哨，这才和衣躺下，就这样也无法安心入眠。伊尔白克现在满脑子都是有关夏来的各种猜测。他好像无意之中掉进了一个无底的深渊，原来这个夏来是个无法猜度的人物！

敞开的帐幕门里吹进来一股南风。伊尔白克打了一个寒战。大戈壁吹南风这意味着什么？这是什么兆头？是下雨！糟了！明天不会是下雨天吧？伊尔白克一下子站了起来。难道老天爷也要来和我作对吗？没有人回答他的责问。他披着衣服走出了帐幕。他看见有大片乌云从西南方向朝东北方迅速移动过来。伊尔白克好像当头挨了一闷棍，原地呆站着不动了。

正如他所预料后半夜开始降雨。

伊尔白克想："这老天爷为什么偏偏与我作对去袒护夏来呢？"他想不明白。这不明摆着吗！这场雨把他明天的计划全给浇黄了。他明天到哪里去找那个狗杂种的足印去？找不到足印他又去什么地方找那个混蛋？自从今天上午一接触这个夏来，所有的事情都开始颠倒了，走一步，堵一步，这究竟是怎么一回事儿？

雨水敲打着帐幕，那声音就像敲打着他的脑壳一样难受。要是往后的每一步都这样下去，事情到头来会变成什么模样？说不定交到窝阔台那儿的脑袋不是那个夏来的，而是他伊尔白克的啦。这事情他妈的倒着发展，他伊尔白克长这么大还是第一次遇见这么晦气的差事！

运气还算好，这场雨没有变成强降雨，到了黎明时分雨势明显减弱。如果这样下去到了中午雨说不准就停了，那样的话事情还算有救。甚至说不准这雨还阻碍了夏来的“远走高飞”！因为那个混蛋小子骑的是没有鞍子的毛驴。他夏来要是再骑上雨水浇湿的驴背上，肯定跑不了一个驿站他那个光腚子就变成血浆了。伊尔白克认为夏来才不会办那样的蠢事儿，有可能就在附近某个地方潜藏着，准备雨一停就逃。如果那样老天就反过来帮了他伊尔白克了，这是伊尔白克的如意设想。

雨还没有停，天刚亮伊尔白克就派出了三个搜索队，命令他们在十里方圆里网查。伊尔白克认为夏来如果真的藏了一夜，那么现在正是他出来开始活动的时候。伊尔白克希望夏来这阵儿自投罗网。看着雨势伊尔白克情绪好转，伊尔白克觉得只要确定夏来逃走的方向他就能抓住那个贼人。伊尔白克的自信又恢复了。

还不到中午雨就停了，派出去的搜索队也回来了。“黄狗”高兴地给伊尔白克报告说他发现了三匹马的新蹄印朝罗布泊方向进发。根据“黄狗”的判断，那三匹马的足印是后半夜下雨以后在雨中留下的。“黄狗”说他们三个搜索队来回交叉转了三遍也没有发现任何别的痕迹。“黄狗”认为这三匹马的蹄印肯定是夏来的！如果不是，那夏来就没有走，他现在还藏在这一带。

“黄狗”的说法不能说没有道理。但是伊尔白克又觉得好像有什么地方不对劲儿，为什么是三匹马的蹄印？难道说在这里事先就有人等着夏来，夏来一来他们就接走了？照这么说夏来他早就知道窝阔台要杀他！所以他做了周密的逃跑准备，包括在这里也有人接应他。伊尔白克不敢相信夏来有这么神。但是他也没有别的选择。到了中午他领着队伍去追踪那三匹马的蹄印去了。

又大又圆的夕阳缓缓地融入地平线。戈壁日落辉煌而张扬。

天边留下一道镶着火红金边的云团，给人以无限遐想。夏来看着夕照心里有说不出的感慨。如果是个平和的日子，他肯定会勒住马站在高处去欣赏这宁静灿烂的落日，但是现在，提着脑袋逃命的夏来对这辉煌的落日只能匆匆一瞥而过。

夏来从芦苇泉出发沿着来路已经跑出了一个驿站之地。现在是黄昏时分。他来到了一片长有稀疏梭梭丛的小凹地里，他向北偏离来路三百步找到一棵梭梭丛，把野驴安抚躺下后，自己卧在旁边等候伊尔白克的到来。等了大概有一袋烟的工夫从东北方传来了隆隆的马蹄声，不一会儿伊尔白克的队伍离夏来仅仅一百步的距离飞驰而过。在夕光里伊尔白克神色凝重，紧抿嘴唇，直视前方。这一切夏来全看在眼里。

夜色渐渐变浓，月亮还没有升起来。等到马蹄声彻底消失之后夏来才跨上野驴向东疾驰而去。夏来一点儿都不能怠慢，必须远远离开伊尔白克才行，稍有疏忽，毫发之间就可能丢掉性命。

夏来非常清楚伊尔白克和海森绝不是无能之辈，否则他们不可能在窝阔台手下当上千户长。这一次他们与夏来只是擦肩错过，这点机会只给夏来赢得了最多一天的活命时间。到了明天中午他们就会通过察看踪迹发现夏来的去向，他们就会拼命追捕他夏来。所以夏来虽说非常疲惫，但也不能休息。另外还有一件很要紧的事就是他必须迅速找到放走的那两匹马，否则他骑着一头既没有鞍又没有缰绳的毛驴想逃脱伊尔白克之手是绝不可能的。夏来明白，今天这点逃跑的距离，还是全凭他从七岁开始光腚子骑赛马练出来的本事才支撑了下来。若是没有那点本事垫底，他早就从驴背上掉下来叫伊尔白克活活抓住了。其实他的大腿内侧早就变得血肉模糊了，只是逃命的本能使他无法感知那一切还在拼命疾驰而已。

半个月亮爬得老高，戈壁滩异样的清亮。这夜色似乎处处暗藏杀机。

到了后半夜才找到了那两匹马的蹄印。说实话不是夏来找见的，他的眼睛还没有灵敏到从疾驰的野驴背上能够察觉出夜间地面上留下的足印。当然发现这个足印的是那头野驴。动物有个本能，它们不仅通过足印还通过留下的体味就能发现对方走过的地方。实事上戈壁滩上哪里有水它们就奔向哪里，所以到了关键时刻野驴和那两匹马都踩着同一条道奔向了宝日胡拉家的水井，原来那一眼井是这一带唯一的水源。

宗巴岱辗转反侧一整夜没有睡好觉。

第二天一大早她起来拉开了蒙古包的天窗就去井边打水。到了井边她发现了一个奇怪的事：有两匹马脖颈用缰绳栓在一起站在水槽边竖着耳朵向她嘶鸣。她仔细一瞧是夏来的两匹马带着马鞍、马褡子站在那里望着她。

没有人，只有两匹空马。她明白啦，夏来出事了。她扔下水桶赶紧跑回家。

听宗巴岱一说宝日胡拉什么都清楚了。他认为夏来确实出事了，但还没有死，现在等着有人去救他，所以把两匹马放回来送信儿。宝日胡拉无法断定夏来究竟遇着了什么不幸，他估计有可能一个人受伤在戈壁滩某处，现在正需要支援。

宝日胡拉没说话，打了两斗水饮好那两匹马后，跨上海骝马，牵上枣红马，顺着它们来的足迹向西反向觅踪驰去。

太阳刚刚升起，南风徐徐吹来。西南方向天上有云。宝日胡拉估计着今天说不准又要下雨，他明白必须赶在下雨前找到夏来才行。宝日胡拉的潜意识告诉他，夏来就在戈壁滩某个地方躺着等搭救。

宝日胡拉驰过一条土梁又走过一大片砾石滩，就看见一道白尘从西边向他飞过来。他勒住马细看，原来是夏来的那头野驴跑过来了。上面没有人，好像还驮着一堆东西。这一下宝日胡拉纳闷了，这个夏来是怎么回事？人不见怎么马和野驴都跑过来了？那匹野驴一看到海骝马就不再奔驰了，跑到跟前停了下来。

宝日胡拉这才看见：那个毛驴背上驮的不是东西，而是一个人！原来夏来在野驴背上手脚并拢像蛤蟆似的趴着睡着了。

这可真稀奇，他可没见过有人可以这样睡觉，不可思议！为了不惊动睡觉的夏来，宝日胡拉围着野驴远远绕了一圈，然后叫了一声：“嗨！夏来！”

几乎一瞬间，夏来翻向毛驴的另一侧不见了。宝日胡拉还奇怪的工夫感觉好像有个东西向他飞了过来。他本能地歪了一下脑袋，就在这一刹那一个声音嗖地划过耳边，同时耳尖好像被蜇了一下，火辣辣的。宝日胡拉下意识地摸了一下耳朵，这可不得了，摸出了一手血，他吓了一跳又叫了起来：“嗨！混小子！我是宝日胡拉！你是想要把我宰了不可？”

从野驴后面缓缓露出了半个脑袋。夏来看到半脸是血的宝日胡拉也吓了一跳，他眼睛瞪得驴粪蛋大：“原来是您呀！”

夏来赶紧跑过来点着乌拉棉粘住宝日胡拉耳尖来止血。他心里又是后怕，又是万幸。后怕的是他刚才在梦中听见宝日胡拉的叫声误以为是伊尔白克差点把宝日胡拉给害死了！高兴的是宝日胡拉竟然还活着。他这一次失手了，却给宝尔胡拉带来万幸。

夏来抱起宝日胡拉就地腾空旋转。

当两个朋友席地而坐互换烟袋时，宝日胡拉感叹：“看来我的气数还没尽，否则我今天该到阎王爷那里报到了！老天爷保佑了我！我说你是用啥玩意儿整得这么厉害？”

“用这个！”夏来笑着从袖筒里亮出了一截儿小小的细皮绳，中间分叉的地方还套着一颗红枣大小的圆铅球。小铅球磨得亮闪闪的，原来是一个微形掷石器。它的一头儿拴在夏来的右手腕上，整条皮绳就像一条小蛇盘在他的袖筒里。

明白过来后宝日胡拉才后怕。如果他没有及时躲开，那个飞来的小钢球肯定会在他的脑门上挫开一个血洞。死神擦肩而过！宝日胡拉越想越后怕，怪不得刚才夏来的眼睛瞪得那么大呢！

“现在没事儿了，灾难过去了！”夏来笑着安慰宝日胡拉。

宝日胡拉突然想起来，刚才他只顾着自己的死活，还没有顾得上问清夏来这是怎么一回事儿呢。

“孩子！你出了啥事了？”

“一言难尽！”夏来说。宝日胡拉满脸疑云，过了好一阵儿夏来才回答了一句：“窝阔台在追杀我！”

夏来的这句话越发把宝日胡拉推入五里雾中。

“难道说你得罪了他？”

“没有得罪他。这是我命里注定的。这样吧，他们还在追我，我是逃出来的，在这里不能久留。先上马，我们边走边聊。”

夏来先放走了野驴。他把野驴头抱在怀里轻轻地抚摸。人生实在是难以言表啊！夏来做梦也想不到有一天要靠这么一个“朋友”来逃出魔掌，捡回了一条命！

“谢谢你！无言的朋友！你救了我！”

夏来心里悄悄地呼喊！两行豆大的泪珠滴落在野驴的脑门子上。他不知道怎么样来感谢这个朋友！男儿眼泪不轻弹。夏来心里涌出一种无奈的绝望。

入秋以来的第一场强降雨在深夜降临。

羊油灯的微光照在宝日胡拉、宗巴岱和夏来三人凝重的脸上。下一步夏来如何躲避伊尔白克，这是一个非常紧迫的问题。

宝日胡拉和宗巴岱提出叫夏来先到他们北杭爱的家乡去躲避一阵子。那里山高林密，熟人多，好躲开追兵，也能够隐藏下来。这当然是宝日胡拉和宗巴岱两口子的好心好意，但是夏来不同意。他是被全蒙古新可汗窝阔台下令通缉的死刑犯，不要说在杭爱山的密林里，就是你爬到敖特根腾格里峰[①]的雪堆里藏着，你也躲不开蒙古可汗的杀头令。夏来认为在这个时候前往蒙古高原纵深是不可取的。

对于夏来来说，死亡如影随形，随时随处可能降临到头上。他现在是命悬一线，朝不保夕。他倾听着雨点击打在蒙古包盖毡上的声音，如同擂鼓一般。这使他心里感到有所安慰。这场雨如果继续这样下个半夜，那他留在戈壁滩上的所有足印就会被雨水冲刷得一干二净。这有可能给伊尔白克造成判断失误。他找不到踪迹的情况下有可能向南或向西，而不会重返来路追寻。这误差少说也能给他带来五天的活命时间。如果伊尔白克不在五天之内调转马头往这里赶来，那么对夏来来说这里是目前他最安全的避难所。

夏来决定哪儿也不去，先在自己的地洞里躲避几天再说。等到伊尔白克从河西走廊撤回后，夏来准备重新穿越大戈壁，他先去可可西里，然后再穿越昆仑山脉去吐蕃。

对夏来来说吐蕃是眼前蒙古人的足迹还没有来得及踏上的唯一一块最近的地方。夏来指望的是或许在那里他可以躲过一劫。

七

伊尔白克领着队伍整整追赶了三个驿站地，日落时分才抓到那三匹马的马主：一个蓬头垢面连鬓胡茬的大汉，正在离玉门城不远处的一棵胡杨树下呼呼大睡，旁边拴着三匹马。伊尔白克把那个睡觉的大汉拽起来一看，根本不是夏来，是个连鬓胡子的盗马贼，看样子是个乌孙人。这个盗贼从特木尔峰下偷了三匹快

① 敖特根腾格里峰：天之幼子峰，北杭爱山脉最高峰，海拔四千多米。

马准备来玉门贩卖，但是他怎么也没想到那个篾尔齐人居然这么快就发现了他并且追到跟前来了。那个盗马贼还没来得及通报姓名，就有一把弯刀把他的大胡子连同细脖颈一起齐肩削掉了。

被气闷了的伊尔白克发了疯，接着还要砍掉提供假情报的“黄狗”的脑袋，幸好窝阔台可汗的另一位千户长海森将军出来制止才算幸免。

伊尔白克一下子失去了目标。他们从芦苇塘走出来已经有三个驿站了，现在不知道要到什么地方才能找那个狗杂种在逃犯，夏来要是从那里向西逃窜的话，这阵说不准早就过了吐鲁番呢，他伊尔白克却在玉门城外傻等着他落网。窝阔台把活人交由他来处置，处置后把头颅带回去领赏，现在连可汗交给他的犯人也丢了，他怎么回去交差？窝阔台又会怎么处置他？难道为了活命，他也要像夏来一样逃跑吗？不。他逃不掉。这五十名骑兵紧紧跟随他，还有海森的监视，他哪儿也跑不了。他可没有夏来那个本事，甩掉五十名士兵逃得无影无踪，还调来野驴群替他打掩护。真行！伊尔白克越想越觉得气不打一处来。

当初他认为窝阔台调给他这五十名士兵和海森将军是为了杀掉夏来，但是现在看来并非如此。如果他完不成任务，闹了半天这帮人就是派来对付他的！伊尔白克呀伊尔白克，你真是傻到头了！这个戏法是谁编出来的？难道是他伊尔白克脑子出了毛病，非要自己钻进这个死套子里面不可？伊尔白克一连串责问自己，但是自己一个问题也回答不出来。他认为这是一个天大的玩笑。伊尔白克狂笑不止，直到笑得眼泪都流出来为止。

和海森商议后，伊尔白克决定和海森分两路来搜索！由海森领上十名军人返回芦苇泉，重新搜索夏来逃跑的足印。伊尔白克则领着主力到玉门和酒泉去碰碰运气！

伊尔白克意识到玉门城里没有夏来。他觉得十有八九夏来留在了芦苇泉。但是为什么不回到芦苇泉而要去玉门，他自己也说不清楚。

玉门城已全无昔日的繁华。自去年蒙古军血洗酒泉城之后，这里的居民闻风一夜之间逃光了，如今陆陆续续返回来的不到两三千人。现在听说蒙古军又到了，人们吓得门窗全闭灯火全灭，全城顿时变成了黑灯瞎火的鬼城。当伊尔白克夜间行进到玉门后，没有一家店给他开门，没有一盏灯迎接他。

其实那样也无济于事。第二天清晨伊尔白克挨家挨户把所有的男人都抓了起来，叫他们一个个剃光了胡子叫蒙古军辨认。他又把所有的女人集中起来，从中挑选几十名拉回军营。伊尔白克在玉门搜索夏来折腾了三天三夜也没有查到夏来的影子。伊尔白克绝望了。他明白了确实跟丢了夏来，他给窝阔台无法交差了。他知道只要是夏来活着，他就得替他去死。这是天经地义的事。他无法逃脱这个命运。

第四天他放弃了玉门，领着四十名骑士跑到海天连接的罗布泊旁宿营。伊尔白克狂饮了三天，然后才醉醺醺地踏上了前往酒泉城的路。

伊尔白克前几年随蒙古军的主力参加了征战花剌子模的布哈拉和撒马尔罕战役。他们把布哈拉城夷为平地，人头落地三十万。但是他事后没有重返过那些地方。从来没有重新去看过那些战场，看蒙古人在那里留下的究竟是什么。但是今天他看到了，看到了另一个布哈拉——酒泉！当进入酒泉的地界之后，伊尔白克的酒劲儿一下子醒了过来，他的心马上提到了嗓子眼儿！

酒泉城的被毁灭是触目惊心的。累累白骨成片成堆地散落在一驿站方圆的戈壁滩上，到处都是。看来西夏人就是在这里与成吉思汗决一死战。据史书记载蒙古军在这里屠城四十万人。这数字远远超出了布哈拉城的死亡人数，堪比后来基辅城的毁灭。只不过今天的中国人不像西方人那样，没有把千年历史晒出来重新讨伐成吉思汗！

伊尔白克没有听说过酒泉战役。他第一次感觉到战争留下的场面原来如此恐怖。那些残垣断壁寂静无声。他在战争中见过死人无数，但从没有产生过惧怕心理，可是眼前的景象使他心生恐惧。在伊尔白克的眼里，这些白骨好像不是尸骨，他们好像都有灵魂，他们似乎都要变成一个个活生生的人，准备向他走来与他拼命。这感觉是如此异样且具体，他从来没有感受过。伊尔白克命令部队加速离开这个恐怖的地方，越快越好。

伊尔白克还没来得及完全脱离酒泉城的恐怖，他发现新的危险又降临了。有一团白尘从戈壁深处向他滚过来了。他不明白哪来的这么大的军队。他把武士分成两拨准备战斗。但是来到跟前他才发现虚惊了一场，来的是海森千户长。海森带来了一名信使和窝阔台派来的一队宪兵。海森告诉伊尔白克："窝阔台可汗叫我们俩回去！"

伊尔白克明白了。他的末日临近了。他心里清楚：八天前他派海森派错了，海森根本就没有回到芦苇泉追踪夏来，而是给窝阔台报信去了。他真后悔，但悔之晚矣。他想起了小时候听到的那些美丽童话，他现在真想变成那个童话里法力无边的大神，把眼前的这些狼崽子都诅咒成不会说话的石头，最后捣成碎末让大风吹散，叫他们一粒不剩从这个世界上消失！他看见海森在微笑。他真想给海森脖颈上一个弯刀，让他身首分离！伊尔白克从来没有这样恨过一个人。

窝阔台一行与运送大汗灵柩的送殡队伍在克鲁连河边会合了。

成吉思汗的去世给全蒙古带来了悲哀，参加大葬的人群从蒙古帝国的各个角落前往肯特山下斡难河畔成吉思汗的故乡集中。

蒙古帝国变得群龙无首。他们不知道下一步该怎么办。这给受尽蒙古铁蹄蹂躏的欧亚广大地区人民带来了一次难得的喘息之机。很多人以为这一下天下太平了，可后来的事实证明他们想错了。有的人还没有来得及回到家乡，蒙古人的铁蹄又从东方卷土重来。比起以往，这次带来了更大的灾难。这一点谁都没有来得及想到。

伊尔白克揣着一颗紧张恐怖的心去拜会窝阔台。伊尔白克非常清楚这次的会面说不定就是他性命的终点。

“我叫你提着夏来的脑袋来见我。带来了吗？”窝阔台可汗没有多余的话。

“禀报可汗！没有！”伊尔白克的声音像蚊子。

“怎么没有提来？”

“可汗，他逃跑了。”

窝阔台听到这话有点不相信自己的耳朵。

“你再说一遍！”

“可汗，夏来逃跑了，我没有追上。”

“我记得你骑的是全军最快的‘天驹’！怎么就追不上一个土种笨马呢？难道你两腿夹的是毛驴不成？”

“可汗，那天不是我骑毛驴，是夏来骑上毛驴逃走了。我们没追上。”

窝阔台回想起来了，夏来确实有个野驴，他老牵着那个野驴不放。

“这可是天下奇闻一件：骑着最快的‘天驹’，还领着五十名士兵，却把一个犯人给押丢了。现在回来告诉我那个人骑着毛驴逃走了。说这话你不觉得害臊？”

“可汗，事情原本就是这样的，海森他也亲眼看到了。”

“这是你的事，与海森无关。下一步我叫海森独自一人去捉夏来回来。但是我现在该拿你怎么办？”

伊尔白克不出声，脑袋像个葫芦吊在两腿中间就要触地了。

“伊尔白克你听着！看在你过去为我出生入死的分儿上留你一条命。斡南河边给你立一个套马杆，你堆牛粪！什么时候堆得尖尖没有了，你就自由了，可以回家了。海森，你把他送到行刑队去再回来，我有话对你说。”

众人退出。窝阔台独自一人留在了行宫里，他思绪繁乱无法理清。

从五十名士兵和两名千户长的眼皮底下活着逃跑了。夏来这人可真不简单呀！他难道是个神鬼不成？手下的人有这等本事，父汗真是有福之人啊！

窝阔台沉思，他也应该有这么一个贴身侍卫才对。他现在越来越感到力不从心，面对如此繁杂的局面，有时候连入手的切口都找不见。如果有夏来这样一个助手，是不是问题就会变得简单得多？

窝阔台晃了一下矮桌上的小铃铛，一个门卫从门缝里探进了脑袋。

窝阔台下令：“叫海森！”

那个门卫从门缝里消失了。

狗的狂吠和马蹄声打破了午后的宁静。

来客是十户长和信差快吏。宝日胡拉和宗巴岱出门迎客，客人没有到马桩下马，却直接跑到蒙古包门口停住，横坐在坐骑上直接宣读合少[①]扎萨的通告：

一、全蒙古黎民百姓请听！窝阔台可汗下令解除了夏来巴图尔死罪！特此颁布命令如下：我豁免夏来巴图尔死罪。特此通告全民！窝阔台。”

二、合少扎萨命令所有百姓户上缴干肉十斤，黄油三斤，奶豆腐十斤，奶皮子十张，还有奶酒一坛，如数

① 合少：蒙文音译，旗。

上缴敬恭大汗国葬之用。当面缴不上的必须限期补上，否则摊派苦役！宣读完毕。

两个当差的每人牵着一匹马，上面交叉搭着马褡子。宗巴岱把他们索要的食品迅速打包装进了空马褡，两个当差的连声谢谢都没有就疾驰而去，消失在东北方。

夏来没有死罪了。宝日胡拉比夏来还高兴。他派豪齐贝克把夏来从他的地窖里叫了回来，两人打开了那坛老烧酒。

“孩子！你重见天日了。你现在名正言顺地好好过日子吧！我和宗巴岱商议好了，把儿子的新毡包先给你打上，你把老婆孩子接回来我们一起过！儿子回来先跟我们一起住，我们总有办法再给他盖一座新毡包的！”

宝日胡拉一片真心。但是夏来信不过窝阔台。同时他还担心伊尔白克和海森不会饶了他。夏来明白他已经陷进了一场权力大漩涡里，随时都有可能去当某一方的替罪羊。

夏来最为清楚：窝阔台可汗这次饶恕的不仅是他夏来一个人，还同时宽恕了伊尔白克千户和海森千户的死罪。而他们两位是因为夏来才落到这一步的。如果哪一天伊尔白克和海森想报复夏来，对他俩来讲整死夏来那可就像踩死一只蚂蚁那样容易。

夏来怀疑豁免他死罪是窝阔台可汗的一个阴招。窝阔台知道他现在找不到夏来才出此下策；先把夏来引出来再下毒手收拾不迟！这都是蒙古高层的权力游戏规则，多年来跟随成吉思汗左右的夏来，过去几乎每天都能耳闻目睹这些。

也许吧！这一次真正挽救他生命的，有可能是他多年来在大汗身边学到的那些启示和经验。成吉思汗是个不相信任何人又是任何人都不了解的人物，他的对手们从来都猜不透他每一步的决定，其结果当然最后都败在他的手下。

夏来权衡再三最后决定第二天动身离开蒙古。现在全蒙古都在忙大汗的葬礼，没有人顾得上算计他。有可能这是老天爷赐给他的一个绝好良机，他将乘此机会远远躲开对他来讲既带来荣耀又带来大祸的是非之地，去一个谁也不知道谁也找不到的地方。他要重新穿越大戈壁和河西走廊，到巴颜喀拉以后再去吐蕃。这是夏来唯一能够迅速逃离蒙古的最近去处。蒙古人的足迹没有越过昆仑山脉，对他来讲吐蕃是一块净土。

宝日胡拉不希望夏来就这样走。虽然相处时间短暂，可是说夏来要离开去很远的地方，老两口怎么也舍不得。宗巴岱抹着眼泪连夜给夏来准备了足够用一个月的熟食让他带上。有炸棋子儿、干肉末儿、骆驼奶豆腐，还有黄油和捣碎的砖茶。她只有一个心思：孩子出远门不要饿着。这是一个普通母亲首先能想得到的事情——要他活着，不要饿死！

三个人通宵唱歌、喝酒、流泪。一切尽在无言中。

夏来掏出了五枚金币给宝日胡拉，告诉他用这笔钱来给豪其拜克娶媳妇。他又把另外五枚金币请宝日胡拉转交给妻子莫洛代查汉和儿子特木尔。可宝日胡拉说啥也不接受孙子的那一份，说是出门人有用，叫夏来自己留着抵挡不测！夏来只好把金币直接放进了豪其拜克的小靴筒夹层里。那里面有一个储存“珍宝”的小口袋。至于黑夜脱靴睡觉的时候“珍宝”会不会被人偷走，这问题豪其贝克从来没想过。

太阳还没有出来夏来就要起程了。但是豪齐贝克突然造反了，他哭喊着要跟夏来一同走！夏来抱起豪齐贝克，为他擦掉泪水，但是夏来却止不住自己的眼泪了。他看见豪齐贝克却想起自己的儿子特木尔巴特。他从胸襟里摸出来一把银制的小蒙古刀和一把小火镰送给豪齐贝克。

“这是我为儿子珍藏的礼物！我把它送给你！告诉你，我明年这个时候回来带你走。你必须给我长成威武雄壮的骑士，否则我不领你！明白了吗？到时候我们俩到可可西里打猎去，行吗？”

豪齐贝克答应等待他！

当夏来硬忍着泪水离开的时候，宗巴岱早就哭成泪人了。她明白这一走这孩子三年五载回不来，也和她的儿子一样不知道路上有什么劫难等着他。

宝日胡拉一家送走了夏来。他们站在蒙古包门口，泪眼目送逐渐远去的背影，这时他们却听到了一长串毛驴哭嚎的声音。原来是夏来放走的那头野驴，突然离开了井边簇拥的野驴群，独自追赶夏来去了。它要陪伴夏来去可可西里和巴颜喀拉。夏来看见它后勒马等它，最后一同消失在远方。

八

大戈壁留在了身后。夏来驰上最后一座敖包岗，这就是说他已经走出了蒙古高原的边界，再往前走半个驿站路就踏入别人的地界了。他下了马遥望东北方。戈壁滩在夕阳余晖下变得茫茫无垠。往后它就不会这样实在了，到那时——其实就是从今晚起——它就会变成虚幻一片——变成他心中的一个梦了。

过去他随着军队数次离开家乡去远征，但是从没有这样悲哀过。这次他变成了自己人的敌人，为了逃命才离开家乡。这苦衷他跟谁说去。

夏来心中默默地祝福他最心爱的人们安康并发誓他要活着回来见他们。

“忠实的朋友！下一步你给我带路了，把我带到可可西里！”

夏来俯下身给野驴耳朵轻轻说了一声翻身上马。野驴似乎听懂了他说的，率先从土岗上跑了下去，夏来也紧随其后疾驰而下。他迎着巴颜喀拉山的凉风驰骋，他的眼泪和着夕阳最后一道光束流向双颊。这是他心灵的告别仪式，所以他不去擦它，让它流。他从此踏上了吉凶难卜的异乡之路，他在那里语言不通也没有朋友，他将孤独地穿越巴颜喀拉的风和雪，为了生存，他将独自一人去闯荡江湖，抵挡所有的劫难。

为什么他是这世上唯一一个知道成吉思汗后事真相的外人呢？

这也许是命运对他的一次捉弄！

他驰骋了一会儿，调转马头回望蒙古高原。他的家乡在黄昏的微光里依稀可辨。夜色将覆盖一切了，他咽了一口泪水向西南继续疾驰。他想唱一首歌来排解心里的孤独，但刚一上口就止住了。他已经走近异国他乡，这些歌曲也许会给他带来想象不到的灾难。于是他只能在心里默默唱，夜间的道路，只有马蹄声伴随着他。

尾声 1

成吉思汗去世以后已经过去三百年了。

戈壁滩。蒙古包。羊油灯光。风雪夜。

蒙古包里有一个七岁的小男孩，正趴在矮桌上用桑巴板画图画。在薄木板上用锅底灰和羊脂油涂沫而成的这种小黑板，只要撒上一层炉白灰就可以重新写字画画，反复使用无数次。当然那是距今五百年前的产物。你现在就连在博物馆里也见不到这样的识字练习“本”了。

“爷爷，那位夏来将军后来回来了吗？”

“书上说他没有回来！”

羊油灯下一位老人在读经书。他是这个小男孩的爷爷，同时也是男孩的老师。

“他为什么不回来？”

“他是应该回家的！但是没有回来，估计有可能遇着了什么不测回不来了。”

“他究竟遇到了什么不测？”

“不知道。这件事是一个叫豪齐贝克的人写下来的。这件事离现在已经有三百年了。”

“我听奶奶说那个夏来后来又变成了一只狼，是吗？”

“呵！那只是传说。”

“您再讲一讲那个狼孩的故事，好吗？”

“不清楚是什么时候，有那么一行人为去拉萨朝圣，长途跋涉穿越了野马道大戈壁。他们穿过大戈壁的时候碰见了一件奇特的事儿：有一群狼，围着中间一个小男孩跑。那个男孩不会直立行走，而是四肢着地跑。人们把狼群赶跑后抓住那个男孩绑在骆驼驮子上带走了。但是到晚上宿营的时候，那群狼围住了朝圣者的宿营地嗥个不停。人们非常害怕，又没有办法驱走狼，最后他们就请来了一位能听懂动物语言的智者来给想办法。那位智者听了狼群的嗥声之后告诉大家：狼群在呼唤那个男孩，它们说：‘夏来儿啊你快回来！你的帕来妈妈想你！’这个时候人们才明白狼群围着不走的原因是它们想要回狼孩。于是人们把狼孩放回了狼群，而狼群找回狼孩后立刻消失得无影无踪了，此后再也没有出现过。这就是狼孩的故事。”

“爷爷，这是奶奶给我胡编的，是吗？”

“不！不能这么说。这是一个民间流传很广的故事，谁也没有去考证过它的真与假。问题的关键是夏来没有死。据说他变成了一个狼孩现在仍然守护着成吉思汗的陵墓，经常出没在野马道上。孩子，你要记住！爷爷告诉你那片戈壁还有一个名字叫成吉思汗圣戈壁，只要有人路过那里，都得从坐骑上下来向成吉思汗圣戈壁跪拜祈求平安！孩子，你也记住，你将来路过那片戈壁的时候，也得下骆驼向成吉思汗圣戈壁跪拜祈求大汗平安。记住了吗？”

“那又是为什么？”

“因为那片戈壁上有成吉思汗的灵魂！”

“人早已经死了，他的灵魂为什么还没有死？”

“这事爷爷就不清楚了。我相信你长大之后自然就明白了。”

“爷爷，你来看，我画的是谁？”

男孩在桑巴板上画了一座戈壁滩上的土岗，土岗上站着一只狼仰天长嗥！男孩在左下方又写了一行字：“夏来巴图尔！”

爷爷看了孙子的画后捋着长胡须微微点头，说：“有的人是永远不死的。因为众人还惦记着他。夏来将军就是这样一个人。所以在民间至今还流传着有关他的故事，包括你的这幅画将来也会流传下去的。”

听到爷爷的夸奖之后小男孩眼里闪烁着异样的光芒。

尾声 2

海森千户骑着马在崎岖不平的山间小道上行进。前面是一处不太高的隘口，坝顶上堆着玛尼石堆，五彩缤纷的哈达像彩旗一样飘扬。海森从南坡爬到了坝顶，勒马往北瞭望。北面是苍茫无涯的河西走廊，在他背后环绕着群山，无数个雪峰在云雾中静静俯视。这道隘口是这一带唯一能下到河西的地方。现在是秋末时分，随时都有可能下大雪封死隘口，那时候你想从隘口下坝就只能等到来春了。海森今天准备赶在大雪封死隘口之前下山往回走。

他来到巴颜喀拉山寻找夏来已经三个月有余了。这里除了雪山、牦牛和羚羊外，他别的什么也没有看到。如今赶在大雪封山之前下到山下，准备往回走。这三个月里高原的气候折磨得他早就面目全非了，满脸胡茬、眼皮浮肿、疲惫不堪、神色恍惚，叫人难以辨认。他视而不见，心灵早被这雪山群峰震慑住了。海森认为这样的地方只有鬼才能生存！如果夏来真的是来到这里了，那他肯定也活不成，应该早就死了。这是海森得出的结论！他现在就回去把这情况禀报给窝阔台！

一阵呼哨声把海森从半呆状态惊醒。海森一激灵又开始明白过来了。这是夏来的掷石绳甩出的石头发出的呼哨。他环看周围什么也没有看到。他惊奇不已。是夏来？他难道还活着？海森呼喊了起来！

“夏来！我是海森！看你来了！你在哪里？”

夏来——夏来——夏来……哪里——哪里——哪里……

“窝阔台请你回去！”

窝阔台——窝阔台——窝阔台……回去——回去——回去……

海森的喊声从这山传向那山，群峰遥相呼应。但是没有人给海森回话。海森下了马，从马褡子里取出了窝阔台送给夏来的盔甲和大刀，把它裹在鹿皮帔风里压在了玛尼石下面，旁边又放了一坛烧酒和一包生烟留给夏来。他坐下来取出烟袋锅等待夏来，他抽了两袋烟没有看见夏来过来。太阳就要落山了。天黑就不好下山了。于是他喊了一声“我走了”之后上马顺着北坡走了下去。海森走了一段，在一个弯道上站住，勒马往回看。他看见夏来骑马站在玛尼石旁向他张望。落日的余晖下夏来变成了一尊青铜雕塑。海森仰望着那个雕像久久不语。他知道夏来不会下来同他一起回蒙古。于是他向夏来深深地弯腰示礼后踩马顺坡而下。

他们是军人，一样为成吉思汗打天下立下了汗马功劳。但是现在命运把他俩分开，天各一方，再往后就难得见面了。

坝下就是有名的野马道的终点可可西里，再下去就是丝绸之路大通道河西走廊，穿过它就是通往蒙古高原的野马道。一位武士在沉沉黑夜里向着东北方孤零零地驰骋。在他的背后雪雾锁住了群山。他在轻轻歌唱：

啊！在金色的阿尔泰山巅上，
永恒飘飞白雪的银发……

（这是一篇虚拟小说，不是历史传记。特此声明！）

原载《潮洛濛》杂志2013年第1期

译于2017年

胡 杨 林

阿尤尔扎纳 著

张宝锁 译

阿尤尔扎纳

蒙古族，1955年生于内蒙古阿拉善盟额济纳旗。中国作家协会会员，原内蒙古文学艺术评论家协会秘书长，内蒙古文联《金钥匙》编辑部主编。在《民族文学》《草原》等刊物发表作品，出版有中篇小说集《远古的戈壁》《野驴出没的戈壁》及译作《暴雨》《罕山白头翁》《阿木利》等。曾获内蒙古自治区文学创作“索龙嘎”奖，首届“朵日纳文学奖”等奖项。

张宝锁

蒙古族，1950年生。1978年开始用蒙汉两种文字从事文学翻译，发表译著百余篇（首），合译、独译出版文学著作和文学研究著作九部，约计三百万字。1997年获第五届全国少数民族文学创作骏马奖。

一

天从边际上发亮的时候，繁星从东方开始逐渐地变得稀疏了，唯有启明星依然明亮地闪烁着。白色的晨光，已经照亮了挂满凝霜的山林和冰雪覆盖的辽阔的戈壁滩。

在宽敞开阔的冬营地，用羊粪砖上顶的畜棚和用泥土墙围起的大而显得空荡的羊圈，清楚地呈现在晨曦中。从冬营地那足有一尺厚的羊粪层和棚圈的规模上看，早先这里显然拥有过数以千计的绵羊和山羊。如今却只有以奶羊为主的为数不多的绵羊和山羊，如同粘在铁锅里的大米粒，疏疏落落地卧在圈里，频频鼓动着结了冰霜的腮帮，不紧不慢地倒嚼着。

在羊圈的西边，是用胡杨树的粗枝围建的驼栏，大得像牧放骆驼的平原，很是空阔。在驼栏中央，兀立着拴种公驼的石桩。悬挂在各处的木桩上的驼毛，随风轻轻飘舞着。

在羊圈与驼栏之间的小高地上，两间红瓦白墙的平房，在晨曦照射下闪着白光。雪白的平房的近旁，坐落着一顶低矮发黑的蒙古包，宛如一只带盖儿的圆形木盒子，显得简陋而又无精打采。蒙古包门外码放整齐的柴火堆旁边，一条四眼白花脸大黄狗，把头伸向腹股沟，蜷卧在一张脱了毛的黄羊生皮上。它好像听到了什么动静，站起身来，慢腾腾地伸了个懒腰，然后汪汪地吠了起来。从它那低沉洪亮的叫声、已经变得斑白的嘴巴、泪汪汪的且有白翳的眼睛上看，似乎快要老糊涂了。此狗，名叫班布尔。

蒙古包里，有一位年过六旬、瘦得像干肉条似的老汉，盖着老羊皮被子，露出白发苍苍的脑袋躺着。那老羊皮被子原本是用大花红布吊了面的，现在已经脏得分不清是什么颜色了。“昨天夜里班布尔叫得没完没了的。是不是来狼了呢？准是有个情况的。要不然，不会这样叫一整夜的……胯骨麻得怪难受的。可巧，好像天也亮了，起来吧……”老汉想到这里，坐起身来，穿上了衣服。他把劈成细条折成段备用的柽柳填进炉灶口里，准备生火。

这位老汉，名叫关布来。年轻的时候，他聪慧过人，也很风流。他能最先得到别人闻所未闻的消息，也能最先使用别人从未见过的稀缺物件，而且很有心计。在这个家乡，最先提倡改良牲畜品种的，就是关布来老汉。他常说：“在一个浩特，种畜使用的时间过长了，牲畜就会变小，毛绒就会变稀，质量就会下降。这实际上就是牲畜的血缘关系越来越近所造成的。”于是就从远地弄来种绵羊、种山羊、种公驼。由于他提倡的这个方法很先进，没过多久，人们就开始效仿他了。这还不算，在胡杨林搭建围栏封胡杨的，也是关布来。那个时候，不要说在这里搭建围栏封胡杨了，在关布来一开始搭建围栏的时候，就有人说三道四，甚至骂他。

“关布来的脑子好像出毛病了。平白无故的，干吗要拦截大地呢？他这样干，是犯了什么精神病呢？把路都给堵上了，多麻烦呀！”但是，人们说也好，骂也罢，关布来根本就不予理睬，他好像是没长耳朵，该干什么还干什么。

早在成立合作社、人民公社以前，关布来的先辈就居住在胡杨林。他们拥有如同肥绵羊渗油的踝骨一样的一千多只白额白鼻梁的浅黄色绵羊，还有两峰种公驼圈管的两小群棕色玛瑙一样的骆驼，在家乡是有名的富户。

关布来在家乡继承了父业。关布来的妻子苏荣，生有黄羊羔小腿一样细长的腿，是个又高又白的清秀女子。苏荣做得一手好乳品，因此闻名遐迩。因为她酿制的奶酒也好喝，青年们为了喝苏荣的奶酒，往往像干渴的牛群一样蜂拥而至。苏荣嫁给关布来以后，虽然给他生了两个女儿、一个儿子，但因患了急性阑尾炎，还没来得及送往医院就发生了内穿孔，年轻轻的就离开了人世。这样，年轻的关布来就和他那如同拴羊绳上的钩襻一样可怜巴巴的三个孩子，守在蒙古包里相依为命。为此，关布来精神失常了一年多，好在朋友和大夫鼎力相助，他才好不容易康复过来。关布来为了把雏鸟一样可爱的三个孩子抚养成人，几年来可真是吃尽了苦，受尽了罪。倘若换了别人，一边要悉心照料三个幼儿，一边要精心管理两群牲畜，说说可以，却未必能做到。但是因为关布来不仅聪明，而且很有心计，既能苦干，也能巧干，把这个家料理得井井有条，为此乡亲们无不称赞。

关布来虽然有三个孩子，但是牲畜多，家底厚。因此，自从妻子去世以后，有好多年轻女子都愿意跟他过活。但是，关布来为三个孩子着想，一拖再拖，已经拖了好几年了。不过，有个叫德吉德玛的黄脸姑娘来过几次关布来家。她二十出头，目光总是怒冲冲的，性格暴烈，但很会逢迎。她疼爱关布来的几个孩子，每次来都给他们带些糖块点心什么的，甚至还给他的两个女儿带来过漂亮的丝绸头巾。论年龄，德吉德玛只比关布来的大女儿大几岁，所以，她们是年龄相仿的姑娘，一来二去，很快就混熟了。关布来本人也具有年轻人的性格，热情开朗，喜欢热闹，爱开玩笑，保持乐观，总是笑盈盈的。当时他虽然已经年过四十，但从气色上看，说他刚到三十，也没人不信。正因为如此，他让姑娘们动心也是在所难免的。德吉德玛的父母想到能把女儿嫁给关布来，也激动不已。本来德吉德玛和关布来认识不久，彼此还不甚了解，但是，德吉德玛的父母却很着急，忙于筹办婚礼，恨不能把德吉德玛直接送给关布来。关布来是有三个孩子的单身男人，人家姑娘没有嫌他子女多，真心实意要嫁给他，他也就不好挑三拣四地谢绝人家。于是，就跟小自己二十几岁的德吉德玛姑娘成亲了。

关布来老汉把灶火生着之后，就出去解手，顺便在浩特里转一转。因为天刚亮，老汉视力又差，所以什么也看不清。老汉深一脚浅一脚地绕着浩特转了几圈，也没发现什么可疑的情况。路过平房的时候，他悄悄推了推房门，发现房门没有插上。关布来就有些奇怪了，他轻轻推开房门往里看，可是屋子里像地窖一样漆黑一片，什么也看不见。他屏住呼吸，侧耳细听，这才听到，好像是从火炕的东北角里，传来如同吹奏长筒法号似的低沉而又均匀的鼾声。

关布来老汉顿时气得心突突直跳，手脚都发抖了。那鼾声，简直就像钢针一样刺痛着他的心。此时此刻，老汉陷入了进退两难的境地，他怔怔地站在门口，不知所措。我说呢，狗在夜里叫得那么厉害。准是那个披发僧来了。该死的！要是放在身强力壮的年轻时候，我一准会冲进去，一把掀掉他们的被子，给这狗男女好好放放血的。可是，我现在能怎么样呢？我给人一拳，也打不疼人家。人家给我一拳，我也禁受不住了。就是吵架说理，也说不过他们。我还能怎么样呢？可是，我再老也是男人哪。明明看见自己的老婆让别的男人毫不客气地搂在被窝里睡，却无动于衷。天下有那样的男人吗？倘若有，那他也不是活人，而是死尸。野生动物、飞禽走兽发现自己的伴侣遭到其他异性进犯，都会挺身而出加以保护，更不要说懂语言、有智慧的人了。可是，我能怎么样啊！大雪盖山岭，年龄不饶人。我现在已经是被世间红尘埋掉的废物了，就像一只掏掉金银剩下的空箱子，没用了。虽然这个自然法则不只是给我这糟老头子一个人定的，但是我能不服从而去违背它吗？关布来老汉站在门口，一边往屋里窥视，一边想了这许多。

屋里有簌簌刷刷的被子的响动，好像是那两个在梦中哼哼、吧嗒嘴、来回翻身，又好像是在拥抱亲热、相互抚摸。

老汉听到这些动静之后，还想继续听个究竟，就把推开的门又轻轻地拉回来，留了个缝，贴耳细听。这时，好像那两个人的其中一个醒了，亲吻着另一个。不一会儿，就开始亲热了。

“嗯！就知道折腾，也不让人睡！”这是德吉德玛娇媚的声音。另一个却不说话，只顾亲昵。

“行啦！好像天快亮了。老头子也该起来了。”德吉德玛犹豫地说。

“天哪儿亮了，还黑着呢……”这个在被窝里说话的，无疑是披发僧了。

瞬时间，关布来老汉如同一头被抢走食物的野兽，怒火中烧。他手脚颤抖，心跳剧烈，气喘吁吁，险些背过气去。老汉真想冲进屋里，把那两个赤身裸体的男女轰出去。他刚要推开房门，忽然又停住了。我能把赤身裸体的他们俩轰出去吗？弄不好，会被打个稀巴烂的。与其遭到那样的下场，不如先保留一个完整的身体……德吉德玛已经从内心里嫌我老了，这是显而易见的。她已经不把我当人看了。那个披发僧更是诡计多端，满肚子的花花肠子，而且他比德吉德玛小好多。这样的两个人，我怎么能阻止得了呢？就算今天阻止了，那明天、后天……以后怎么办呢？如果他们是四条腿的牲口，还好办，拴的拴，赶的赶，还可以让他们分开。可他们是两条腿的人，这叫我怎么办呢！即便能把他俩双双捉住，我又能得到什么呢？只能是丢人现眼……关布来想到这里，就把准备推门的手慢慢地收了回来。可是他又不甘心径直走开，好像还有什么东西牵挂着，于是就在门口徘徊。

“你怎么跟这样一个快要入土的糟老头子结婚了呢？”

“怎么说呢。这可能就是我的命吧。我当初跟关布来结婚的时候，他四十出头，我还是个刚到二十岁的姑娘。关布来虽然四十多岁了，但显得很年轻，人也长得很帅。我当时是不太愿意的，但是父母整天催我逼我，我也没办法。我母亲生下我们兄弟姐妹九个。除了我哥哥成家单过以外，其他的都在家里。我们家的牲畜少，人口多，生活很贫困，只差乞讨了。我的几个弟弟妹妹都没衣服穿，两三个人轮换着穿一件衣服。连个盖的被子都没有，我们八个人只有两条山羊皮被子……我认识了一个比我大好几岁的大嫂，她曾对我说教过：你还想跟关布来过一辈子吗？你们俩相差二十多岁呢。等你到四十岁的时候，他都六十多了，快入土了。到那个时候，你占有他的家产，然后再找个情投意合的人过日子，也不晚啊。你不要认为你现在是跟关布来过日子，而应该认为是跟他的牲畜和财产过日子，这才对。我比你多穿过几双袜子，所以知道人生中的是非冷暖。男人在结婚之前，都会说一些漂亮话的，什么爱你呀，什么白头偕老呀。其实那都是骗人。等他跟你在一个包里睡过，从一个锅里吃过之后，就会变得大不一样了。我的妹妹！在人这一生中，什么爱情、恋爱、朋友，都毫无用处。因为那都是空的。对人有用的只有一样，那就是金钱。只要你有了金钱，什么爱情、恋爱、朋友、权力、官位，哪一样也不会缺的。你现在跟关布来结婚，就应该想到将来享福。那才是你最大的收获呢！你要听我的……现在想起来，她说的那些话，我觉得都有道理。我跟这个风烛残年的老头子还过什么日子呢。我现在才四十出头。女人一到四十，会变得像什么？这你应该清楚吧！等关布来死了以后，我还要过日子不是……”这时，又从屋里传来男人的哼哼声和呼哧呼哧的喘息声，可能是那个人一边听着德吉德玛说话，一边又在跟她拥抱亲热。关布来老汉听到德吉德玛的这番话，整个身心都凉透了。本来，关布来老汉听到那两个人在尽情享乐，受到感官刺激，身心还有些莫名的兴奋，此刻却彻底消退了。关布来老汉已经无法继续站在那里了，就踉踉跄跄地向他的蒙古包走去。关布来老汉悲愤交集，几近昏死过去，走路都磕磕绊绊的了。他好像从梦中醒来，对刚才发生的事也记不大清楚了。“我是不是犯糊涂了呢？”他点上烟袋，贪婪地吸了几口烟，然后长长地舒了一口气。他又回想起刚刚听到的那些话，眼泪从深陷在眼窝的眼里不由自主地流淌下来。泪水顺着沟壑般的皱褶潸然而下，仿佛心中的苦水化作了滔滔的江河。然而，德吉德玛却跟那个男人沉浸在享乐之中。

关布来老汉几乎要被愤怒的火焰烧焦了。他一口接一口地抽着烟，好不容易让心情平静了下来。都说“抚养人的头破血流，饲养畜的满嘴是油”，看来，这是千真万确的。德吉德玛说的，那是人话吗？她刚跨进我家门槛的时候，算什么东西呀。除了穿在身上的那一件，没有可换的衣服。连一只羊羔的财产都没有，穷得像个叫花子。可现在都忘得一干二净了。来到我们家以后到现在，整个像裹在脂肪里的腰子，夏天热不着，冬天冷不着，吃的是肉，穿的是绸。真是个不识好人心、不知好歹的东西，连畜生都不如。你想气死我，然后占有我的财产，去给别的男人当褥子？没门儿！臭婆娘！你越是盼我早点死，我越是不死。我就整天盯着你，看你能怎么样！你能把我活埋了？你能杀死我吗？不要脸的荡妇！臭叫花子……关布来老汉越想越生气。但是他还不能把德吉德玛和披发僧怎么样，只好用烟袋锅儿使劲磕打着烟灰缸，拿烟袋出气。

天大亮了。阳光透过窗帘的缝隙，照射在屋里。火炕东头的那床红绸被子底下，露着两个人的脑袋。那两个人把被子往上拽了拽，于是被子另一头便露出了大大小小四只又脏又臭的脚丫子。脚趾缝里积满了污垢，脚后跟是黑的，散落着白的皮屑。

忽然传来狗叫声。德吉德玛从睡梦中惊醒，坐了起来。

“喂，快起来！太阳都升起老高了！”她用胳膊肘捅了捅睡在身边的那个长了满脸绊倒驴的疙瘩的男人。

“啊，他妈的！睡得可真香。这该咋办？”那个男人猛地坐了起来，匆忙地抓起衣裤，跳下炕，提起鞋，跑进了厨房。德吉德玛仿佛从战乱中逃命，急急忙忙在炕上翻找她的衣服，忙乱中，在乳头顶出两个黑点的贴身小背心里面，肥大的乳房如同装满了水的羊肚一样激烈地颤动着。她从乱糟糟的衣服堆里找到了裤子穿上，赶紧下炕。这时，那个男人已经穿戴好了。

“赶紧跳窗户出去。等把羊群放出去以后回来！”德吉德玛果断地说，她把厨房的小窗户打开了。那个男人用手草草梳理了一下满是油垢的蓬乱的长发，就从窗口跳了出去。

德吉德玛从水缸里舀出一口水含在嘴里，又把水吐在手掌心里，简单擦了一把脸，然后蹲在灶口生火。德吉德玛估计老头子该来喝茶了，可是灶火总是旺不起来，水烧不开。她把柴火填得太满了，灶口老是倒烟，弄得满屋子都是烟。她着急，恨不能跳进锅里，把自己烧开。

德吉德玛终于把茶熬好了。她往浓浓的茶水里兑上了奶粉和黄油，扬了扬，熬成橙黄色的奶茶，倒进了茶壶里。德吉德玛有个习气，无论做针线，还是烧茶做饭，都会因人而异。最近几年，她一直没给关布来老汉熬过这么入味的上好奶茶。今天为了抵赖自己干的那种事，特意露一手，熬出美味的奶茶，等她老头子过来喝。她等了一会儿，没见老头子过来，于是就去叫他。

关布来老汉连鞋也没脱，和衣躺在床上。灶火已经熄灭了，但炉灶还是温的。关布来老汉好像断气了，一动不动地躺着。

德吉德玛忽然停住脚步，好生奇怪。心想：“老头子为什么生着了火又和衣躺下了呢。是不是身体不舒服了？”她用尊敬而又亲切的语调问："关布，您怎么啦？身体不舒服吗？不去喝茶吗？"

关布来老汉眯缝着眼睛冷冷地睃了德吉德玛一眼，然后又闭上了眼睛。

"您哪儿不舒服？吃药了吗？不行就去找大夫吧！"德吉德玛摸了摸老汉的前额，焦急地搓起手来。

关布来老汉心里明白，德吉德玛这样客气，是在演戏给他看。他想看看她这戏还能演到什么程度。还叫我喝茶呢。她准是把那个男人藏好了以后才来叫我的。可能是以为我这老汉耳聋眼瞎，啥也不知道吧。等着瞧，我要把你们的丑事暴露在光天化日之下……可是那个头脑简单的愣头儿青，没准会像发疯的牤牛一样袭击我的。与其落个死无葬身之地的可悲下场，不如死得自然一点好……关布来老汉想到这里，就漫不经心地说："好像是受寒了。老是打寒噤，就躺下了。你先回去！我一会儿就过去。"

德吉德玛表现出为老头子担心的样子，说："茶会凉了的。赶紧过去吧！"

这糟老头子，是不是已经发现我们俩了？哼，发现就让他发现吧。骆驼尥蹶子也蹦不到天上去，山羊尥蹶子也弄不坏驮架子。他能怎么样。他只会占有我，却不能满足我身心上的欲望，干吗还要阻挡我呢。我要过一个正常人的生活，有什么错呢？……德吉德玛暗暗为自己找借口。

关布来老汉走进平房后还没有坐下，就先把屋里的各个角落、床铺、门后等能藏人的地方都扫视了一遍。德吉德玛把点心、熟肉等吃食摆在老头子面前，伸出手说："关布，把碗给我！"

关布来老汉拿起他那只积满茶垢而发黑的银碗，递给了她。德吉德玛就像在年轻时给老头子倒茶一样，在银碗里倒满了飘着油的橙黄色的奶茶，恭敬地递给他。关布来老汉盯了一眼德吉德玛的脸，然后不慌不忙地接过银碗。于是，两个人便分坐在小炕桌两边，喝起茶来。

“昨天夜里狗叫得怎么那么厉害?”关布来老汉一边慢慢腾腾地嚼着嘴里的肉，一边说。

“可不！可能是流浪狗来了吧！”德吉德玛若无其事地说。

“现在的流浪狗越来越多了。那些无拘无束的家伙，说不定白天也会来浩特的。班迪夫没来。他来了，准给那些探头探脑的流浪狗吃几粒小口径步枪的铅弹！”关布来老汉的话语里透着一股憎恨。

德吉德玛低头不语。过了一会儿，她用恳求的语气对老头子说：“今天您出去放羊，好吗？我留在浩特收拾那些冻羊粪！”

关布来老汉想说什么，但欲言又止。他吡吡地抽着烟袋，沉思片刻，然后默默地出去了。这母狗，为了跟她那个披发僧淫乱，想支我出去放羊，为她自己铺路……与其在家守着这条母狗受那份窝囊气，不如到野外去见见风。眼不见，心不烦……关布来老汉想到这里，便拄着拐棍，领上班布尔，赶着羊群出去了。

二

从房后的几座长有黑枸杞的山头里爬出一个人来。他像逼近老鼠的猫一样蹑手蹑脚地爬到羊圈墙下，从墙头上探出头来，向浩特里张望。这是个年轻人，络腮胡子兜住了下巴，疤瘌眼有点眯缝，蓬乱的长头发，腮帮子很瘪，显得清瘦。此人正是披发僧。“羊群倒是赶出去了，老头子是不是也支出去了呢?”他一边想着，一边悄悄地溜进了平房。

德吉德玛正在往地上洒水，收拾屋子。

“怎么样，把老头子支出去了吗？”披发僧小心谨慎地问。

“我看老头子有些不对头。可能起疑了。默默不语地赶着羊群出去了。那倒没什么，别理他。快洗洗脸，喝茶！”德吉德玛往脸盆里倒上了温水，又拿出了香皂。披发僧洗完脸，上了炕，在主人的位子上盘腿坐了下来。德吉德玛端来熟肉和点心，摆在了炕桌上。披发僧如同肉食猛禽撞上了血尸，用手抓起盘中的熟肉，一块接一块地往嘴里塞。

披发僧的真名，谁也不知道。披发僧这个名字，是这里的牧民送给他的绰号。几年前，在羊绒贵如金的时候，披发僧领着一帮开漂亮汽车的人，来到胡杨林，收购牧民的羊绒。那个时候，他就留着披肩的长发。有时候，他还把长发拴在脑后，像马尾巴一样。人们都不知道他叫什么名字，家乡在哪里，就索性给他起了个绰号，叫披发僧。披发僧从不把自己真实的来历和身世告诉别人，老是遮遮掩掩的，而且说法也不一样。人们起初还有所怀疑，但是天长日久，习惯了，也就没人去问他了。不过，披发僧对胡杨林的牧民却了解得很清楚。谁家在哪儿过夏，有多少只山羊，产多少羊绒，他都了如指掌。可是，没过多久，山羊绒掉价了，披发僧也走得无影无踪了。两三年不见人影的披发僧，去年不知从哪儿又忽然冒出来了。他这一次来，不是来收购羊绒的，而是给租地种棉花的内地汉人当向导的。去年，披发僧领来的那些人，以每亩五十元的租金，把胡杨林已经没了牲畜的几户牧民的几百亩草场租了下来，种上了棉花。披发僧从中赚了不少的钱，就到处去打麻将。从那以后，披发僧再也没有离开这里。他拿关布来老汉寻开心，跟德吉德玛勾搭在一起，寄居她家，度过了秋天。

家乡人都说德吉德玛是个放荡的女人。这可不是无中生有。关布来老汉身强力壮的时候，还能勉强把她留在身边。如今老汉年纪已大，体力不支了，德吉德玛的放荡行为更是有增无减。不管是谁，只要是个男的，她就肯跟他去鬼混。不仅如此，她还欺负她老头子无能，招引一些不三不四的男人在家里过夜。她对找上门来寻欢的男人，不分老少，来者不拒，一般都能满足他们的需求。因此，人们就赏了她一个诨号，叫做“及时雨”。也正因为如此，男人们互相开玩笑时说：“实在不行，就去找现成的德吉德玛吧！”

对于嫌弃老头子不中用，自己又饥渴难耐的德吉德玛来说，能够跟比她小十来岁的年轻人相恋相爱，欲火中烧，是何等的幸福啊。她认为她从披发僧那里享受到了从未享受过的幸福，为此很是得意。

“来，喝茶！”德吉德玛提起茶壶，要给披发僧倒茶。

“啊，喝好了。哟，总算缓过来了。有两三天没怎么吃东西了。差点儿昏死过去。”披发僧用衣袖擦了擦额头上沁出的汗珠，点上了一支烟，离开了炕桌。

“几天没吃没喝，差点儿昏死过去，你都在哪儿流浪了？”德吉德玛用狐疑的语气问。

“我还能去哪儿呀。在旗里跑了点小买卖，把几个钱全交给饭馆和宾馆了。我想，与其在这儿忍饥挨饿，不如进城找点儿买卖做。可是又没钱了。所以……”披发僧说了一半，打住了。

“所以就想借钱，是吗？”德吉德玛接住他的话茬问。

“我就是为这个来的。你有办法吗？”

“你呀！需要借钱的时候就想起我来了。你平时为什么不过来？嫌我老了吧。也对呀。那旗里，妓女小姐不是有的是吗？你把几个钱都花在妓女身上了，成了穷光蛋了，才来找我套近乎，是不是？”德吉德玛带着埋怨和厌恶的语气说。

“说什么哪，我怎么会嫌弃你呢？我是怕老来你这儿，别人会笑话我。再说了，我也是个男人，怎么能靠剥削你过日子呢。

不管怎么样，我想自己闯出点儿事业来。你可不要误解我！说真的，我可是像对待我的姐姐一样敬重你，爱你的！”披发僧说完，坐到德吉德玛身边，抓起她那因繁重的劳动而指关节变粗的手，贴在自己的脸上。

德吉德玛却无动于衷。她毫无表情地问：“你进城，找什么买卖呢？”

“啊，还是老本行。做翻译、向导或者当联络员，传递信息什么的。城里的那些人，我认识的有一半。如今城里的大款们，对在乡下种粮食、种菜、种棉花，很感兴趣。因为在城里做买卖的人越来越多，竞争越来越激烈了，有些人就离开城市，开始向外扩张了。我去年带来的那个公司，光种棉花的纯收入就有二十万。现在棉花值钱了，所以，有头脑的生意人，为了不失时机，都在力争。其实，这样做，对双方都有利。就拿根培勒他们家说吧，草场上都没有牲畜了，如果再不卖掉草场，他们还靠什么维持生计，养活那几个孩子呢？正因为把土地租了出去，手里有了几个钱，他们家那几个光腚孩子才有裤子穿了。这还不算，现在的根培勒，还有钱喝酒、玩麻将了。要不然，他早给人家当仆人去了。”披发僧好像立了什么功，很有派头地抽着他的烟。

“这么说，你是根培勒的大救星了。是你把他从穷困的深渊里解救出来，让他走上了致富的金光大道。是吗？那，根培勒应该献上哈达感谢你才对呀！”德吉德玛讽刺道。

“按理说，他是应该感谢我的。可是，就他那副德性，他能拿什么来酬谢我呢？我只是举个例子说说而已。我是为贫困的百姓着想，才从大老远的地方把那些人带到这里来的。我这样努力，有些人还说我：‘你这样干是大错特错的。你让牧民把草场都租给别人了，以后他们的子孙后代还靠什么谋生呢……’你听听，多可笑，他们还考虑子孙后代呢。对于日子过得一天不如一天的他们来说，留着那草场有什么用呢？就像根培勒他们家，穷得连一只羊羔都没有，还留着那么大的草库伦、草场做什么用啊？他们也不是吃草喝水就能生存的畜类，那些草场和库伦还能起什么作用呢？如果不把那些草场、草库伦变卖成钱，荒废掉了，那不是分文不得，白白浪费了吗？其实，对于这样的牧户来说，草场和草库伦已经都没用了，有用的是钱和口粮。”披发僧不失时机地耍聪明。

“说的也是呀。根培勒他们家，真是穷得快揭不开锅了。现在好了，个个都像吃饱了青草的二岁山羊，眼睛也亮起来了，嗓门儿也大起来了。钱这东西，真有神通，既能把人提上来，也能把人拉下水。我们家是不是也该出租一个围栏，就像根培勒他们那样，不用受累也能捞钱呢？”德吉德玛心情激动。她已经中了披发僧的计了。

“这就对了。你们干脆也把胡杨林里的那两个围栏租出去吧。我给你们找人。去年来了一位植物学家，是个像狗头雕一样秃顶的老教授。他看了你们这儿的土地以后非常惊奇。他去过许多地方，见过各种各样的土壤，经验丰富。据他讲，你们这儿的土地有几个优势。第一，因为海拔低，所以土壤湿润。第二，因为是沙壤土，最适合种棉花一类的双子叶植物。第三，土壤中的养分充足。棉花这种植物，最能吸收土壤的肥力。一般的土地，连续两年种棉花以后，从第三年开始必须施肥，才能种棉花。但是这里的土地，三四年不用施肥也能种棉花。第四，地下水位高。随便在哪儿一挖，都有可能出水，所以，打井也方便。”披发僧为德吉德玛鼓劲。

德吉德玛静静地听着。

“你把围栏租出去，将来对你有利。你那老头子都六十多岁奔七十了，他也不会长生，还能活多久呢。你看现在你那老头子，呵护那两个围栏，就像呵护自己的生命一样。不让地上跑的动物踏进半步，甚至连天上飞来的鸟也想轰一轰。一旦老头子走了，谁还会这样精心管理呢？那围栏只能成为别人的了。如果班迪夫要占有他父亲的草场，你也无话可说。那围栏只能由别人来支配了。与其到那个时候后悔，不如现在就想办法。你说是不是？这些，你都应该考虑到才行！”披发僧说得德吉德玛头都晕了。

“人有文化，就是不一样。你看你思考问题多周密呀，利弊得失权衡得一清二楚的。你说的这些，我不要说考虑，连想都没有想过。你考虑得确实有道理。利用围栏赚钱，非常正确。可是在围栏里搞农田，老头子肯定会阻止的。不过没关系，我会想办法的。至于租给谁，你得去给我找人。”德吉德玛表示完全赞同披发僧的意见。

“这可是你我二人将来成就大业的开端。泥潭救牛，主人奋力。为了我们的事，我不努力谁努力呀！”披发僧笑容可掬地搂住德吉德玛的脖子，亲她的嘴。

“这倒是男人说的话。老头子虽然老了，但还活着，对你来说，毕竟是个障碍。所以，你想占有他的老婆和草场，也没那么容易。等老头子归西，给你腾出位子，那得等到什么时候啊？所以说，你我现在的幸福快乐，还能持续多久呢？”德吉德玛说着，悲观地叹了口气。

“好了，你就不要为这事操心了。你我现在虽然还不是正式伴侣，但要像伴侣一样好好过日子。要知道，我们是正在生长的树，他是趋于腐朽的根。只要我们耐心等待，他总有一天会倒下去的。我们现在应该考虑的是，想办法如何把老头子的财产和胡杨林搞到手里。只要我们想要的东西一到手，我们俩的美好未来也就指日可待了。所以，你去想办法把老头子的围栏搞到手里。我去找承租人。只要能把围栏高价长期租出去，你我就足够享用了。到那个时候，我们俩就完全可以安安稳稳、舒舒服服地享受生活了。怎么会像现在这样，为了维持生计受苦受累呢？”披发僧说得很有把握。

德吉德玛被披发僧的漂亮话打动了，她仿佛已经过上了那种幸福美好的生活，高兴得不得了。

“那你什么时候能找到承租人呢？”

“我现在还说不准。但不管怎么样，春耕之前必须找到。要不然，今年的时机就错过了。去年就有好几个人托过这个事。我想，差不多能成。不过，有一点要说清楚，在我找到承租人的时候，你一定要把围栏的事办妥喽。要不然，人家来了，你无地可租，我可要吃不了兜着走了。不管怎么样，等听到你的准话以后，我才去找人。”披发僧显露出了生意人的谨慎。

“你说得很有道理。这么考虑是对的。我想，即便不能把两个围栏全租出去，也能把小围栏租出去。那个小围栏是前年才围起来的，幼嫩的小树还没有长高呢。这老头子，真是把胡杨当成命根子了。一见到胡杨，就像见了八辈祖宗似的，关爱备至。前年，他非要围个围栏不可，就一个人搬木头，折腾了将近一年，围起了那个围栏。然后在里面撒上了各种草籽，还埋下了胡杨子。今年开始长出了一点幼苗，稀稀拉拉的，就像他自己的胡子一样。还不知什么时候才能长成胡杨让老头子高兴呢。恐怕得猴年马月了。就像狐狸巴望着牤牛卵子掉下来，最终饿死一样。那老糊涂，整个儿是老脑筋，没有一点儿新时期新事物的概念。到死了也不会想到租出围栏去赚钱的。他就知道个家乡和胡杨，别的什么也不知道。我跟这样一个老糊涂过日子，真是活受罪。”德吉德玛倾诉心中的痛苦。

“那怎么办。杀又杀不得，打又打不得。那样一个老东西，怎么办才是呢？”披发僧说着，撇嘴一笑，伸手梳理德吉德玛的鬓发。

“是啊！”德吉德玛无可奈何地唉声叹气。

“都说年长的女人会疼男人。你对我来说，简直是无价之宝。

我会像对待自己的姐姐一样敬你爱你的。”披发僧说着，一边抚摸德吉德玛的腰臀，一边亲吻，顺势就把手伸向她的裤腰。德吉德玛赶紧抓住他的手和自己的裤带，加以阻止。

“我这一走，几个月以后才能回来。我会想死你的！”披发僧牢牢地抓住德吉德玛的手不放。

“大白天的，像话吗？让人看见了怎么办？说不定老头子也会进来的！”德吉德玛死活不答应。

“这个时候谁会来呀？”披发僧得寸进尺。

“……”

披发僧软磨硬泡，终于达到目的了。

“那你想借多少钱呢？”

“能给一千吗？”

“让我看看吧！”德吉德玛无可奈何地站起身来，掀开绘有雄狮护三宝图案的木箱，从中拿出包在手绢里的钱。披发僧死死盯着那钱，眼珠子都要蹦出来了。德吉德玛点给了披发僧一千元，手绢里只剩下两三张了。

“谢谢了！连同上一次的，一共借了你一千八百块钱。等我下一次回来就全部还清了。”披发僧说着，满不在乎地把钱装进了衣兜里。

“钱倒无所谓，不着急。我只是担心你……”德吉德玛说了一半，打住了。

“好，那我现在就走！”如愿以偿的披发僧，临走时又轻轻地吻了一下德吉德玛的嘴唇。德吉德玛却恋恋不舍地跟了出去，一边向他挥手，一边说：“再见！一路平安！”

披发僧扭头看了一眼，漫不经心地说：“好，再见！”然后一拽一拽地走去。

德吉德玛看着他步行走去，不由得心疼了，就喊道：

“你不需要坐骑吗？”

"不用了，胡杨林那边藏着我的自行车呢！"披发僧指了指那边，渐渐隐去。

三

早晨的冷风吹得人畜直掉眼泪。羊群顶着风，朝着胡杨林向阳背风的草场缓缓散去。关布来老汉拄着拐棍，领着班布尔，不紧不慢地跟着羊群。看家狗班布尔牧羊也很在行。它一会儿拢一拢走在头里的羊，一会儿又催一催走在后头的羊，把羊群赶往草场。羊群走进胡杨林的一片有草的洼地里，停下来吃草。

河的南岸是一片洼地。这里不知有何等的地力，居然长有几棵枝繁叶茂的足够几个人合抱的高大的老胡杨，令人惊奇。这个地方，当地人叫做胡杨林。早年，这里是名副其实的胡杨林，树木长得极为茂密。可是如今，胡杨树所剩无几，胡杨树墩却比比皆是，就像让利刃砍下半截残留在地里的萝卜一样。

关布来老汉把这几棵老胡杨当成了自己的命根子。他为了保护它们，搭建起围栏，把胡杨林给封上了。他几乎每天都要来这里转一转，修复倒下的木桩或断了的铁丝网。

关布来老汉发现围栏里有几峰骆驼，就自言自语："这些骆驼，老是毁坏围栏。"

班布尔好像听懂了主人的意思，抖动着尾巴，看了看老汉的脸，然后一转身，猛地冲了过去。以驼羔和二岁骆驼为主的十来峰骆驼闯进胡杨林里，有的卧着，有的在吃树叶。班布尔冲过去就把那些骆驼拢在一起往外驱赶。小骆驼们看见狗来了，便四下惊跑而去。可是那些身躯高大的成年骆驼却转过身来，蜷曲着尾巴，噘着嘴，向班布尔冲了过来。班布尔见势不妙，赶紧夹起尾巴逃跑。没跑多远，又掉转头来，绕到成年骆驼身后，欲袭击它们的蹄后跟。关布来老汉看见了，赶紧唤他的狗：“班布尔！班布尔！”班布尔听见主人在唤它，只好放弃那些骆驼，几步一回头，很不情愿地踏着碎步回来了。关布来老汉冲着班布尔喝道：“干吗要驱赶那些吃树叶的骆驼？”

班布尔走到主人面前蹲了下来，嘴里哼哼地叫着。它好像在说：“不把那些骆驼赶走，它们会把那点儿胡杨叶子吃的吃、踩的踩，全给糟蹋了。好不容易保留下来的那点儿叶子全让骆驼给吃掉了，你的那些绵羊和山羊还怎么过冬呢？”

关布来老汉看了看他的班布尔，回想起许多往事。

……那些骆驼闯进围栏里吃几片胡杨叶子是理所应当的。大地变得贫瘠，连年干旱，寸草不长，这些牲畜还能吃到什么呢。找草吃，不是牲畜的错。自然环境如此恶化，完全是人类自己胡作非为，肆意破坏造成的后果。这叫自作自受。这几棵胡杨，正是因为我把它们当成宝贝悉心呵护，如今才长出几片叶子来，牲畜才有可吃的了。要是当年听了生产队长的话，让人砍掉了，现在只会剩下几个光秃秃的树墩了。那一次我跟生产队长吵翻了天，以死相挟，才保住了这几棵胡杨的。

那是在全旗上下不分男女老少忙忙碌碌搞备战的年代。每天晚上都把牧民召集到队部里开会，传授怎样防范毒气弹、敌人轰炸时怎样卧倒隐蔽一类的战争常识，还把防毒口罩和带药的白毛巾发给了每个人。把队里的畜牧业生产和农活全部停了下来，一心一意突击搞备战。

哈木尔哈夏生产队的首要工作是，修筑一个可容纳三百多名牧民的防空洞。为此动员全体牧民，能拿铁锹的都拿起铁锹，来到离队部不远的一座黑土山下，开始施工。先要把整座土山挖开三个出口，然后在中间修筑一个可容纳几百人的防空洞。那个时候，砖和水泥都很稀缺，所以，完成这样一个大工程，只能用胡杨木、柽柳、野草和秸秆做建筑材料。首先在土山上挖开三条通道，通道深三庹，出口很大，马车可以随便进进出出。通道两侧，每隔一米埋下一根木桩，木桩后面塞上湿柽柳、野草和秸秆，用来遮挡沙土。横梁、檩条和椽子都要用胡杨木来做，然后铺上柽柳，用野草和秸秆上顶。这就需要砍伐大量的胡杨和柽柳。为了砍伐胡杨，生产队长特地挑选出十名优秀青年，并向他们交代了艰巨的任务：每人每天至少要砍掉十五棵胡杨，然后剥掉树皮，去掉枝杈，如果完不成任务，就扣当天的工分。而且，砍什么样的胡杨，还有严格的规定：高必须在五米以上，直径要有两拃，树干一定要笔直。挑选出来的那十名青年，个个身强力壮，都有移山倒海的本领。他们只用十来天的工夫，就砍下了两千多棵胡杨，几乎把队部附近具备砍伐条件的胡杨全给砍下来了。然而，完成那么大的工程，只有这么一点儿胡杨，哪儿够啊？为此，生产队长就下令了："这是一项与哈木尔哈夏生产队三百多名社员性命攸关的重要工作，绝对不可耽搁。因此，凡是长在哈木尔哈夏生产队草场上的胡杨，不管有多远，一律砍掉！"

于是，那十名青年又扛上斧头，向着胡杨长得最茂密的地方，分头出发了。

从队部到胡杨林，单骑需要走一天。但是，身负重任的青年们不敢耽搁，直奔胡杨林，去砍胡杨。关布来得知这个消息后，赶紧骑上铁青走马，一路快马加鞭，用最快的速度赶到了胡杨林。他来到正在砍伐胡杨的三个青年跟前，大声喊道："喂，不许砍！你们为什么要砍正在生长的胡杨啊？"喊声震得胡杨树枝瑟瑟发抖。

几个青年忽然听到如此的喊声，都吃惊不小，抬头一看，只见关布来已经来到跟前，拽住了扯手。铁青走马一个劲儿地翕动嘴唇。关布来手举马鞭，怒不可遏，看那样子好像要骑着马冲过来了。

“您在说什么？我们砍胡杨，关你屁事？”一个青年说着，抡起斧头，砍得更加起劲。他好像根本没把关布来放在眼里。

“你说什么？这胡杨树已经为数不多了，眼看就要断根了，你们还要挑小的砍，这是为什么？你们要是再砍，就尝尝这个吧！”关布来举起手里的藤鞭，差点劈头抽下去。

“你敢抗拒战备，好大的脑袋呀！我们砍胡杨，是奉命行事。你有意见，就找生产队长去说，我们管不着！”

“这胡杨林的胡杨，是你种的吗？是谁让你占有的？真是多管闲事！”几个青年根本没把关布来的话当一回事，反而大加嘲笑，依旧砍着胡杨。

关布来气得肺都要炸开了，脸色变得灰白。他咬紧牙关，跳下马来，就从一个青年手里夺斧头。那青年牢牢抓住斧柄，一使劲，就把斧头拽回来了。

“你那么想保护这胡杨，就找生产队长说去，用不着跟我们耍威风。我们只是奉队长的命令办事。你不让砍，那我们的工分呢，你给呀？”那青年极为厌烦地一把推开关布来，举起斧头，又要去砍胡杨。关布来纵身跳到青年面前，用身体挡住了他。

“要砍就砍我！这胡杨，绝对不让砍！”关布来张开两臂，抱住那棵胡杨不放。那青年无奈，只好把举起的斧头往地上虚晃了一下。可是，另外两个青年依旧在砍。关布来阻挡这一个，那一个又砍，阻挡那一个，这一个又砍。三个青年就像耍猴一样耍关布来。关布来东跑一下，西跑一下，跑来跑去，跑出了一身大汗，累得两腿也不听使唤了。青年们把关布来当成滑稽的玩偶，笑得都喘不过气来了。本打算要用藤鞭说话的关布来，已经无计可施了。

“弟弟们，我求求你们啦！这几棵胡杨已经都没有根了，你们要是砍光了，这胡杨林就彻底毁掉了。弟弟们，我舍不得这几棵胡杨，不是为了吃它们的叶子，也不是为了等我死了以后用它们做柴火焚烧我的尸体！我们都是依靠这一片故土的资源，在这一片土地上长大的。所以，大家都应该想一想怎样维护故土自然环境的完整。我爱这些胡杨，胜过爱我的孩子。可是你们把它们几乎都砍光了。你们知道吗，这些胡杨长到这么粗这么高，至少需要一百年呐！人们都说胡杨能活三千年，生而不死一千年，死而不倒一千年，倒而不朽一千年。这话说的有道理呀。在我刚懂事的时候，胡杨林的这一片胡杨就是现在这个样子。”关布来盯着宛如流淌着鲜血面临死亡的动物一样由树心里流出茶色汁液的胡杨树墩，两眼禁不住热泪盈眶。

正在商量先把关布来捆起来，然后再砍胡杨的三个青年看到这一情景后，悄然扔下斧头，来到关布来跟前。

“围绕胡杨树心的纹理，每年增加一圈。那一圈一圈的纹理叫年轮，也就是它的树龄。我们来看看这棵胡杨究竟活了多少年！”关布来一边说着，一边拿起斧头，把倒下的那棵胡杨树的树墩砍平整了。果然，在树墩上，围绕着拇指大小的树心，显现出了一圈又一圈的密密的纹理。关布来认真地数了一下那些纹理，一共有五十八圈。

“您刚才说了，每年增加一圈。那么，这棵胡杨已经活了五十八年了。是这意思吗？”一个青年饶有兴致地问道。

“可不是咋的！”

“长了五十八年才长成两拃粗呀？原来这胡杨树长得这么慢呐？”

“所以我才舍不得让你们砍，当了恶人不是！”

“这胡杨经历了五十八年的风风雨雨才好不容易长成这么大，我们只用几分钟的时间就把它给砍倒了。一想，怪可惜的了！”那个青年不无心疼地说。另外两个青年，不知是被这话所感动，还是被关布来的眼泪所感化，反正他们不想再跟关布来作对了。可是，现在该怎么办呢？他们谁也拿不定主意，也不吭气。过了一会儿，其中一个目光炯炯有神的紫棠脸的机灵小伙子说："大哥！我们是在奉队长的命令干活。如果完不成规定的任务，我们都得戴上延误战备的大帽子的！所以，还是请您自己去找队长说说吧。没有队长的允许，我们这活儿是无论如何不敢停下来的。饱汉不知饿汉饥。您也应该体谅一下我们的难处啊！"

"我也不会飞，哪儿来得及呀。队部那么老远的，等我赶到那儿得到许可再回来，你们恐怕把这几棵胡杨都给砍光了。与其那样，不如站在这里看着的好。"关布来有些信不过几个青年。

"您不用去队部。队长在布顿毛都搞战备宣传。您直接去那儿就见到了。"另一个青年说。

"哦，是吗？太好了。你们先到我家喝茶水，等我一会儿。我这就去布顿毛都！"关布来话音未落，已经骑上马，直奔布顿毛都疾驰而去。

关布来赶到布顿毛都后，也顾不上把马拴在马桩上，径直跑到蒙古包门前跳下马，把扯手往鞍鞒上一挂，便闯进了蒙古包。

蒙古包里坐满了人，队长达赫瓦坐在上首，手里拿着一块折叠成八层的簇新的白毛巾，像一名老战士一样讲解着。

"敌人要是施放毒气弹，先把毛巾用水沾湿，然后像这样折叠成八层捂住嘴鼻，就可以防止毒气。敌人要是投下炸弹，就选择洼地趴下，用两个食指堵住耳朵。这样可以保护我们的耳鼓不受伤害……"

"达赫瓦，那几棵胡杨都让你给砍光了，我们这点儿牲畜还怎么成活呀？"关布来也不先问个好，就把达赫瓦给打断了。

"什么胡杨？怎么啦？"达赫瓦被弄得丈二和尚摸不着头脑，反问道。包里的人们也都莫名其妙，奇怪地低声耳语。

"你派的那几个青年把胡杨林的胡杨都给放倒了。你要是不让他们停止砍伐……"关布来把腰一叉，摆开了架势。

"你胡扯什么呀。眼看就要爆发战争了，别说几棵胡杨，脑袋都快保不住了。为了几棵胡杨，你大老远的跑到这儿来跟我耍威风，简直是胡闹！”达赫瓦非常反感地喊道。

“什么？你说要爆发战争，把所有的活儿都停下来，折腾好几个月了。战争爆发了吗？要是战争爆发，还等你挖洞吗？你用爆发战争作借口，把所有的胡杨都砍掉了，把牧场都毁掉了。这回你心安理得了吧！”关布来讽刺道。

“你别胡说！全旗都在搞战备，忙得不可开交，你却在这儿唱反调。下摆长了会绊脚，话说多了会失误。你对自己说过的话要负责！”达赫瓦队长成心要从关布来的话里挑毛病，想用政治来吓唬他。

“你别想用你那屁大的权力压人了！你不是想让全队的社员躲避战乱、大兴土木修地洞吗？你那地洞应该用砖头和石块修啊，那样不是更坚固吗？为什么非要使用胡杨呢？我告诉你，只要我还活着，就决不让你们砍那几棵胡杨。等我死了，你们爱怎么样就怎么样。我用权力、嘴皮子斗不过你，但是，我可以用我的这条命跟你斗到底！”关布来要动真格的了。

“你别犯傻了！你为几棵胡杨真的死了，也不会有人给你记功的。恐怕死得要比鸿毛还轻了！”达赫瓦的话越说越气人。

“那又怎么样。反正，我死也要跟我家乡的几棵胡杨死在一起……你快去告诉那几个青年。他们在我家等你呢！”关布来直逼达赫瓦。

“你没看见吗，我哪有那闲工夫呀？”达赫瓦拒绝他。

“你没那工夫，那就写在这上！”

关布来撕开一个烟盒递给达赫瓦。达赫瓦不要说给他写，连看都没看他一眼。关布来顿时火冒三丈，说：“你要是不同意我说的，我这就死在你面前！”

关布来冲出门外，抄起马缰绳往脖子上一绕，用力一勒。只见关布来的脸霎时胀得像红枣一样，眼珠子也翻白了。

“啊！他真的要死了！多傻呀？快让他撒开手！”跟出来的人们七嘴八舌地说。达赫瓦一见这情景，心想：这疯子，真的死了就麻烦了！赶紧堵他的嘴吧！于是捡起关布来丢在地上的那片烟盒纸，在上面写道：“巴图胡雅嘎：胡杨林的胡杨，不许再砍。已经砍下的，拉回工地！达赫瓦 ×××× 年 × 月 ×× 日。”

就这样，关布来以死相挟，终于让达赫瓦写下了手谕……如今胡杨林幸存的这些胡杨，正是关布来当年用生命换来的。

关布来老汉一边自言自语地回想着往事，一边检修围栏。他内心承受着难言的苦衷，步履蹒跚。然而，他能向谁倾诉这些借以释怀呢？只能诉说给形影不离的伙伴班布尔和那几棵相依为命的胡杨树了。

关布来老汉坚守着胡杨林，已经度过了六十八个春秋。家乡的所有山脉、戈壁、山林、沙漠、胡杨、柽柳、树丛、万年蒿、土山、道路、大河、小溪……都在见证他的足迹，记载他的人生经历。

关布来老汉好不容易爬上了胡杨林的最高处，杜西哈拉金土山。他坐在山头，从怀里掏出烟袋，装了一袋烟，眺望远处。他如数家珍一样数着：哪个洼地出芦苇，哪个河湾长芨芨草，哪儿有几棵胡杨和柽柳，现在还剩下多少。

家乡的这一片土地，就像一列货车，承载着关布来老汉在人世间所经历的一切：他的青春、他的爱情、他的幸福、他的生离死别、他的衰老……

班布尔歪着脑袋，眼巴巴地望着主人的脸，好像关布来老汉的嘴里要掉下肉来。它偶尔晃一下尾巴，似乎在猜测主人在想什么，不一会儿，便舒舒服服地卧下了。

在很远的那一片黄褐色的胡杨树边的河湾里，有许多残留着灰白色芦根的小沙丘。那个地方叫青草湾。在以前，那里盛产芦苇。芦苇长得非常茂盛，骑着骆驼进去，芦苇能触及驼镫，牛群走进去就看不见踪影了。

那个时候，雨水充沛，所以芦苇长得也快。霜降没到，芦苇紫色的穗上已开出白色的花，秋风一吹，青草湾就铺上一层雪白的芦絮。芦苇刚刚抽穗的时候，青草湾就搭起了许多割芦苇的人们临时居住的白色帐篷，宛若一群白天鹅飞落在芦苇湖畔。

人们赶在黎明前就出去割芦苇。挖在帐篷外的地灶里，袅袅升起蓝色的炊烟。女人们把奶茶的德吉[①]献给天、地、山水守护神之后，望着远方，扬着锅里的热茶。帐篷外的绿草滩上，带绊的马匹打着鼻响，皮绊和皮缰绳让露水泡得精湿。在帐篷里过夜的云雾，见到阳光之后，缓缓升起，消散在晴朗的空中。阳光照射着扔在马鞍上的白茬皮袄。皮袄下面钻出几只蚂蚱和蝈蝈来，蹦的蹦，鸣的鸣。

那个时候，地界还没有划分，土地不分你我。青草湾的芦苇又是远近闻名。所以，无论河上游的、河下游的，还是戈壁滩的、山林里的，人们都到青草湾来割芦苇。一到割芦苇的时节，牧民们就欢天喜地。远处的、近处的、认识的、不认识的人们，就像参加那达慕盛会一样，从四面八方汇集在青草湾，兴高采烈，热闹非凡。青草湾的芦苇，长得又密又高。密得几乎可以说下镰刀都困难。人们围着河湾挥镰割起芦苇，除了听得见镰刀割芦苇的铮铮声响和芦苇摇晃的刷刷声响，别的什么也看不见。把割下的芦苇驮在高大的骟驼上，芦苇的穗子都要拖在地上，可见芦苇长得有多高。当人们手握着快镰，像用剃头刀给人剃头那样，割下一堆又一堆的芦苇的时候，甭提有多快活了。那可真是检验男人的韧性与镰刀的钢口的绝好活路。要不是亲眼所见，亲身经历，谁也不会相信那个地方以前是那样的美好。可

① 德吉：蒙古语，指物之第一件，如饭之第一碗，酒之第一盅，献给人以示尊敬。

是如今，不要说芦苇，寸草都不长了。看来，土地的退化和荒漠化是非常快的。我们在青草湾里割芦苇，仿佛就发生在昨天一样。

那时，我十八岁，苏荣刚满十六岁。在青草湾，苏荣宛如一颗滚动在绿草叶上的晶莹剔透的露珠，活泼可爱，吸引着众人的眼球。有一天晚上，割芦苇回来的小伙子们七嘴八舌地说："戈壁滩来了一位异常美丽的姑娘，也在割芦苇！"我为了一饱眼福，就跑到了她的帐篷。苏荣割芦苇刚回来，正在掏地灶的灰，准备做饭。她一看见我，可能有些害羞，背过脸去给我倒了一碗茶。她，眼帘略微低垂，黑白分明的眼睛，胸部凸起，两条又黑又长的发辫甩动在腰间，嫣然一笑，宛如绽放的花蕾一样，是个身材显得高大的姑娘。我们俩初次见面互相认识以后，我给姑娘磨镰刀，姑娘给我钉衣扣，就这样开始相亲相爱了。一到晚上，等到人们都静下来了，我就悄悄跑到苏荣的帐篷里，跟她天南海北地聊个没完。有一天晚上我领着苏荣出去系马，就在青草湾的芦苇里，让苏荣告别了处女身。当时的我们，爱火中烧，显得痴狂而又猛烈。我紧紧搂住苏荣的身体，抚摸亲吻着她的每一寸娇嫩的肌肤，如醉如痴，沉浸在无限的幸福之中。现在想起来，也依然感到无比的美妙，仿佛嘴里含着一块糖……没过多久，割芦苇的劳动收尾了，我们只好离别。从那以后，我几乎每天都要骑上快马，越过河谷，穿过戈壁，如饥似渴地去见我的苏荣。一来二去，我就和苏荣成家了。

要是她还健在的话，我怎么会落得如此孤独呢。我们互相体贴，互相关照，生活得一定会和谐美好的。都说人长得过于完美，寿命就不长。看来这是真的。我那可怜的苏荣，走得太早了。要不然，我怎么会跟这个臭母狗结婚呢！也许，这就是我该受的罪吧？活该！看德吉德玛那副德性，动不动耍脾气，恶语伤人，谁受得了啊？我还没闭眼呢，就想骑在我的脖子上。臭婆娘，烂马鞍！还想占有我的全部财产，让我去当替死鬼。心有多黑呀，简直是个妖精……

关布来老汉如此这般回想着往事。不知是因为身上冷了，还是因为什么，老汉那落满沙土的枯井一样的长有白翳的眼里，滚出了几颗如同母驼眼泪一般的泪珠。

关布来老汉为了宽解自己慌乱烦闷的心情，像个冰土堆一样坐在杜西哈拉金土山顶上，守望着家乡。班布尔用嘴蹭了蹭主人的膝头，那意思好像在说：天不早了，回去吧！关布来老汉随和地掸了掸衣襟上的烟灰，站起身来。

关布来老汉拄着拐棍慢慢地走下土山。班布尔已经把羊群圈在一起，正在往家里赶。关布来老汉把拐棍横握在腰间，慢慢腾腾地跟在后面。

羊群像比赛一样，腾起白色的尘烟，争先恐后地来到井上。德吉德玛掀掉结了霜的井盖，用水斗提出冒着水蒸气的井水，倒进水槽里。结在水槽里的冰层发出咔嚓、咔嚓的声响。

关布来老汉由于生气，早茶没有喝好，所以整整一天，头疼不说，全身都乏力。他一进屋就提起锅台上的茶壶，往剩有几块浸满茶锈变成褐色的酸奶干的银碗里倒上茶，一口接一口地喝了起来。德吉德玛饮完了羊，回到屋里后看见了，就像刚刚化开的黄油一样，异常温和地说：“您怎么喝起啥也没放的淡茶来了？我熬了一锅肉条香奶茶。就等您回来，我也没喝呢。放在锅台上，热乎乎的！”

老汉不说话，依旧喝着茶。

“今天真冷。您冷了吧？我把羊圈里里外外的冻羊粪差不多收拾完了。”德吉德玛想跟老头子聊聊天。

“哦，是吗？”关布来老汉用鼻子吭了一声。

德吉德玛给老头子倒上了加羊尾油、肉条熬出来的香喷喷的热奶茶。关布来老汉喝茶喝出了一身汗，身上感觉舒服多了。他擦了擦汗，然后装上了一袋烟。

“关布，您已经上年纪了，体力不支了。整天在两个围栏中间跑来跑去，早晚会累垮的。还不如把小围栏租给别人，那样您不就清闲多了吗？身体安康，比啥都强。您平安健康，对我也是个依靠不是！”德吉德玛语气柔和，似乎非常心疼她的老头子。

关布来老汉一声不吭，只顾吧嗒、吧嗒地抽他的烟。临走时问了一句：“还想租什么？”

这老东西，死活离不开他那几棵跟他的身体一样快要朽烂的破胡杨！怎样才能让他开口呢？他最听他儿子的。让他的儿子去说说，他不会不答应的。对，我得依托班迪夫来办成这件事。都像一棵让虫子蛀空树心的老胡杨风烛残年了，还那么贪心。难道还想霸占地球吗？老糊涂！德吉德玛在心里恨她的老头子。

关布来老汉回到蒙古包里，独自一人躺下了。德吉德玛说的那些话，使他浮想联翩。

看来，她是想跟她那个乱毛鬼合起伙来占有我的家业。还想出租我的小围栏呢！想得倒美。真是白日做梦！胃口还不小呢。还是自量一点儿吧！只要我还没有变成一堆白骨，你们就休想动我这块土地上的一草一木！我能怎么呀，已经老朽了，是个等死的人了。可是我的后代应该继承我的家业，在这块土地上当家作主啊。我这一辈子，除了放羊，也没做出什么看得见摸得着的成就来。更没有什么东西可作为遗产留给我的后代。这些年来我一直跟我家乡的几棵胡杨相依为命，这倒是真的。我只有这个家乡、胡杨林的几棵胡杨和大小两个围栏里的那些幼嫩的小树。我要在临死之前把这些东西归我儿子所有。我一死，德吉德玛肯定会把这块土地卖掉的。甚至我那几棵胡杨，她也会砍掉锯成木板卖掉的。趁我还没有病倒，还不至于需要别人来照顾，我得想办法把我这点家业归我儿子所有。这些事情，我得跟我儿子说一说了……

四

大风卷着米雪呼啸着，周遭的大小山头变得苍白一片。由于天气非常寒冷，关布来老汉没有把羊群放出去，而是关在棚圈里，用干草喂养。

德吉德玛用一条叶形图案的红花头巾把头和脸裹得严严实实，身穿大毛羊皮坎肩，扎上了腰带。她从草栏里背来成捆的干草，扔在羊圈里。缩头缩脑地站在棚里的绵羊和山羊看见了干草，便踩着撞着瘦弱者跑了过来。

关布来老汉头戴一顶狐皮三角帽，两手套上了山羊羔皮套袖。他一边吆喝着，一边推开踩在干草上的羊，把干草抱到棚下撒开。德吉德玛背了三趟干草后，站在羊圈门口说："草栏里的草不多了。我看可以了吧！"

"二百来只羊，这点儿草还不够塞牙缝的。去，再背几趟！"关布来老汉嫌少。

"春天还早着呢。把那点儿干草喂完了怎么办呀？省着点儿，对过春也有好处。等到晌午天气暖和了，把羊群赶进小围栏里吧！"德吉德玛站在那里不动。

"你说什么呐？山羊跑进去，还不把那几棵小树给啃光啦？"关布来老汉不答应。

"谁知道这黑灾会持续多少天呀。储存的这点儿干草一下都喂完了，往后怎么办？留着那几棵扎里扎煞的小树做什么用啊？舍不得那几棵分文不值的树苗子，牲畜都会饿死的。与其到时候扒皮，不如现在想办法让它们过冬的好！"

"别乱叫了！只要我还活着，那几棵小树就绝不会让你去做主的。闭上你的嘴，乖乖地背你的草去！"关布来老汉生气了，就把干草使劲抛撒在羊圈里。

“有你那几棵小树，没你那几棵小树，这地球该怎么转还怎么转。胡杨林的太阳，该升起来的时候照样会升起来，该落山的时候照样会落山。你种几棵小树能改变大自然吗？你要是有那本事，这胡杨林早该树木成林了。为什么现在还是光秃秃的，尘土漫天飞扬，不见一棵草呢？”德吉德玛在揭老头子的烂疮疤。

“这都是像你一样只知道砍伐不知道呵护的一帮败家子惹的祸。要是人人都像我一样，这家乡就不会落到现在这个地步！”

“你像呵护自己的孩子一样呵护那几棵胡杨一辈子了。可是你那胡杨经不起风吹，倒的倒，朽的朽，现在还剩下几棵了？你跟你这个家乡相依为命，可是这个地方已经变成一片荒漠，不要说放牧过日子了，乌鸦都待不下去了，这你难道没看见吗？你像守财奴一样想永远守在这个家乡，可是你能长生不老吗？你能活那么长吗？你这块土地跟你一样，已经都腐朽不堪了。对于陈旧落后的东西应该进行改革才对。可是你那老脑筋怎么能明白这些呢？这些道理，对你这个老糊涂说了也白说，白费口舌！”德吉德玛歇斯底里发泄一通后，拍打着衣服上的草屑，气呼呼地向平房走去。

“你不就是想跟你那个流浪的臭披发僧合起伙来卖掉这块土地吗！”关布来老汉大声喊道，也不知德吉德玛听见没有。关布来老汉拿起一根棕色的驼缰绳，像一辆走形的破车，一摇一晃地向草栏走去。

过午时分，风和米雪平息了，又纷纷扬扬地下起了胡杨叶大小的雪片。德吉德玛今天总算可以不去放羊受累了，自然得意洋洋。但是大清早就跟老头子发生了摩擦，心里又难免有些不快。她把灶火烧得很旺，屋子里热得像蒸笼似的。炉灶上的铜锅里沸腾着，风干牛肉的香味扑鼻。一股股热气慢慢蒸腾，弄得窗玻璃大汗淋漓。德吉德玛掀开锅盖，用勺子扬了扬肉汤，然后舀出一点肉汤，尝了尝，吧嗒嘴。这时，有个圆鼓鼓的雪人，一边掸着雪，一边跺着脚走了进来。此人头戴黑色轻革面的貂皮帽，身穿黑色绵羊羔皮翻领的灰呢俄罗斯大衣，用红色碎花围巾把竖起的大衣领和嘴脸裹得严严实实。围巾上挂满了霜雪，像雾凇一样。那雾凇里亮着两只玻璃球似的眼睛，炯炯有神。德吉德玛没有认出这个穿戴时髦的人来。

“您好吗？”德吉德玛听到这问候声，才认出来者是班迪夫。

班迪夫解下围巾，抖了抖围巾上的霜雪，说：“好大的雪灾呀！”

“可不，浩特里的这点儿牲畜恐怕都要遭殃了。”德吉德玛说着，又是给他倒茶，又是给他摆吃的。

“父亲身体还好吗？”

“好，好。”

“他去哪儿了？”

“刚才给羊喂草来着，现在可能在蒙古包。”

“这么冷的天，干吗还要呆在那冰窖似的蒙古包里。还不冻成冰坨子呀！”

“说了也不听，我有啥办法？越老越听不进去话了。可能真是老糊涂了，就像一头没带鼻环的老牤牛，固执得要命，真拿他没办法。你来的正好。有些事你说了，他也许会听你的。”德吉德玛不失时机地告父于子。

“是父亲捎话叫我来的。我抽不出空，拖到今天才来。我担心父亲是不是病了。”班迪夫似乎没有留意德吉德玛的用意。

“他身体还好，就是性格不像年轻时候了，变得暴躁了，动不动发脾气。”

“这不奇怪。都快七十的人了，怎么可能还像小孩子呢。人老了，脾气也变，这都很正常。”

德吉德玛发现班迪夫不愿意别人说他父亲的不是，也就没再说什么。她从铜锅里捞出带有黄澄澄的脂肪的风干牛排和胸椎肉，装在木盘里，又拿出了一瓶酒。班迪夫出去解手。

班迪夫要见他的父亲，就走进了父亲的蒙古包。蒙古包里没有生火，空无一人，显得昏暗而又冰冷。班迪夫好像第一次走进父亲的蒙古包，仔细观察包里的摆设。靠哈那摞着沾满了油渍汗渍的被褥和衣物，在上首那个因烟熏尘染而发黑的木箱上，摆放着他母亲的遗照。遗照装在母亲生前用过的一个台式镜子背面，下面插着一张火柴盒大小的皱痕累累的照片，那是他们一家五口的全家福。母亲的那件蓝缎长毛羔皮袍子，叠好了放在父亲的枕边。班迪夫看见母亲的遗照和长袍，不由得想起了小时候的情景。小时候，他为了盖着这件带有母亲气味的长袍睡觉，经常跟两个妹妹争吵。母亲过世以后，每到春天，父亲为了防止蛀毛虫啃坏了母亲这件长毛羔皮袍子，就拿到外面去晒。班迪夫怕母亲的气味走了，就不让他晒。班迪夫知道，父亲一直珍藏着这件长袍。可是今天怎么拿出来了？他有些奇怪。他看了看挂在哈那头上的日历，这才想起来，今天是母亲的忌日。班迪夫捧起母亲的长袍闻了又闻，放回原处，然后给母亲的遗照磕了三个头。班迪夫知道父亲从不信佛。但是自从母亲过世以后，父亲也开始向苍天献祭了

班迪夫在蒙古包里又扫视了一遍。除了他熟悉的木箱、碗橱、茶壶、火剪……也没有其他什么像样的东西。他忽然发现蒙古包椽子上面插着一截短粗的黑木头。班迪夫好奇地拿下来一看，原来是一个形同绳结的挺粗的梭梭树结子。“据说，梭梭树是百树之王。因此人们常把它作为镇宅之物供奉起来。父亲把百树之王供在这里，可能也是为了祈求家乡的山水守护神护佑家宅的吧。”班迪夫仔细看了看那个树结子，然后把它又插在了原处。

班迪夫走出蒙古包，到棚圈、水井那儿看了看，但没有见到他的父亲。他忽然看见蒙古包后头被新雪覆盖的雪地上有两行清晰的脚印，显然是人领着狗，朝着胡杨林的方向去了。班迪夫只

好回到平房。

“你怎么走啦？肉都凝了。”德吉德玛似乎等得有些不耐烦了。她用勺子舀出铜锅里肉汤的油，吹进碗里。

“父亲不在蒙古包。我到羊圈和水井那儿看了看，也不在。从他的脚印看，好像是奔胡杨林的围栏去了。”班迪夫冻得一个劲儿地搓手打寒噤。

“肯定又是看他那几棵胡杨去了。他关心那几棵树，胜过关心你们这些孩子。就像习惯于闯草栏的骗驼，天天往围栏那儿跑。现在干旱得这么严重，那几棵幼嫩的小树苗什么时候能长成树啊？真是白费力气！”德吉德玛反感地说。

“秋天我看见那围栏里长出了不少的芦苇、沙鞭、羊草。像今天这种天气，把羊群赶进去不是挺好的吗？”班迪夫一边说着，一边割下大块的肉塞进嘴里。

“你说得倒轻巧！你父亲，别说是羊群了，连我都不让进那围栏里。其实像这种寒冷的风雪天，把羊群赶进围栏里，不是比关在圈里强一些吗？还能节省干草不是！为了这事，今天早晨我们俩还拌了一回嘴。现如今，草场缩小，寸土寸金。那围栏，与其白白撂荒，不如租给别人，还能赚几个钱。你看看根培勒他们家，把那点儿地租出去以后，啥也不用干，就让几个光腚孩子有衣服穿了。我也想把那小围栏租出去，可是你父亲坚决不答应。”德吉德玛说到这里，看了看班迪夫。她想知道他有何反应。

班迪夫打开酒瓶自斟自饮。他好像喝得有点儿醉意了，脱口说道：“这事倒是值得考虑！”

班迪夫这话正合了德吉德玛的心意：“你把这事跟你父亲说说！你父亲就听你的。”

“好，好！我会想办法让父亲答应下来的。”班迪夫喝酒喝得正在兴头儿上，便爽快地答应下来了。

“就这几只羊的绒毛能卖几个钱呐。别说养活我们人了，养活它们都不够用。现在这么缺钱，手头这么拮据，可是你父亲死活不开窍儿，好像他留着那几棵胡杨是为了啃它们的皮吃它们的叶子似的，真让人受不了！”德吉德玛为了趁热打铁，说得没完没了。

正在德吉德玛和班迪夫说话的当口儿，门外传来了人跺脚的响动。关布来老汉来到家门口，脱掉狐皮三角帽，抖掉上面的雪，把帽子挂在了支架上。然后抽下山羊羔皮套袖，掸了掸身上的雪，走进屋里。

“爸爸，您好吗？”老汉一听，是儿子的声音，也向儿子问好。老汉在晃眼的雪地里走了那么长时间，一走进蒸汽弥漫的屋子里，两眼什么也看不见了。他不敢迈步，站在那里直揉眼睛。班迪夫跳下炕来，牵着父亲的手，让他上炕坐了下来。

“这破眼睛恐怕要瞎了，一旦瞎了就给你们惹麻烦了。”关布来老汉擦着他那流淌不止的眼泪。

“本来眼睛不好，这大雪天也不躺在家里休息，干吗要出去瞎转呢。万一迷了路冻坏了怎么办？”班迪夫责备他的父亲。

“在外面还能摸到路，一进屋里就变成瞎子了。可能时日快到了。与其躺在家里死，还不如死在外面。”关布来老汉在向他的儿子卖关子。

“也不知道照顾自己，好像是给别人活着似的。一天不去看那几棵破胡杨，难道你就没命了？也不知道自己是个瞎子，还老逞能……”德吉德玛没好气地说。她把装在盘子里的肉端来放在老头子面前，又把剩在锅里的面食热了热，给盛了一碗。

关布来老汉沉默不语地吃掉了一碗热面，受冷的身上感觉暖和多了，眼睛好像也能看见东西了。他凑近儿子坐好，用他那泪汪汪的眼睛望着儿子的脸，问道：“家里都挺好的吧？这么冷的天，你怎么来啦？”

“都挺好。您几次捎的口信我都收到了。就是抽不出空，今天喂完了牲畜好容易才过来。我是担心爸爸是不是病了。”

“爸爸身体好着呢。只是这破眼睛不中用了，好像已经厌烦我了，动不动吓唬我。要不然，还行。”关布来老汉见到儿子以后高兴了，话也多起来了。

“……”

父子二人聊得很投机，德吉德玛一看没有她插话的机会，就围上头巾出去饮羊去了。

天边现出了灰白色，大地一片白茫茫的。早晨刮得劈头盖脸的暴风米雪已经减弱，天快放晴了。

正在圈里吃草的羊群，一看见德吉德玛的身影便咩咩地叫了起来，呼啦一下拥到羊圈门口，恨不能从门缝里钻出去。

等德吉德玛一出去，关布来老汉便低声对儿子说：“我不是无缘无故叫你来的。爸爸现在就像一只老绵羊，说不定哪一天就闭上眼睛了。所以，在那之前，我想把有些事跟你说一说。”

班迪夫忽然意识到，父亲不仅接二连三地捎话叫我过来，而且德吉德玛一出去，他又跟我这样低声说话，看来他要跟我说的那些事非同一般。他在脑子里猜测，肯定不是要把埋藏地下的金银财宝拿出来，也许是要让我继承他的存款或者珍贵物品吧。他想到这里，不由心中一振，眼睛也亮了起来。班迪夫虽然心花怒放，但故意不动声色，带着一副不屑的神情问：“爸爸一个劲儿地催我过来，到底什么事？”

“这个女人跟她那个披发僧正在合谋，想把我在胡杨林的围栏卖给别人。真要是卖掉了，我那几棵小树苗就完蛋了……”

关布来老汉的话还没说完，班迪夫那沸腾的心已经凉到了冰点，脸一下变得苍白。

“爸爸叫我来，就为了说这事呀？”他把嘴一撇，转过脸去。父亲也没有留意儿子的不满情绪，仍旧说他的。

“可不是！这事你得帮我才对。那两个人欺负我，他们什么事都会干得出来的。爸爸没让你们几个饿着冻着，而是保证你们吃得饱，穿得暖，总算拉扯你们长大成人了。现在你们也都成家立业了，我就是死了也没什么可挂念的了。我现在只有一个念头，就是不让别人糟蹋我那几棵胡杨，死也要看守着它们死……家乡的这几棵胡杨，也都跟我一样老了，经不起风吹了。风一吹，它们就倒，眼看就要完蛋了。更让人头疼的是，它们重生的根也在断……我听说，胡杨这种树，可不是随便在哪儿都能生长的。除了我们这儿，新疆、蒙古国的戈壁地区也有少量的胡杨，看来是个非常稀有的植物。可是我们的人们，不知道爱护这么好的树，而是像斩除毒草一样，老想灭绝它们。现在的干旱，一年比一年严重，天热得要晒死人了。这都是任意摧残大自然赐予的宝贵财富造成的结果。植物都是有生命的，断送那么多的生命，遭到天怒，还怎么兴旺呢！为了胡杨林的这几棵胡杨，我跟人吵过架，甚至差点儿动手打人，这才好不容易保住了它们，骆驼和羊也有叶子可吃了。幸运的是，我用铁丝网围起来的围栏里长出了不少的小树苗。我是想在入土之前把它们培育成树，让它们长出足够牲畜吃的叶子来，不知道能不能做到了。现在有不少人都在盯着我那两个围栏，打我的主意。爸爸要是身强力壮的话就不用说了，一准跟他们比个高低。可是现在已经力不从心了。德吉德玛坚持要把这个围栏租给别人。要是那些人带着铁锹镐头来了，用不了一天就能翻个底儿朝天。我有啥办法？一点儿办法都没有。只能眼睁睁地看着让他们毁掉。我没有什么值钱的东西可作为遗产留给你们，什么也没有。我想留给你们的，只有这个家园和两个围栏。可是这些东西已经有人盯上了。我还没入土呢，他们就这样干。我要是走了，他们更得为所欲为了。我叫你过来，就是为了告诉你，你要为这个家园当家作主，要小心德吉德玛吃独食……”关布来老汉为落个踏实，把深藏心底已久的话全部诉说给了儿子。

然而，班迪夫觉得父亲说的这些话，如同没放盐的奶茶，淡而无味。他没得到想得到的，很失望。“老人家是不是有点儿糊涂了？净说一些老掉牙的话题，毫无意义！”他虽然心里有气，但又不敢打断父亲，只好坐在那里假装倾听。

“您老是为那野生的胡杨操心，真是杞人忧天。别说是胡杨了，人到死期都得死。您那几棵胡杨，有您没您都一样，该倒的时候还得倒，该长的时候还得长。这是自然规律。您为这事操碎心，有那个必要吗？真是多余。您对德德[①]那么舍不得那两个围栏，有啥用呢？租出去就租出去呗。她要是有本事，别说租出去了，谈个好价卖出去又能怎么样？为这事操心，有啥用呢？还不如把赚来的钱分得一份压在您的枕头底下，那多实惠呀。不管怎么样，您现在是吃人家做的现成饭，还跟人家闹矛盾，有啥用呢。做好的饭一吃，舒舒服服地躺在家里歇几年，不是挺好的吗。在您年轻的时候，草场辽阔，畜群遍野，那生活多骄人哪。但是那个年代已经过去了。您再看看现在，沙尘暴一年比一年多了不说，老天爷一滴雨也不给下了。草场干旱得都要冒烟了，还放什么牧呀。就算还可以放牧，可是靠那一点儿牲畜的绒毛和皮过日子，有多难呀。所以，利用草场来赚钱这个主意，其实并没有错。您那巴掌大的两个围栏，比起哈木尔哈夏嘎查[②]的三十万亩草场，算什么呀！简直是跳蚤。您现在占有那两个围栏，几乎不让别人靠近，可是，您能长生吗，您入土的时候能把它们带走吗……”班迪夫反过来对他的父亲进行了一番新时期的宣传。

“我没喝过长生水，当然不会长生了。正因为这样，我才想把这家园、围栏交给你，让你来替我当家作主的！”关布来老汉用期待的眼光注视着儿子。

“爸爸，这事怎么可能您说了就算呢。您要交给我，可是德

---

① 德德：对德吉德玛的尊称。

② 嘎查：内蒙古行政区划单位，相当于村、屯。嘎查达即村长。

德能同意吗？这一块草场也有她的一份呀。她怎么办？”

“草场倒是无所谓，我主要是舍不得我那两个围栏。经过这几年的悉心培育，那些小树苗现在长势良好。大围栏里的树苗已经长成相当不错的胡杨了。小围栏是刚刚围起来的，时间不长，里面的树苗还没有长成树。不过，从现在的长势来看，将来会长成比大围栏还要茂密的胡杨林的。可是德吉德玛要把那小围栏租给别人种棉花。土壤一旦遭到犁铧的破坏，至少要等到十年以后才能恢复。可是德吉德玛不懂这些，说给她也听不进去，好像她的耳朵里灌铅了。对她来讲，我说话还不如班布尔叫一声呢。所以，这个事你跟她说说，看她会怎么样！”关布来老汉抽着烟袋，显出一副无可奈何的样子。

“要是德德已经跟承租人谈妥了，我去说又管什么用呢？您真是瞎操心。您都奔七十的人了，还为这种事瞎操心，跟自己过不去，真够邪门儿了。还不如捞上几个钱安安稳稳地躺在家里等待归天呢。有胡杨林的那几棵胡杨，没那几棵胡杨，地球照样转，天照样亮。您现在交给我了，将来我把它们买掉了怎么办？您就不要太相信我了，弄不好会闹出让狼守夜的笑话来的！”班迪夫嘻嘻哈哈地跟他父亲开玩笑。

“不管怎么样，我把要说的都说了。怎么办，你自己拿主意吧！有那几棵胡杨，没那几棵胡杨，地球照样转，天照样亮。这话说的没错。德吉德玛你们这些人靠出租卖掉祖先的财产，当然也可以维持生活。但是你们的后代靠什么维持生活呢？人不能只顾自己，只顾眼前利益。还应该想到子孙后代。这大自然可不只是一代人生存的空间。她是人类世世代代繁衍生息的唯一摇篮。如果人人都像你们这样糟蹋摧残自己生长的家乡，你们的子孙后代就会遭殃的。上一代人珍惜大自然，那是给子孙后代造福。这些道理我不说，你们年轻人也不是不知道。我整天往那两个围栏跑，是因为吃饱了撑的吗？钱，谁不需要呢？我这样干，只是为了把那些树苗培育成树，要不然，我能从那围栏里捞到什么呢。就算胡杨林里多长出几棵胡杨了，我死的时候也肯定不会扛走的。它们都会成为这大地的财富留存下来的！”关布来老汉说到这里，已泣不成声，枯陷的两眼里噙满了泪花。

看到父亲伤心流泪，班迪夫也觉得过意不去了。他为了宽解父亲，附和道：“爸爸说得是，说得是。真的，可不是吗？我也跟德德去说说。您就放心好了！您可别劳心伤神糟蹋自己的身体。不是说身体安康，比啥都强吗？对您这样的老年人来说，什么都重要，但身体是最重要的。我们做儿女的也都希望您能多活一天，给我们做靠山呐……”

关布来老汉把一切希望都寄托在儿子身上了，却没有想到儿子竟然会说出这种话来。他感到心里发虚，眼前一阵发黑。他知道儿子这是在敷衍，但他什么也没说。

由于班迪夫惹他父亲不高兴了，就不敢在这里多待了。

“爸爸，您要是没别的事，我该走了。天色不早了，牲畜还没有归圈呢。”他站起身，穿上了衣服。

“没别的事。走吧，走吧！”关布来老汉闷闷不乐地坐在炕上，吧、吧地抽着他的烟袋。

“爸爸保重！”班迪夫说完，出去了。

关布来老汉如同一尊黄铜佛像，一动不动地坐在炕上，目送儿子离去。

纷纷扬扬的鹅毛大雪停下了，雪花变小了，远处的戈壁滩上和峡谷里缭绕着白色的雾。

班迪夫牵上骆驼路过水井时，德吉德玛已经饮完了羊群，正在用冰镩凿着井台上的冰。

“德德，我走了。您说的那个事我跟父亲说了。老爷子没有答应的意思。老人嘛，都爱唠叨一些没用的。人老了就跟小孩儿一样。他跟您找茬儿发脾气，您别往心里去！您要顺着他点儿，见机行事！可别没头没脑地跟他来硬的，那样弄不好会坏事的！可得小心！”班迪夫说完，骑上骆驼走了。

儿子出去以后，关布来老汉用他那没了牙的牙龈叼着玉石嘴儿烟袋，一动不动地坐在炕上发愣。

我还以为班迪夫要比德吉德玛强一些，就把一切希望都寄托在他身上了，原来他们是一丘之貉。瞧他那说的，说我这是“让狼守夜”。我是想在有生之年把那几棵胡杨交给儿子，我就可以无牵无挂地走了，可是他却说出那种话来，真让人受不了。看来我们父子俩是想不到一块儿了。我还一直坚信我的儿子一定能接他父亲的班，看来这要成泡影了。唉！班迪夫会这样，真是万万没想到。现在的年轻人，除了认钱，认利，别的什么也不认了，开口闭口都是钱。跟这种人说那几棵胡杨的事，有什么用呢。怎么办呢，时代都变成这样了，也只能随波逐流了。看来这儿子比那德吉德玛也强不了多少，我是指望不上了！关布来老汉心里乱糟糟的，他不由得长长地叹了一口气。

五

布谷鸟的叫声给胡杨林带来了春天的气息。冬天覆盖的冰雪开始融化，大地变得斑斑驳驳的。在这温暖的季节，牲畜的脊背也舒展开了。膘肥体壮的成年羯羊和空怀的母羊们摇晃起犄角，相互追逐，顶架，一比力气。有的干脆跳到羊圈围墙顶上，昂起头，迎风站立。

关布来老汉转完了他的两个围栏，回来一看，堵着家门口停着一辆形同蛤蟆似的黑色轿车，那车只差没开进屋里。关布来老汉有生以来从未见过这么漂亮的轿车，他好生奇怪。是谁开着这么惹眼的车来我们家了呢？他走进屋里才发现，炕沿上坐着好几个陌生人。老汉心想，有没有我认识的呢？他一一打量那几个人。做坏事的人心里有鬼。披发僧一看老汉进来了，仿佛见到了他的老爹，腾地下了炕，连连哈腰，用温和的语气问候：“大伯您好吗？”

关布来老汉没认出这人是谁，便回问道：“好。你们一路上可好？”

“您坐这儿！”披发僧搀扶着老汉让他坐在炕沿上。关布来老汉这才认出此人是谁，于是脸色一变，不高兴了。他虽然在陌生人面前尽量克制自己，但还是忍不住频频瞪着披发僧。

披发僧佯装没看见，向那三个人介绍道：“这位老汉就是户主！”

那三个人向关布来老汉点了下头，脸上露出几丝笑意，大概就算问安了。披发僧指了指一个长得像猫头鹰似的绿眼黄白脸年轻人，对关布来老汉说：“这位是我们的老板！”

那个头上抹了油且梳得像牛舔过一样发亮，内穿雪白的衬衫，打了红色碎花领带，外穿深灰色西装的黄白脸年轻人对关布来老汉点了下头，说：“我也是蒙古族。遗憾的是不会讲蒙古语。”披发僧把他的这些话翻译给了老汉。

“哦，是吗，你是蒙古族呐？啊，可怜！”关布来老汉一边用怀疑的口气说着，一边打量着他，心想：看他这样子可不像蒙古人。最多是个混血儿。

“是啊！都是蒙古族朋友。这位是司机，那位是植物学家。”披发僧一一作了介绍。他偷偷地瞟了一眼忙于洗碗熬茶的德吉德玛。德吉德玛向他使了个眼色。

“他们来是想看看您的地！”披发僧出其不意地对关布来老汉说。

关布来老汉本来心中有数，但又做出茫然的样子，用奇怪的语气问：“什么地？”

“是你们要出租的土地呀！”披发僧直接把话挑明了。

“谁说要出租给你了？”关布来老汉虽然知道这事早晚要发生，但事到临头又无法接受。他忽然感到耳朵里嗡嗡作响，眼前一阵发黑，身体不由得晃了一下。

“不是你们自己说的吗？”

“胡扯！我什么时候说过要把土地出租给你的？你少欺负人！我虽然老了，但还没死呢。你想随便占有我的土地？你老是往我这里伸头探脑的，还想占有什么？你这年轻人，也太放肆了吧！”关布来老汉对着披发僧大发雷霆，气得手都哆嗦了。

那三个人听不懂老汉在说什么，面面相觑。绿眼黄白脸年轻人就问披发僧：“这老汉为什么发脾气？”

披发僧眨了眨眼，躲躲闪闪地说：“啊，我跟这老汉借过钱。他催债催得简直要疯了。跟你们的事没关系。”他满不在乎地撒了个谎。

德吉德玛一看老头子在大发雷霆，怕坏了她的事，就直截了当地说：“是我说过要把小围栏租给他们的。这事跟您没关系，您别说话！”没等老头子开口，她又对披发僧说，“带他们出去。让他们去看看围栏！”

披发僧等的就是这句话，他对那几个人说：“走，我们去看地！”

黄白脸年轻人一听这话，首先站起身，把黑色皮夹子往腋里一夹，挺胸腆肚，大模大样地走了出去。德吉德玛也紧跟着他们出去了。

“德吉德玛！”关布来老汉扯开嗓门儿大喊。可是德吉德玛头也没回一下，钻进那辆小轿车里，砰地一声把门关上了。等关布来老汉摸索着走出房门时，那轿车早已绕过前面的那座山头，甩下一股尘烟，不见了。

关布来老汉的一股怒气堵得他胸口憋闷，使他差点儿背过气去。他眼前一阵发黑，大白天好像有漫天的星星在闪烁。老汉好不容易站稳身体，闭上眼睛，让风吹着他那发闷的胸。他站了一会儿，让身心总算得到了些许平衡，睁开眼睛一看，两眼却什么也看不清了，眼前只有一个黑乎乎的东西在闪动，显得模模糊糊的。他用衣袖擦了擦眼睛，但不管用，那个黑乎乎的东西依然在闪动，挡住了他的视线。老汉无奈，只好用他那昏花的眼睛，朝着那辆黑色轿车驶去的方向怒视。忽然间，老汉感到太阳穴一阵刺痛，头也疼得仿佛要裂开。关布来老汉心想，不能这样站了，万一摔倒在外面的木头或石头上撞个头破眼瞎的死了，就不好收拾了，还是回屋里死在炕上吧。于是，他摇摇晃晃地走进屋里，爬上炕，躺了下来。

德吉德玛带着那几个人来到了小围栏。这个围栏是用柽柳编制筑起来的，外围拉上了铁丝网，面积大概有一百六十来亩的样子。围栏里没长出多少饲草来。一些地方倒是长出了密密的小柽柳，密得不要说骑马人穿过去了，步行人也很难钻进去。在一些高大的柽柳下面，聚积了一层厚厚的落叶和细枝条，看上去有点儿像松软的毛毡。在那密密丛丛的柽柳的间隙里，还长出了一些幼小的胡杨，都高及马镫了。有些长在骆驼也够不着的地方的小胡杨，显然与众不同，已经快长成胡杨树了。

绿眼黄白脸年轻人让披发僧在围栏里挖了好几个一尺多深的坑，然后抓起一把土，攥在手里看。那位植物学家，一个像狗头雕似的谢了顶的白脸瘦老头儿抓了一把湿土放在手掌上，用手指搓了搓。黄白脸年轻人问他："您看这土怎么样？能种棉花吗？"

"没问题。你看看这土，都快滴油了。这土壤的肥力多好！沙土和泥土的成分也适中，而且碱也少。头两年不用施肥浪费钱了，直接种就行。可以肯定，每亩地起码能收获一千斤棉花。不知这地方的日照和雨量怎么样。棉花这种作物，种在雨量小、日照好的干热土壤里就长得好。如果种在雨量大的潮湿土壤里就容易腐烂，长不好。”

植物学家从职业角度对这里的土地做出了高度评价。披发僧插话说：“这方面就没说的。这地方到了夏至，最低气温不下三十度。至于雨量，可以说滴雨不下。我来这个地方已经有三四年了，还没见过几回掉雨点呢。干旱得就像热锅一样。”

“这么说，这土壤简直可以说是只为种棉花构成的。”白脸瘦老头儿都有点儿舍不得丢掉手里的那一把土了。

“好。那我就听您的，租下这块地了！”黄白脸年轻人面带笑容地对植物学家说。

“地是好地。但钱是你掏腰包，所以你自己要想好了！”植物学家表现出了做学问的谨慎。

黄白脸年轻人又问披发僧：“这围栏有多少亩？”

这一点连德吉德玛也不清楚。她随便估计了一下，说大概有一百三十亩。披发僧就把她的话翻译给了黄白脸年轻人。黄白脸年轻人大致看了看围栏，说：“这围栏没有一百三十亩。最多有一百亩！”

“是吗？不会吧？”披发僧用惊奇的眼神看黄白脸年轻人。黄白脸年轻人使了个眼色，披发僧明白了他的意思，就立刻变了脸，对德吉德玛说，“这巴掌大的围栏哪有一百三十亩呀？你在说瞎话！”

“那有多少亩呢？”德吉德玛问披发僧。

“撑死了也就有一百亩！”披发僧说。

“那就那样呗。我也没量过这个围栏。”德吉德玛只好附和。

黄白脸年轻人问德吉德玛：“每亩要价多少？”

德吉德玛似乎没怎么听明白年轻人在说什么，就想听听披发僧的意见，问：“他说什么？是在问价吗？我要二百，怎么样？”

“人家怎么会同意呢？你这里的柽柳、小树苗还没有挖掉，地还没有平整，怎么能跟人家预备好的土地相比呢。要二百，肯定不给。能给一百，你就烧高香去吧！”披发僧说。

“好，那就按你的意见要一百吧。”德吉德玛附和披发僧。披发僧知道德吉德玛听不大懂汉语，就要花招捉弄她。他对黄白脸年轻人说每亩要价一百五十元。黄白脸年轻人认为要价高了，不同意，就砍价，最后商定每亩出价一百三十元。可是他对德吉德玛却说好不容易才给你争取到每亩一百元。德吉德玛又问：“他们租多长时间，租金怎么交？”

“租期十年。租金按年计算。双方还得签订租约，才能交租金。”披发僧说。

“那租约什么的，我可不会写。这还得靠你了！”德吉德玛求披发僧帮忙。

“好，好。租约都是双方签订的。那我就跟他们商量着写吧。写完了您还得看一遍，然后签上字才能生效。”披发僧勉强答应了下来。

“那他们什么时候来签订租约交租金呢？”德吉德玛在担心那租金能不能到手。

“租不租您这地，他们回去还需要研究确定。定下来以后很快就回来，盖房子、打井，然后开始推掉那些柽柳小树，平整土地。到那个时候就可以一手交钱，一手要地了。”

“哦，好，好，知道了！”德吉德玛总算把心放下了。

“好，那就这么定了啊！”披发僧希望德吉德玛应诺下来。

“行，行。”德吉德玛满口答应。

披发僧听到她这话，也就放心了。他正要转身离去，德吉德玛含情脉脉地看着他，问：“那你什么时候再来？”

“等我把这事弄出个头绪了，有空就来。可能还得带着他们来。来了以后就待在你们家了，到时候你可别撵我！”披发僧说完迈起四方步，跟着那几个人走了。我披发僧正在交好运哩。好歹会讲两种语言，单凭这个就轻松地敲掉了这臭女人的三千元！

他心里高兴极了，好像他身上的虱子也在为他偷偷笑。

德吉德玛被轿车扬起的尘烟吞没了。然而她的心却像一锅沸腾的鲜奶，洋溢着无比的喜悦。一万元很快就要到手了，披发僧也很快就要来了。想到这些，她的心情就激动不已，感觉自己也好像年轻了几岁。于是，哼唱起了她在非常高兴或喝醉酒的时候唱的，也是她唯一能唱得完整的《木鱼》：

仙鹤飞来了
绕着胡杨转
儿子要来了
远处扬尘烟
要是走山路
马儿会疲倦
伤了情人心
自己也伤心……

她哼着歌，像小孩一样在草丛树丛中蹦蹦跳跳地向家里跑去。

德吉德玛回到家里后，发现老头子像烧焦的筋一样蜷伏在炕上。两个太阳穴上有指甲印儿，看来他头疼得挺厉害。德吉德玛进屋时，他连看都没看一眼，依旧躺着。肯定是在生我的气，像刺猬一样缩在炕上装死。德吉德玛这样一想，也就没把他当一回事。她转身出去照料她的羊群。她为自己成就了一番大事业而激动，所以干起活儿来也特别轻快。

太阳落山了，已到黄昏时分。德吉德玛还在跟她老头子赌气，所以就不理他，心想你要是不怕长褥疮的话，想躺几天就躺几天，随你的便！可是一看老头子一动不动地躺了好几个小时，她又觉得有些不对头。这老东西是不是因为生气窒息回老家了呢？她走近老头子跟前，用关切温和的声音叫他："关布，起来吃饭！饭都要凉了！"

关布来老汉依旧躺在炕上，一声不吭。他是在听德吉德玛说话的声音和出出进进的脚步声，来猜测着她的心思。听见德吉德玛那清脆而又温和的声音，老汉不要说高兴了，真想跳起来揪住她的衣领。可是两个眼窝疼得像针刺一样，头部的血管怦怦乱跳，好像要炸开。不要说起来吃饭，他连眼皮都抬不起来了。

德吉德玛连连叫了几声，老头子还是不吭气。她就把手掌伸到老头子的鼻子底下，看他还喘不喘气。他总算还在喘气，她也就没再叫他。

屋里烛光暗淡，静得像墓地一样。德吉德玛独自一人坐在炕上，一边吸着鼻涕，一边哧溜哧溜地吃着热面。班布尔在外面可能听到了远处的什么动静，一阵又一阵地叫着，忽然用凄厉的声音长嚎起来。听到狗的吠叫声，德吉德玛吃了一惊，嘴里骂道："这老糊涂，干吗这么尖声嚎叫！"

不知是因为害怕，还是因为怀疑什么，德吉德玛感到毛骨悚然，起了一身鸡皮疙瘩。她频频看着一动不动地躺在炕上的老头子，不知想起了什么，迅速吹灭蜡烛，上炕躺下了。

第二天早晨，关布来老汉感觉头疼得比前一天有所减轻，就起床了。但是眼窝儿依然在刺痛，眼睛里依然有个黑乎乎的东西在闪动。

德吉德玛起来后熬了茶，在老头子的银碗里和上黄油糌粑，然后倒上用绵羊初乳熬制的油汪汪的橙色奶茶，递给了老头子。

老汉虽然还在生德吉德玛的气，但因为昨天晚上没吃东西，空腹过的夜，饿得心慌手抖。他接过茶碗，一口接一口地喝茶。德吉德玛坐在一边看着老头子，幸灾乐祸地说："气大伤身，山高伤马。你像孩子一样赌气不吃饭，空腹过夜，感觉怎么样？"

关布来老汉本来就憋着一肚子气，胸口堵得吃不下东西，一听这话，如同火上浇油，腾地一下火冒三丈。

“我吃不吃饭关你屁事？你把那围栏怎么啦？”

“我能怎么呀？按每亩一百元租出去了。都谈妥了，过几天他们来人交钱要地。”德吉德玛满不在乎地说。

关布来老汉一听这话，肺都快气炸了。他的手抖得厉害，差点儿把茶碗掉在炕上。他用颤抖的声音说：“你想跟你那流浪的披发僧合起伙来要我这条老命吗？你明明知道我为了把那几棵幼嫩的树苗培育成树，都豁出老命了，还这样毁掉它们。你的心有多黑呀？！”

“将来只要不是吃胡杨叶子过日子，你把那几棵小树苗培育成胡杨又能怎么样？现在草场退化得都不行了，像以前那样放牧吃肉的生活就要结束了。老糊涂！如果不从现在开始自谋生路，到时候像你我这样的人弄不好会变成叫花子的！”

“你别嗥了！你懂什么呀，还向我乱叫！家乡的价值，你懂吗？傻瓜蛋！只要我们保持好家乡生态的完整，大地就绝不会让我们变得走投无路的。如果像你一样，为了几个钱，把生态都糟蹋完了，到时候你我就真的会变成叫花子了！你以为挖掉那几棵小树你就能致富吗？简直是白日做梦！我说什么你都不听。可是对那个披发僧你却言听计从，把他当成佛爷供上了！我倒想看看，他什么时候能让你过上好日子！”

“看吧，看吧！我会让你看个够的。你就等着吧！”

“你呀！休想！你们俩别以为我这老汉好欺负！我会把你那个臭披发僧打得头破血流的！”关布来老汉咬住所剩无几的黄牙，攥紧了拳头。

“好啊，好啊！那我就等着看你怎样把他打得头破血流！”

“你不要太放肆了！我虽然老了，但还没有死。要是你们俩还像狗一样明目张胆地勾搭在一起，我也有地方去说！我也许治不了你们，但也有能治你们的地方！”关布来老汉虽然头疼得厉害，频频闭上眼睛揉着太阳穴，但对德吉德玛并不示弱。

“说吧，说吧！你去哪儿跟谁说都行！你有苦，我也有！”

“我到现在为止，真的没有做过半点对不起你的事。我一直把你当成宝贝，给你穿好的，吃好的。从来没有粗野地对待过你，也没有说过你的坏话。这些，难道你不知道吗？要是有良心，应该知道啊！”

“你以为把我像你的花脸狗一样喂饱了肚子就行了吗？”

“你还想让我怎么样呢？除了没把你放在摇篮里，别的我都做到了！”

“我不是你豢养的狗，我是人！而且是女人。我可不是像你那样正在丧失能力的六十多岁的老人，我才四十出头，是个健康的女人。你能满足我所有的欲望吗？你有那本事吗？动都动不了了，还想把着年轻老婆不放。不要老想把别人拴在自己身边了！你老了，但是我还年轻。这你知不知道？你还指望我守你一辈子，难道我有那义务吗？告诉你吧，那是痴心妄想！”德吉德玛抓住老头子的致命弱点，说得他有口难言。

“那你就跟你那流浪的臭披发僧滚蛋，不要再迈我家的门槛！现在就滚，别再让我看见！”关布来老汉快气疯了。

“我走，我会走的。到了该走的时候，你撵也走，不撵也走。但是今天你别想撵我走，没那么容易。我至少要让你赔偿我青春的一半损失，然后才走。你把我最美好的青春当作端锅用的破毡片，彻底给毁了。你现在连你自己的骨头架子都支撑不起来了，还想限制我。告诉你，我没做过任何对不起你的事。凡事都有个限度。我一忍再忍，什么都忍过来了，难道还要我看你的脸色过日子吗？拉倒吧！你别怨我，要怨就怨你的命！谁让你当时娶年轻老婆了？活该！”德吉德玛对她的老头子撒泼臭骂了一顿，把门一摔，气呼呼地走了。

关布来老汉挨了一顿臭骂，受了一肚子气。宁让骨碎，毋叫名毁。我虽然老了，但毕竟是男人，竟然让自己的老婆这样侮辱，简直是耻辱。说我活该，还真说对了。我怎么就跟这样一条臭母狗度过了下半生呢？是我的命不好。整天让自己的老婆这样数落，活得这么窝囊，还不如死了的好。他感到悲伤。

六

关布来老汉跟他的老婆德吉德玛大吵了一架之后，身体一直不见好转。眼窝刺痛得更加厉害了，眼睛里的那个黑乎乎的东西也在一天比一天增大。老汉把用于牲畜剩下的眼药水给自己点了几回，但毫无效果。他的视线被遮住，出去解手都看不清道了。两眼就要看不见光了，老汉无可奈何。有一天早晨，他用商量的口气对德吉德玛说："德吉德！我这眼睛里的黑东西越来越大了，现在已经遮住视线了。点了药水也不管用，弄不好双目失明就变成让人讨厌的累赘了。在那之前，还是去找大夫看看吧！"

"我说过多少回了，让你去找大夫看看，你就是不听。对你来说，我的话还不如花脸狗叫一声。你点那过期的兽药，弄不好会把眼睛点瞎了的！"德吉德玛一边梳着辫子，一边冷淡地说。

"以前闹眼睛，点一点还挺管用的。现在这药也不管用了，会不会是假药呢？"

"只能给班迪夫捎话了。我去了，那牲畜怎么办？"

"也只能那样了。去城里大医院，没有个会说汉话的人恐怕还不行。今天你饮完了羊群就给班迪夫捎个话，好吗？"关布来老汉看着老婆的脸，想听她说什么。

"只能这样了。"德吉德玛漫不经心地说完出去了。

德吉德玛出去以后，关布来老汉心慌意乱地躺在炕上，想了许多。

“我就这样需要人来照管了吗？需要人照管倒没什么，我那几棵胡杨可就要毁在德吉德玛手里了。我要是真的失明了，还不知她会怎么发脾气呢？现在已经不把我当人看了，等我眼睛瞎了，还不得踩在脚底下。看德吉德玛这架势，好像是希望我早点死。我还指望班迪夫或许能为这个家乡和那几棵胡杨当家作主，现在看来指望不上了，好像他和德吉德玛已经串通一气了。我那两个女儿是嫁出去的人，射出去的箭，更是力不从心。真他妈的！让德吉德玛和披发僧他们俩称心如意了……”

胡杨树的树冠呼啸着，寒冷的暴风刮得天昏地暗。

德吉德玛把准备好的茶、盐、捣碎的干肉条、罐装黄油和酸奶干，连同关布来老汉的衣服一起塞进了他的褡裢里。班迪夫给他父亲穿上大毛羊皮袍，戴上了狐皮三角帽。班布尔知道关布来老汉要出远门，就绕着蒙古包又是尖叫又是跑，当主人出来时，干脆横挡住主人的腿，不让他走。

“我的班布尔别这样！我看完了眼睛就回来。你要好好看守浩特！知道吗？”关布来老汉抚摸着班布尔的头，像嘱咐孩子一样嘱咐他的狗。班布尔舍不得离开主人，嘴里低声狺狺叫着，摇晃着尾巴，舔着主人的手。班迪夫提醒德吉德玛说：“德德！把班布尔拴上吧。要不然它跟着去，弄不好会让人抓住吃掉的！”

班布尔似乎听懂了这话，赶紧跑出老远，截住关布来老汉的去路卧下了。德吉德玛给它的食槽里倒上了食，好声好气地叫了半天，这才好不容易拴上了它。

班迪夫和他的父亲叠骑着摩托车，向旗政府所在地出发了。班布尔冲着他们又蹦又跳的，险些把拴绳扯断。

班迪夫来到旗医院，给他父亲检查眼睛。把花镜架在鼻尖上的老医生，用强光灯照了照关布来老汉的眼睛，做出诊断说：“视网膜脱落。不做手术不行了！”

“有没有别的治疗办法？上了年纪的人经受不住手术怎么

办？”班迪夫不无犹豫地问。

老医生从花镜的上边瞥了一眼班迪夫，说：“那你们自己看吧。不做手术就失明了！”

班迪夫望着他的父亲思忖片刻，问：“爸爸，怎么办呢？”

“哦！反正是要瞎了嘛，与其动刀子弄瞎，不如听其自然。你说呢？孩子！”关布来老汉说得直截了当。

“您这是什么话。真要是失明了，怎么办呐？您就别胡说了！”

班迪夫替他父亲着急，也就不管父亲同意不同意，自作主张，决定让父亲住院做手术治疗。他还托人给两个妹妹捎了话。

关布来老汉去旗里已经有两个星期了。德吉德玛早晨起来以后出去倒灰，发现拴马桩上落着一只喜鹊，也许是因为冻的，羽毛显得蓬乱，一边啄着拴马桩，一边喳喳地叫。德吉德玛认为这是吉祥之兆，心想：这喜鹊大清早的来到拴马桩上喳喳叫，肯定是传送着一件喜事。可能是披发僧带着那些人要来签订租约了吧？也可能是那家伙听说老头子住院以后趁火打劫来了吧？她只顾看那喜鹊，却忘了把装灰的盆子放在外面，拿进屋里来了。

德吉德玛把羊群放出去以后，准备给羊羔喂草，就带上一根绳子向草栏走去。这时，发现有一辆汽车从西边的山坡上颠簸着下来了。德吉德玛心想，早晨那只喜鹊还真叫对了。她像迎接去供销社的母亲的孩子一样，把手里的绳子一扔，迎了过去。原来是上回来的那辆紧挨地皮跑的黑色轿车。

披发僧和那个黄白脸年轻人下得车来，跟主人互致问候。披发僧好像在害怕什么，犹犹豫豫地不敢进屋。

“干吗不进屋呀，像遇见狼的黄羊羔一样躲躲闪闪的？”德吉德玛开玩笑说。

“我是怕你家那只老狼！”披发僧笑咧咧地说。

“哦，你是怕那只快要入土的老狼吗？亏你还是男人。你怕的那只老狼不在。进屋，进屋！”德吉德玛掩嘴一笑，用胳膊肘捣了一下披发僧。

“怎么不怕呢，驼羔见了死种公驼的头也惧怕三分呀。你老头子去哪儿啦？”

“去旗里看眼睛，有半个月了。”

“是吗？”披发僧总算放下心来，走进屋里，像主人一样盘腿坐在了上首。

德吉德玛一边给客人倒茶端食品，一边迫不及待地问披发僧：“事情办得怎么样了？”

“很顺利。我们老板决定用十年期租下你们的地。今天是来签订租约的。我这次来还真有些担心，就怕你的老头子阻碍我们的事。恰巧今天他不在家，真是老天开恩了！”披发僧没有掩饰他的担心。德吉德玛听了这话，高兴得不知说什么好，一个劲儿地给客人续茶，说：“喝茶，吃点心！”

那个像猫头鹰一样的绿眼黄白脸年轻人从皮夹子里掏出两张纸，递给德吉德玛说：“这是租约，您看看。要是同意的话就签上字盖上章，或者按手印也行！”

德吉德玛接过那纸，翻过来倒过去地看了看，然后递给了披发僧说：“我可看不懂这东西，你给念念吧！”

“老板租您的一百亩地，租期十年，每亩地给您一百元，租金按年计算。主要的就是这些。”披发僧并没有详细交代租约的内容，而且把每亩地给一百三十元说成了一百元。那两个人根本没有注意这些。德吉德玛想知道的就是这些内容，至于其他内容，她也不想知道。她只牢牢记住了每年要一万元。

“有什么意见吗？有需要补充的吗？”披发僧把黄白脸年轻人的这些话翻译给了德吉德玛。

“没意见，没意见。行，行。”德吉德玛好像害怕失去那一万元，立马答应了下来。

披发僧递给德吉德玛一支笔，说："好，那您就签字吧！"

德吉德玛哆嗦着手，用蒙文歪歪扭扭地写上了自己的名字，说："还写什么名字呀？只要互相不欺骗就行了呗！"

"这是什么话，不能那样。这是法律呀，而且还要盖章呢！"披发僧用嘲笑的语气说。

"我哪有图章啊？"德吉德玛为难了。

"没有图章，不是还有你父母赐给的十个手指吗，就按上手印吧！"披发僧拿出了印泥给德吉德玛看。德吉德玛本来不想按手印，但是在披发僧的催促下，只好伸出食指使劲戳了一下那鲜红的印泥，然后重重地按在了自己的名字上。黄白脸年轻人也在租约上用草书签上了字，盖上了图章。

披发僧一边端着茶碗喝茶，一边眨巴着三角眼，从茶碗的下边偷偷注视着黄白脸年轻人的皮夹子，心想：不知这个狐狸一样狡猾的家伙怎么付钱。我那三千元怎样才能扣下呢？

黄白脸年轻人把两张租约的一张装进皮夹子里，把另一张递给德吉德玛，说："今天我们没提现金来。过几天你们自己去取吧！"从他的口气上看，他们似乎已经琢磨好了什么。

为了点那一万元现金而心里正在痒痒的德吉德玛一听这话，立马泄气了。她气恼地说："你们说话不算数，怎么回事啊？你们不是说一手交钱一手要地吗？"

黄白脸年轻人说："您的地我们不会拉走跑掉的，也不会搬走的，您就放心好了！您的钱一分也不会少给的！"

"那你们什么时候给钱？你们不给送来，我到哪儿去找你们呀？"德吉德玛问。

披发僧抓住这个机会说："您要是信得过我，我很快就给您送来！"披发僧说完，看了看那两个人。

"这人，行吗？"黄白脸年轻人用难以置信的眼光偷偷看了看披发僧，“您要是信得过他，我让他给您送来也行。”披发僧翻译这话时却说：“好吧，那就让他送来吧！”

“你能给我送来，你不会带上我的一万元远走高飞吧？”德吉德玛半开玩笑说。

“那你自己看吧。信得过，我就给你送来。信不过，就算了。我也没有给你送来的义务！”披发僧装出生气的样子，把烟头一掐，站起身来。

“好了，好了。我只是跟你开个玩笑。死鬼，开个玩笑都受不了。好吧，好吧！你送来吧！”德吉德玛爽快地答应了。

披发僧终于让德吉德玛就范了。他们签完了租约之后准备回去。披发僧本来要上车，但没有上去。他好像忽然想起了一件重要事情，扭过头来问德吉德玛：“你老头子什么时候回来？”

“眼睛做手术啦，一时半会儿恐怕回不来。”因为披发僧要走了，德吉德玛也就没什么兴致了。

“哦，是吗？那，下回再说吧！”披发僧笑咧咧地钻进轿车里，砰地一声关上了车门。

德吉德玛向他们频频挥手，直至轿车消失在远处。

七

关布来老汉做完眼睛手术已经有一个月了。三个孩子轮流陪床，悉心护理。关布来老汉让白纱布裹住了眼睛，整天躺在病床上。他这一辈子，不要说像囚徒一样躺在医院，连医院的门槛都很少迈过。对于一个一辈子习惯于风吹日晒的老汉来说，这样蒙上眼睛躺在病床上，真比入地狱还痛苦。与阳光隔绝，在黑暗中度日，实在是让人寂寞和烦闷。胡杨林、两个围栏、浩特、牲畜、德吉德玛、披发僧……这一切交替呈现在脑子里，使他心慌意乱。

“家里有信儿吗？我一来这儿，德吉德玛恐怕如愿了吧。没人阻碍了，那围栏可能已经卖掉了吧。”关布来老汉时不时跟孩子们说这些。班迪夫有时候受不了，就责备他两句：

“爸爸，您就别老絮叨那些没用的了。那几棵胡杨，那围栏，跟您有什么关系呀？您就别想那些了，两个眼睛都快保不住了，知道吗？”

过了二十来天，蒙在关布来老汉眼睛上的纱布去掉了。他的视力比原来也没好到哪儿去。据医生讲，视力会自然好起来的。关布来老汉和三个孩子默默祈祷：但愿如此！

在畜群扬起的尘土中显得暗淡的春天的太阳徐徐降落。在羊群的咩咩叫声中，胡杨树的树梢似乎在摇曳，天地趋于一色。在落日的余晖下，有个人推着自行车，像窥伺老鼠的猫一样，悄悄地接近关布来老汉的冬营地。德吉德玛没有留意这个人，她端来一大盆饲料放在羊圈墙头上，准备给羊喂饲料。看见饲料的羊们疯狂地冲了过来，差点把德吉德玛给撞到。有的干脆踩在木头上，向盆里的饲料探头。

“喂，干吗这么乱闯啊？你们这样拼命就能吃到东西吗？”德吉德玛一边跟羊吵着，一边举起鞭子劈头盖脑地抽打着羊。她把饲料分装在许多小口袋里，然后把一个个小口袋分别套在羊的嘴上，正忙得不可开交。忽然，身后有人打招呼：“喂！”

德吉德玛吓了一跳，不由得惊叫起来。

“哈，哈！干吗那么吃惊呀？”这人原来是披发僧。

“哎哟，哎哟！吓了我一大跳……冷不丁从哪儿冒出来的？吓死我了！”德吉德玛捂着胸口，气喘吁吁。

“估计你一个人肯定很劳累，所以就过来帮忙。”披发僧说。

“是吗？好人来相助，太感谢了。你把那只白额白鼻梁黄绵羊的口袋摘下来！”德吉德玛立马抓差。

披发僧把那只白额白鼻梁黄绵羊头上的小口袋摘了下来，说：“我把你怕我带走的钱带来了！”

“你这人真好！让我拿什么答谢好呢？”

“只要你想答谢，拿什么答谢不行啊！”

“是啊，是啊！”德吉德玛撇嘴一笑。

“我想吃鱼肉！”

“我家没有鱼肉。我给你煮羊肉！”

“我不吃羊肉。就吃鱼肉！”披发僧说完，发出淫亵的笑声。德吉德玛这才明白了他的意思。

“你就知道胡闹！”德吉德玛用手里的口袋抽了一下披发僧。

“……”

他们说说笑笑地互相挑逗，给羊喂完了饲料之后走进屋里。

披发僧从皮包里拿出了一个用报纸包着的东西，说：“这是您的钱，总算平安地给您带来了。请您点一下！两千元。”

“怎么才两千元？”德吉德玛接过钱，用诧异的目光看着披发僧。

“他们说了，先给两千。剩下的，过几天平整土地的时候再带来。他们不会骗人的！会给的，会给的。您就放心好了！他们要是不给，还有我呢，怕什么呀？您就不必为这事伤脑筋了！”披发僧安慰德吉德玛说。

德吉德玛相信了披发僧，就用唾沫沾湿了手指，坐在炕上放心地点钱。她有生以来第一次点这么多的钱，所以老是点错，又重新点。披发僧看在眼里，心想：怎么点个没完？你这是不相信人。你那几个钱，一张也不会少的。我该拿的已经都拿到了，不会从你那几个钱里再抽掉一张去玷污自己名声的！一万三千元的租金，人家预付了五千，披发僧从中扣下三千，只送来了两千元。这个猫儿腻，德吉德玛岂能想到。与其嫌少不如手紧，德吉德玛把点好的两千元装进了木箱里。

德吉德玛为了向披发僧表示感谢，给他煮上了牛肉条，又拿出了一瓶白瓷瓶装酒来招待。

披发僧挽起袖子，用手抓起木盘里的牛肉条，撕掉一块塞进嘴里，嚼得吧唧、吧唧生响，吃得嘴角里直流油。德吉德玛看着他这如同流浪狗啃食死畜残骸似的吃相，不由生出怜悯之心："没有温馨的家园，到处流浪的人也怪可怜的。这种仰人鼻息吃白食的日子有多难呐！"

披发僧不管那么多，只顾狼吞虎咽，嘴里的还没有下咽，紧接着又塞进一块肉，然后用酒顺下去。他斟满了一杯酒，敬给德吉德玛，说："来，干一杯！"

"我不会喝酒！"德吉德玛谢绝。

"来，没事的。喝上一杯！"披发僧劝她。

德吉德玛嘴里说着"不喝，不喝"，却接过那杯酒一饮而尽。

吃饱了肉喝足了酒的披发僧，用色眯眯的眼睛直勾勾地盯住德吉德玛的丰乳肥臀不放。

德吉德玛无奈，躲躲闪闪地说："走这么远的路，一定累了吧。睡吧！"她为他铺床。

"你不用给我铺床。我要睡你的被窝。"披发僧的舌头都变大了。

"好了，别闹了！"德吉德玛吹灭了蜡烛，躺进了被窝。

披发僧趁着黑暗，钻进了德吉德玛的被窝。他们玩了一整夜的鱼水游戏。

关布来老汉在医院躺了两个多月，花掉了一万多块钱。虽然做了手术，但视力并没有明显好转，只能勉强看见脚下的路。眼窝的刺痛倒是减轻了。躺在这儿花钱受罪，不如回家躺。关布来老汉执意要回家，孩子们和医生也只好随他的意。

出院这一天，医生嘱咐道："回家后要好好休息。不要搬动重物，不要做剧烈活动。不能生气急躁。多吃一些蛋、奶、蔬菜、肝等营养眼睛的食品。"然后用几百块钱的药品塞满了他的褡裢。

因为昨天夜里下了一场雪，今天早晨虽然风不算大，但寒气逼人。戈壁滩的天就像女人的脸，说变就变。春分早已过去，清明也已到来，却忽然变天下雪。

班迪夫背上褡裢，牵着父亲的手，刚走出医院的大门，忽然看见班布尔蹿了过来，也不知它躲在哪儿等他们来着。

"啊，这是我的班布尔吗？乖乖！我的班布尔接我来啦？"关布来老汉高兴得喊了起来。他抚摸着爱犬的头和脊背，嗓子眼儿好像被什么东西噎住了。班布尔嘴里哼哼地叫着，一会儿扑在老汉身上，一会儿又在老汉的身前身后不停地嗅着。

"可怜见的，都变成皮包骨头了，一定是想我想成了这样了！"关布来老汉一把抱住爱犬的头贴在了自己的脸上，从老汉那枯陷的眼窝里掉下了成串的泪珠。

班布尔又是舔主人的脸，又是给主人撒娇，好像在诉说着它来过这里多少趟，又被保安赶走了多少趟。就在关布来老汉离开家来到医院的那天晚上，班布尔被解开拴绳以后，顺着摩托车的车辙一直跑到医院门口，被大门挡住了。它在医院门口整整等了一天一夜，却没有见到主人的身影，被医院的保安赶了出去。从那以后，班布尔每隔几天来一趟。今天早晨刚来到医院门口，正好赶上了主人出院。

"你是怎么知道我今天要回家的？你这生灵太聪明了！"关布来老汉一边说着，一边给爱犬挠着胸脯和肚皮。班布尔仰面朝天倒在地上，舒舒服服地躺下了。

"你呀，只是不会说话，其实跟人一样聪明。我的乖乖！"老汉说。班布尔听了，用两条前腿抱住老汉的腿，在地上打滚儿。

看见老人和狗亲热得没完没了，班迪夫等得有些不耐烦了，催促道："好了，你们俩行啦！走吧！"

"好，好。我们现在回家。我们彼此真是太想念了。我们再也不离开了。"关布来老汉对他的班布尔说。

骑摩托车回去，怕父亲的眼睛受不了风吹，班迪夫就让妹妹准备了骆驼。

班迪夫给父亲裹上了眼睛，扶着父亲骑上骆驼，把缰绳牵在手里，父子二人便让骗驼踏着碎步，顶着飕飕的寒风出发了。在路上，班迪夫对父亲说："医生再三嘱咐您不能生气，心情要保持平静。所以，回家后不要再跟德德吵架了！那样眼睛会更糟的……听说德德已经把小围栏按一年一万元租出去了。披发僧刚给送来了两千元。为这事，您跟德德吵架也没用了。那几棵胡杨也不是您的财产。您那么舍不得那几棵天然生长的树，有什么用呢？再说，您明明知道，您说什么德德也听不进去了，何必跟她闹冲突自讨苦吃呢。安分守己，好好养病，您或许还能多活几天呢！"

"哦，已经都那样啦？那我的小围栏就让她给毁了。我老了，人家不把我当人看，我也没办法。可是你们这些年轻人是干什么吃的？明明知道，还让她为所欲为骑在我们脖子上？"关布来老汉责备他的儿子。班迪夫却没还嘴。

"我在医院躺了两个多月，德吉德玛连一次也没来看我。真是过河拆桥！她就是那种人……"关布来老汉又是埋怨又是叹气。

"可能是一个人照管牲畜忙不过来呗。说实话，同时照管两群牲畜也不是一件容易的事。"班迪夫试图解开父亲心上的疙瘩。

"……"

父子二人一边赶路，一边聊天。

八

都说春天刮风是为了融解寒冷的冬天封冻的土地，使草木复苏。这话也许是真的。春天的暴风雪劈头盖脸地刮过以后，没过多久，胡杨树就开始发芽了。牲畜争先恐后地跑到胡杨树下，吃着被风吹落的胡杨花。

从蒙古包的围带到东边山坡下的一丛高大的柽柳，拉了一根长长的驼毛绳子，关布来老汉手里抓住那根绳子，一步一步地挪动着脚步。班布尔走在前面为他带路，走了几步又停下来，扭过头来等他。蒙古包和那丛柽柳之间已经出现了一条小道，可见关布来老汉走这条小道时日已久了。

关布来老汉出院以后还真听了医生和儿子的话，忍住气，不吵架。但是整天和德吉德玛在一起过日子，对她的所作所为也不能视而不见。终于有一天，他被德吉德玛气炸了，于是就跟她大吵了一架。两个围栏也有几个月没顾上照看，他又挥锹抡镐修补了几天。也许是因为这些，他的视网膜再次脱落，眼睛又看不见东西了。于是又到旗医院找那位医生看。医生也生气了，说："我叫你注意，注意，说了多少遍。现在除了再做手术试试，没别的办法了。不然你就失明了……"

"我不想再受那个罪了。都一把年纪了，瞎就瞎吧。还能活多久，带点药回去吧！"倔强的关布来老汉回来以后，两眼一天不如一天，渐渐地彻底失明了。现在他出去解手都需要用绳子引路了。从充满阳光的世界一下来到漆黑的世界，这情景比他想象的还要可怕，他感到无比的寂寞。关布来老汉失落，惶恐，烦躁，再加上为他的胡杨而悲恸，在这重重压力之下，他的身体每况愈下，卧病不起了。

盲人心事多。关布来老汉整天回想一些跟他的生活相关的人和事，诸如苏荣、三个孩子、胡杨林、两个围栏、德吉德玛、披发僧……在胡思乱想中度日。德吉德玛把茶和饭送来以后，不咸不淡地说两句话就出去了。能给他做伴的只有班布尔。自从主人失明以后，班布尔不再远离家门了，整天守着关布来老汉。老汉也只能拉他的狗做伴，跟他的狗大声说话，聊以自慰。有时候为了解乏，他让他的狗带路，站在外面吹吹风。最近，关布来老汉夜里老是做噩梦，梦见二岁绵羊大小的蜘蛛，张开黑洞洞的大嘴要吃掉他。老汉从梦中惊醒后，认为这是个凶兆，于是疑神疑鬼，整夜睡不着。

在春天的暴风中，从关布来老汉的小围栏传来推土机和拖拉机刺耳的声响。这个巨大的让人心烦的声响，在关布来老汉听来非常可怕，仿佛有人在剖开他的胸膛，掏他的心。关布来老汉厌烦这个撕肝裂肺的声响，只好用手捂住两耳，蒙头躺下。

前面装有锋利的大铁铲子的推土机，正在铲除关布来老汉用几年的心血辛辛苦苦培育的小胡杨和柽柳。碰上根深的大胡杨和柽柳，推土机就先往后倒，倒出老远后又喷着黑烟怒吼着冲过来撞，把树连根撞倒之后停下来呼哧呼哧乱喘气，就像扑住食物后连连吼叫的野兽一般。随后就有拖着犁铧的红色拖拉机开垦。渗油的黑土被锋利的犁铧切割成碎片。在好几台拖拉机发出的震天动地的巨响中，周围的胡杨柽柳瑟瑟发抖，野生动物纷纷逃离，就连小鸟也弃巢逃命去了。自从大地形成到现在，这里的原生态从未遭受过任何破坏，今天却被剖腹掏心，蒙受摧残。看到这一惨剧，树木随风摇曳，似乎在致哀，苍天洒下雨滴，仿佛在悲泣……开垦土地的拖拉机那昼夜不停的隆隆巨响，使关布来老汉摧心剖肝。他头痛欲裂，彻夜难眠……

午夜时分，班布尔忽然用前爪抓挠拍打平房的房门，它想进屋，但没有成功。它又扒着窗台狂吠，屋里仍没有动静，它只好跑到蒙古包，在关布来老汉床铺的近旁，抓挠围毡，尖声长嚎。

德吉德玛被狗的狂吠嗥叫声惊醒后，从被窝里探出头来侧耳细听。班布尔的嗥叫声异常可怕，简直让人毛骨悚然，它好像在蒙古包和平房之间来回奔跑。这该死的，怎么深更半夜放声嗥叫起来了？它这是预示着什么恶兆？老糊涂……她咒骂了一气狗，然后又躺了下来。班布尔嗥叫得更加疯狂了。它又跑到平房门口，用它的利爪拼命地抓挠房门。德吉德玛吓得不知所措，腾的一下跳下炕来，靴子也没顾上穿，光着脚丫跑过去，把房门拉开了一道缝，喝道："班布尔，你这是怎么啦？去！"班布尔从门缝里伸进嘴来低声哼哼着，忽然一口咬住德吉德玛的裤腿就往外拽。德吉德玛心想：它这是发什么神经呢？肯定是出了什么不寻常的事。来小偷了？或者来狼了？可是班布尔不是那种丢下羊群往家跑的狗呀。准是发生了别的什么事……可是她又不敢出屋，只好从门缝里探出头，细听周遭的动静。羊圈里的羊很安静，偶尔传来母羊寻找羔羊咩咩叫的声音，没有受惊的样子。只有远处翻地的拖拉机那刺耳的声响在打破夜的寂静。可是班布尔为什么咬住裤腿不放，而且一个劲儿地往外拽呢？德吉德玛有些奇怪。突然，她的脑子里闪进了一个想法：是不是老头子……

"关布，关布！掌灯！"她喊了几声后，屏气倾听。黑洞洞的毡包里毫无气息，一片死寂。德吉德玛不寒而栗，顿时出了一身冷汗。她像吓呆的兔子一样畏缩不前，毡包里宛如冰窖，让人感到阴森可怖。关布来老汉不用灯光已经有好长时间了。德吉德玛尽力保持镇静，在黑暗中摸索了半天，才好不容易找到了火柴和一小截蜡烛。她划着了火柴，点燃了蜡烛。

在暗淡的烛光下，只见关布来老汉蜷缩着身体躺在老羊皮被窝里，一动不动。

"关布，关布，关布……"德吉德玛用颤抖的声音连连叫他，但没有回应。她把手伸到他的鼻子底下，他似乎还有点儿微弱的气息。德吉德玛从老羊皮被子上揪下几根羊毛，把在他的鼻孔下，羊毛似乎在动。德吉德玛给老头子垫高了枕头，把他的头放平之后，上下抚摸他的胸口。老头子好像有了轻微的呼吸。德吉德玛以为老头子要苏醒了，心里高兴，于是扶起老头子的头，用勺子给他喂热茶。可是老头子紧闭的嘴已经失去知觉，茶水喂不进去，老是倒流。但德吉德玛总想让他喝上点儿热茶，继续给他喂。忽然，关布来老汉发出了一种怪异的抽噎声，然后脖子一仰，四肢剧烈抽搐。

“关布！关布！你醒醒！醒醒啊！这该怎么办呐？怎么办呐……”德吉德玛扶着老头子的头呼喊。她的手在颤抖，声音变调，吓得抽泣起来。渐渐地，关布来老汉的手指变凉，身体僵硬了。

班迪夫正在酣睡，忽听外面有两条狗互相撕扯吼叫，仿佛要把对方咬死吃掉。受惊的羊群四下奔跑。班迪夫的白肚皮大黑狗可能被那条狗咬伤了，连声惨叫。那条暴怒狂叫进攻凶猛的狗，忽然来到房门前长嚎起来。

班迪夫被狗的喧闹惊醒后，坐在炕上琢磨。我这条狗体大如二岁小牛，只要它看守浩特，任何四条腿的动物都不敢靠近。可是那条狗还能吓唬它，看来是相当厉害的。附近谁家的狗会这样深更半夜跑来骚扰浩特呢？难道是野狗？它再怎么厉害也干不过快枪的铅弹吧。干脆打死扒皮算了。班迪夫下了炕，抄起挂在墙上的小口径步枪，走了出去。

班迪夫刚走出房门，只见门口站着一条大狗。班迪夫不由一惊。你咬伤了我的狗，现在还要袭击它的主人吗？吃枪子吧！班迪夫刚举起枪，只见那条狗却像见到了主人一样，摇着尾巴走了过来。班迪夫蹲下来，借着透过云层洒下的暗淡的月光仔细看，这才认出来，原来是他父亲的爱犬班布尔。

“班布尔，班布尔！你大老远的干什么来啦？”班迪夫叫它。班布尔来到班迪夫跟前，一边嗅着他的手脚，一边哼哼叫着，好像在说什么。它又朝着家的方向叫了几声，然后就长嚎起来。

听到班布尔在深夜里如此哀嚎，班迪夫不由得打了个寒噤，头发好像也竖起来了。班布尔深夜大老远的跑到这儿来，肯定是有什么事。到底出什么事了呢？不会是父亲……班迪夫看着班布尔，丈二和尚摸不着头脑。班布尔忽然从班迪夫身边朝着自己家的方向跑了几步，然后又跑了回来，望着班迪夫。班迪夫心想，不管怎么样，先到父亲那儿看看再说。于是班迪夫回到屋里跟老婆交代了一声，骑上摩托车出发了。等得不耐烦的班布尔早已跑到班迪夫前面，朝着家的方向飞奔而去。班迪夫也加大油门，与班布尔一路赛跑，东方欲晓时终于赶到了父亲家。

班迪夫走进毡包一看，父亲盖着被子躺在床上，德吉德玛坐在暗淡的烛光下守着。

“你父亲……”德吉德玛一看见班迪夫，便抽抽嗒嗒地哭了起来。

班迪夫明白这是怎么回事了。他不解地问道：“身体不是挺好的吗，怎么突然走了呢？”

“从前几天开始就不怎么爱吃东西，也不爱说话了，好像挺悲伤的。身上可能不舒服，但又不说。前两天还惦记你来着。昨晚吃了半碗汤面。临睡的时候我过来看他，也没什么异常。忽然夜里班布尔又是叫又是挠门的，把我吵醒了。要不然我也不知道。天哪！”

“临终也没见上一面就走了！”班迪夫的嗓子噎气，两眼噙满了泪水。

“可不是吗！我整天在他身边，也没来得及说上一句话，就让他走了。谁会想到他这么快就走呢。他自己没有遭受痛苦，也没让我们遭受痛苦就走了。他是个有福气的人。可怜！”德吉德玛极为遗憾地抽泣着。

“别这样。生老病死是自然规律，遗憾也没用。德德您节哀，不要悲伤！”班迪夫一边擦着眼泪，一边宽慰德吉德玛。

当他们俩哭哭啼啼地走出蒙古包的时候，卧在门口的班布尔站了起来，欲进蒙古包。班迪夫赶紧抓住班布尔。班布尔挡着班迪夫的脚，望着他的脸，那意思好像在说：干吗呀？我想看看我的主人。我的主人怎么啦？班迪夫和德吉德玛无可奈何，只好怜爱地抚摸着班布尔的头。班迪夫心想：多聪明的狗呀！聪明劲儿一点也不比人差。都说狗对主人忠诚。可是像它这样忠心耿耿的狗，真是凤毛麟角！太可爱了！遗憾的是，它是个动物！

班迪夫给父亲整理遗体，换上衣服之后，拴上了包门，盖上了幪毡。

“德德，您在这儿好好看着！别让猫狗进去。我去问卜[①]、发丧之后很快就回来！”班迪夫说完，骑上摩托车飞驰而去。

天大亮了。

关布来老汉仙逝的消息，似乎有飞鸟传递，很快传遍了周围的邻居。班迪夫为了料理好父亲的后事，把家乡的长辈耆老都请来了。他们把五谷、绸缎、金银、珊瑚、珍珠等物装进瓦罐里，埋在火化地点，用羚羊角在周围画了一个圆圈之后，上面堆放干柴树枝，准备火化遗体。班迪夫忙于寻找装殓人。德吉德玛手忙脚乱地整理老头子的遗物。关布来老汉的两个女儿为参加葬礼的人们烧茶做饭，准备杜卡[②]。亲戚朋友邻里乡亲们几乎都来了。人们轻步出入，低声交谈，使现场更加庄严肃穆，充满了沉痛的气氛。

班迪夫走进父亲的蒙古包，翻箱倒柜，甚至在枕头底下褥子下面寻找什么。他心想：“应该有存折、已故母亲的金戒、银饰或者鼻烟壶什么的。”他翻腾了半天，没有找到他所希望得到的

---

① 问卜：请人占卜选定出殡日、时、方向。

② 杜卡：加上红枣、葡萄干、黄油、红糖做成的大米饭，用来招待参加葬礼的人们。

东西，心中闷闷不乐。如果放在这里，早让德吉德玛收走了，怎么会留给我呢？他有些灰心，但又不甘心，于是继续翻腾。他终于从父亲的那口发黑的木箱里找到了一个烟熏过的黄色小布袋。小布袋用布裹了好几层，布袋口用驼绒线缝死了，一看便知，里面装的肯定是珍贵之物。班迪夫高兴坏了，差点忘了自己叫什么名字。他急于知道布袋里装的是什么，心里直痒痒。他用手摸了摸布袋里的东西，说不出里面装的到底是什么。他急匆匆走出蒙古包，躲到羊圈外面，打开了小布袋。原来小布袋里装的是像虮子一样细小的黑色颗粒物。班迪夫一眼就认出来了，这是胡杨籽。我还以为是什么珍贵的宝物呢，原来是破胡杨籽。珍藏这东西有屁用？让我白高兴了！要知道是这东西，何必费那劲。真让人空欢喜！班迪夫一气之下把布袋里的胡杨籽倒掉了。他那激动的心也像划着的火柴一样，很快就熄灭了。

班迪夫虽然被胡杨籽骗得差点背过气去，但谋财之心不死。他总觉得父亲隐藏的财宝在召唤着他。他又走进蒙古包，重新翻腾了一遍，但毫无所获。灰心丧气的班迪夫刚要走出蒙古包，忽然发现毡包椽子上插着一个形同绳结的短粗的黑色梭梭树结。班迪夫把它拿下来仔细看了看，想扔掉，却没扔。他心想：如今这个年代，看似毫无用处的垃圾，往往被当作稀世之物珍藏起来。梭梭树濒临绝种，将来也许会卖个好价呢……于是，他把那个梭梭树结夹在腋下，走出了蒙古包。

出殡时辰已到。人们先把蒙古包的幪毡掀开，然后抽掉几根椽子，开出一个空当，由几个年轻人把关布来老汉的遗体抬出去，送往葬地。晚辈们和女人们痛哭流涕。人们怀着沉痛的心情，送走了家乡的这一位像胡杨一样扎根戈壁滩，为了胡杨奋斗一生的令人尊敬的白发老人。

九

随着戴胜的一声声鸣叫，被冰雪覆盖了整个一冬的绿草苏醒过来，破土而出。

冷蒿长出了嫩芽，白头翁绽开了绿叶，青草芳菲沁人心脾。春季即将结束，牲畜总算可以放青了。

在往年，都是已故的老头子牧放骆驼，德吉德玛牧放羊群。今年春天，她一个人为了让骆驼和羊都能吃上青草，真是吃尽了苦头。人往往在失去生活伴侣之后，才懂得伴侣的关怀有多么珍贵，明白伴侣在家庭生活中的支撑作用有多么重要。德吉德玛整天追随着在牧场上寻食青草的骆驼和羊，不免想念已故的老头子，同时也痴望披发僧过来帮忙。

“你那老头子是我们俩生活的障碍。只要他早点走，我们俩的事就顺当了。那样，我来给你当厨师。现在时代变了，男人也可以当厨师嘛。你们家底儿这么厚实，我们俩什么也不会缺的，一定能过上富裕的日子。把两个围栏租出去。营地也可以卖掉。要知道，草原本身就是钱。实在不行了，把胡杨、柽柳砍下来卖钱，我们俩也能过上几年富裕的日子。只要脑子好使，就有用不完的办法……”老头子健在的时候，披发僧恨不能亲手弄死他。现在老头子给他腾出位子了，他怎么又杳无音信呢？也许他用花言巧语把我的钱骗到手后远走高飞了。看他那样子，什么事都干得出来的。男人是不能信的。不知他现在又蒙骗哪个女人，钻人家的被窝呢。我那八千元得想办法弄到手。披发僧亲口说过要给我送过来，可是到现在也不见人影。他还用各种办法让我高兴，借走了我的两千多元。什么时候能还给我呢？那个家伙，就知道耍嘴皮子……德吉德玛的心情无比沉重。

老头子健在的时候，德吉德玛从未牧放过骆驼，所以她现在不会根据毛色去辨认自己的骆驼，只能凭耳记来猜测。如果丢失的骆驼跟别人的骆驼混在一个群里，她根本就分不清哪些是别人的，哪些是自己的。为了安全起见，她想出了一个好办法，干脆把骆驼赶进老头子培育胡杨的围栏里。那围栏里压根儿就没进去过牲畜，所以原生的草木颇为茂密。骆驼进去以后，对关布来老汉视同生命的那些幼嫩的小树毫不客气，尽情享用。正因为有了围栏，德吉德玛的三十来峰骆驼一峰也没丢失，全剪下了毛绒不算，六峰母驼临产时也没有离群出走，都顺利产下了驼羔。围栏确实为德吉德玛完成了只有好汉才能完成的艰巨任务。要不然，那几峰母驼也许早已离群出走各奔东西了，德吉德玛此时怎么能拴上六峰小驼羔，喝上用驼奶熬成的香喷喷的奶茶呢？也正因为有了那围栏，德吉德玛才不求别人只靠自己，让二百多只羊和三十来峰骆驼安全过冬，吃上了青草。为此，她感到心情舒畅，觉得她的糟老头子还做了一件有用的事。

自从关布来老汉去世以后，班布尔就在家待不住了。出走几天不见踪影，回来时肚子扁扁的，饥渴得要命的样子。摇摇晃晃地来到水井上，就一个劲儿地舔水槽里的水。眼窝凹陷，两眼泪汪汪的，泪痕上沾满了土，落满了苍蝇。关布来老汉去世以后，德吉德玛非常宠爱班布尔，总是挑好的给它吃。但是班布尔并不因此而讨好德吉德玛，总是跟她保持一定距离。为此德吉德玛很是厌恶，起了疑心。班布尔回到家来好好填饱了肚子以后，又是几天不见踪影。

有一天夜里，德吉德玛做了个噩梦。披发僧和德吉德玛两个人骑着摩托车拼命逃跑。班布尔紧追不舍，眼看就要扯住德吉德玛的脚了。披发僧掉转方向加足油门想撞死班布尔。班布尔纵身一跳，跳到了土山顶上。披发僧和德吉德玛继续逃跑，班布尔又追了上来，就要扯住德吉德玛了。班布尔张开大嘴，利齿如同刀尖，闪着寒光。它好像要把德吉德玛活活撕开吃掉。德吉德玛不敢正视班布尔，吓得紧紧抱住披发僧的腰，脸贴在他的后背，闭上了眼睛。他们俩正失魂落魄地逃跑，摩托车忽然熄火了。披发僧怎么踩也踩不着。班布尔的大嘴眼看就要咬住德吉德玛的小腿了，德吉德玛惊呼："咬死吃掉了！咬死吃掉了！快，快！"披发僧急出了一身汗，可是摩托车只有突突地响，就是踩不着。正在他们俩惊慌失措的时候，关布来老汉出现了。他站在爱犬的身后，大声说："孙猴子跟头翻得再远也翻不出如来佛的手心，你们俩再怎么逃跑也逃不出班布尔的嘴巴！你们要还我的围栏！胡杨林的树，你们一根树枝也不能动！那是……"忽听一声惊天动地的霹雷响，德吉德玛惊醒了。她浑身是汗，胸中像着火一样发热，嗓子眼几乎要冒烟了。她口渴得要命，但是被梦境吓得没敢起来。多可怕的梦。这臭班布尔不知整天在哪儿流浪。不会是死去的老头子在唤它吧？她这样一想，仿佛死去的老头子真的来到窗下，正在叫她的名字。她吓得失魂落魄，用被子蒙上头，一夜没敢合眼。

德吉德玛由于在恐惧中忍受了一整夜的煎熬，第二天起来后像丢了魂一样，没精打采，愁眉苦脸的。"老头子的魂好像在围栏里转悠。这样下去，我该怎么办呢？那该死的披发僧也不过来。升天的人讨还的东西一定要还，不然会纠缠不放的。是不是该把围栏画在纸上给他烧掉呢？"德吉德玛正在一筹莫展的时候，忽然听到摩托车的声音。她走出房门一看，是班迪夫来了。班迪夫见德吉德玛脸色难看，就关切地问道："您气色不好，是不是身体不舒服了？"

"昨夜没睡好。所以……"德吉德玛话没说完，让班迪夫进屋，给他倒上了茶。

"德德，驼毛剪完了吗？"

"在邻居们的帮助下总算薅下来了。"

"一群羊一群骆驼，就您一个人怎么剪的毛呢？"

“是我的围栏救了我的命。要不然那几峰骆驼早跑掉了，还剪什么毛啊？”

“我看见您那围栏里的棉花长得相当好。那些人的租金交齐了吗？”

“没呢。我哪有工夫顾那事，忙于牲畜还忙不过来呢。”

“现在还差多少？”

“他们才给了两千，还有八千。”

“哦，没给多少啊。您跟他们签订租约了吗？”

“怎么能不签呢？又是按手印，又是盖图章的。这不！”德吉德玛从木箱里拿出签约递给了班迪夫。

班迪夫浏览一遍签约后问：“您每亩按多少租给他们的？”

“一百。”

“什么？这签约上写的是一百三呐……”

“你说什么？”德吉德玛不敢相信自己的耳朵，她用怀疑的眼光盯着班迪夫。

“这签约上写得清清楚楚的呀！”

“你看清楚了吗？”

“这上写的，现租赁关布来的一百亩地，租期十年。每亩租价一百三十元，每年春耕开始时交付一万三千元。您不信自己看看！”班迪夫把“13000”这个数字指给德吉德玛看。德吉德玛拿起租约对着阳光看了又看。

“该死的臭家伙。这不是要我的命吗！我也不识字。是披发僧装好人给我念的，他念的是每亩租金一百元，每年交付一万元。这家伙多坏呀！别让我再看见他！真不是个东西！”德吉德玛一边骂，一边抽泣。

“他这是在您的眼皮底下轻松敲走了三千元。真够奸诈的！”班迪夫直摇头。

“可不是。这家伙心眼多坏呀！看来他是个骗人的老手。我那剩下的八千元怎样才能拿到呢？我也不会讲那汉话。你来得正好，帮我把那钱追回来吧！德德给你报酬！”德吉德玛求班迪夫。

“您给多少？”

“给五百，行吗？”

“好，那我们现在就去棉花地！”班迪夫要趁热打铁，就带上德吉德玛赶紧出发。

往年到这个时节，围栏里翻滚着柽柳的粉色花浪，胡杨叶发出唰唰的声响，花草香气扑鼻。可是现在，围栏却被分割成火柴盒似的许多小方块，变得光秃秃的，连兔子也找不到藏身之地。

围栏东边盖起了两间泥土平房，泥皮还没有干透。平房外面是横七竖八的大铁犁、推土机、粗细不等的水泥管子、抽水机、油桶，显得杂乱无序。

德吉德玛和班迪夫来到平房门口，屋里走出了一位中年男子，浑身散发着浓烈的大蒜味。班迪夫向他询问，那人连连摇头摆手，不知他是不知道，还是哑巴。这时，屋里走出了一位穿戴还算得体的年轻人，恶声恶气地问道：“你们什么人？有什么事？”

班迪夫把来意说了一遍。那年轻人不大情愿地听了听之后，傲慢地说：“这事与我无关。这一百六十亩地，我们是从你们说的那个黄白脸年轻人手里租下来的，每亩租金二百五十元，租期十年，而且我们的所有租金都交齐了。”班迪夫把他的这些话翻译给了德吉德玛。

“什么？他们跟那些人不是一伙的呀？”德吉德玛惊讶地问。

“不是的。那黄白脸年轻人把您的围栏转手租给他们了，一百亩地变成了一百六十亩，一百三十元的租金涨到了二百五十元。”班迪夫把详细情况告诉了德吉德玛。

“那我的八千元跟谁要呢？”德吉德玛的脑子显然还没有转

过弯儿来。

“还能跟谁要呢？只能跟黄白脸和披发僧要呗。人家把您的地转手卖出去，干赚了四十万元。您的八千元还没拿到手呢，真够差劲！”班迪夫有些瞧不起德吉德玛了。

“这些恶魔多可恶啊！这该怎么办呢？那两个恶鬼，我上哪儿才能找到他们，拿到我的八千元呢？”德吉德玛不由得抽泣起来。

“这不只是八千元的事儿，我的德德！您跟他们签订的租期是十年呐。那十年的租金您跟谁要呢？”班迪夫说得德吉德玛哑口无言。

德吉德玛总算明白过来了。她一言不发，脸变得像毛头纸一样苍白。

“您对那个臭流浪的披发僧也过于相信了。这种倒霉事应该说是您自找的。这叫信奉佛爷，戴帽磕头。可怜！现在怎么办呢？您就算找到了那个臭市侩也别想拿到钱，那比猴嘴里夺枣还难！”

“披发僧，等着瞧！”德吉德玛咬牙切齿地说。她两眼冒着仇恨的火焰，气得浑身发抖，话也说不出来了。

“不管怎么样，您还是先找一找那黄白脸和披发僧吧。这事我可帮不上您的忙。我家正在盖房子，不能离开人。稍不留意，那些哥们儿就想糊弄人，真拿他们没办法！”班迪夫怕德吉德玛抓他的差，就先堵她的嘴。

德吉德玛看出班迪夫在耍心眼儿，也就没再求他。她心急如焚，却只有抹眼泪的份儿。

“德德，我走啦。您也别太生气，心放宽一点儿。办法总会有的。”班迪夫说完，骑上摩托走了。

德吉德玛如同石雕一样，怔怔地站在那里，一动不动。自己做事自己当吧。我这是想得太美了。总想不用费力干赚钱，结果围栏也没了，钱也没了。这能跟谁说呢？跟谁说也没用，就这么完了！你个该死的乱毛鬼，等着瞧吧！德吉德玛几乎要被仇恨之火烧成灰了，她的心怦怦乱跳，眼前一阵发黑。

就在几个月前，也在这条道上，德吉德玛曾唱着她唯一会唱的《木鱼》，像孩子一样蹦蹦哒哒地赶路。然而，今天却怀着极为烦闷的心情，两脚好像拴上了石头，走路踉踉跄跄。

十

戈壁滩炽热的太阳，烤得营地的粪土层和干柴干牛粪几乎要着火。

水井边上的那棵枝叶繁茂的大胡杨，在阳光下闪动着绿茵茵的树叶，发出唰唰的声响。树阴下，绵羊们把头伸向彼此的腹股沟，种公羊吊着沉甸甸的阴囊，气喘吁吁。刚刚长出二茬毛的几峰骆驼也在争抢树阴，互相喷着刍沫。在水槽周围的泥水边上，飞落几只黄胸灰背的不知名的鸟。

德吉德玛站在拴马桩下，给环眼粉嘴骡子鞴鞍。今天，她把牲畜托付给邻居，准备到旗里追索她的钱。

环眼粉嘴骡子一路快速颠跑，德吉德玛心绪纷乱。

我一直相信披发僧是个人，没想到他是个鬼。他像用糖块哄小孩一样，用花言巧语和夜里的快活诱惑我，骗走了我的钱。我竟然听信了他能把死人说活、能把穷人说富的谎言，上了他的当。现在想起来，我也太傻了。仙逝的老头子在世时那样提醒我，可是我不但不开窍，还跟他吵架，用最难听的话咒他骂他。现在我掉进深渊了。怎么办呢？我只能自作自受，我还能说给谁呢？我得先把披发僧找到。找到了他，就能找到黄白脸。是他们俩合伙坑我的。见到披发僧以后，我得好好跟他谈，先把钱弄到手。硬碰硬，我可不是他的对手。万一闹翻了，一旦报警，那家伙也许会倒打一耙，把我也牵连进去的。与其闹得满城风雨，丢人现眼，不如装孙子先把钱弄到手。这才是上策……

德吉德玛赶到旗政府所在地之后，首先找到披发僧说过的那家私人旅馆打听。旅馆的老板是一位红脸胖女人，她说："哦，那个流浪汉呐，好长时间没见他了。在我们旅馆住了二十多天，钱也没交，跑了。从那以后再也没来过。现在不知他又改头换面躲在哪里骗谁呢。您也是找他讨债的呀？来我们这儿打听他的人多了去了，全是找他讨债的。他怎么欠下那么多的债呢？"

德吉德玛就像四处寻找丢失的牲畜，在旗政府所在地的大街小巷逢人便问，打听了好几天。

"没听说披发僧死了，估计他还活着吧。腰间挂着个没用的破寻呼机……"

"他以前常来我们这儿，披头散发的。最近没见他人影。春天来过一回，跟我们说什么：'我现在是用富人腰包里的钱来浇灌乡下的土地。从中赚钱，收获还不小。我已经给好几个富人找到了种棉花、种哈密瓜的土地。这买卖挺好做的。我很快就要发了！'吹了半天走了。"

"他好像赚了大钱了，穿了一身簇新的西装，扎上领带，脚穿一双俄罗斯黑面包一样厚底儿皮鞋，领着一个瘦瘦的弱不禁风的蚂蚱腿儿姑娘，挺潇洒的。可能到别处去了。最近没见着。"

也有人问德吉德玛："您说的那个黄白脸年轻人，他叫什么名字？他是哪儿的人呢？"

"我不知道他叫什么名字，这租约上应该有。"德吉德玛把租约拿出来给人们看。

人们看了看租约，都说："这名字，没听说过。我们旗里有这个人，有这个公司吗？没听说过呀！"

德吉德玛苦苦寻找了好几天，却没有打听到披发僧和黄白脸的半点消息。人们都说“不知道”“不认识”。在这蚂蚁一样密密麻麻的人群里，想找到那两个人，简直是大海里捞针。德吉德玛当初想得太简单了，以为到旗里就能拿到钱，真没想到有这么难。她灰心丧气地回去了。

在村边的远离人烟的偏僻处，是一排又一排带有鸡窝一样的小隔间的低矮的泥土平房，黄昏时分看上去，仿佛一群暗中窥伺的凶狠的灰狼。这些低矮平房的正门都开着，其他门窗都堵得严严实实的，不透一丝光亮。里边的小隔间里，坐卧两用沙发、长条茶几、电视机、VCD 一应俱全。太阳一落，这里就变成全村最热闹的娱乐宫，客人络绎不绝，通宵达旦尽情享乐。今天晚上也跟往常一样，宾客满座。

平房门口，一群妙龄女郎在徘徊等客。她们把眉眼嘴唇涂成五颜六色，脸上擦了一层厚厚的胭脂香粉，分不清是人是鬼。她们上身都穿得很少，圆鼓鼓的乳房几乎裸着，超短裙刚好能盖住臀部，亮着白生生的大腿，走一步，屁股晃三晃，专事引诱男人，煽动其欲火。

小隔间里不通空气，一进去，浓浓的烟味、酒味、男人和女人的汗味、脚汗味、膻味、腥味、酸味、臊味、臭味混合在一起，能把人熏倒。小隔间里十分昏暗，墙壁上只亮着一个猫眼般的黄灯，在那灯光下，活人的脸会变得像死人一样灰白。

披发僧从那些女郎当中挑选了一个颇有几分姿色的，让她把啤酒、饮料、水果，瓜子一类的零嘴儿摆在茶几上，然后陪坐身边。披发僧把手伸进女郎的腋下抱住女郎，女郎一手搂住披发僧的脖子，一手端起酒杯往他嘴里灌啤酒，然后把松仁放进自己嘴里，用舌尖送进他的嘴里。披发僧一手抓捏女郎坚挺的乳房，一手揉摸那凝脂般的大腿，同时用嘴疯狂地吮着女郎的唇。女郎可能感到非常舒服，微微一笑，两手端起乳房，用乳头轻轻地蹭披发僧的脸，撩拨献媚。

披发僧把嘴凑近女郎耳边低声问："一次多少？"女郎伸出了三个指头。

"三百？不，好像高了点。"

"那你说，多少？"女郎把杯中啤酒送到披发僧的嘴边。

"一百就行了！"披发僧嘴一撇，装出一副瞧不起那女郎的样子。

"说什么呐？你这么富，还在乎那一两张吗？"女郎又搂住披发僧的脖子，娇滴滴地说，然后用嘴对住披发僧的嘴，让他吮舌头。

披发僧立马软了下来，说："好，好，二百。行了吧？"

"才二百？"女郎嘴一噘，嫌少。

"也就是我了，给你二百。放在别人，就你这样的，绝对不会给你二百的。"面对披发僧的侮辱和鄙视，女郎没敢还嘴。

两个人谈妥了之后，就把两用沙发拉开变成了床，开始干活儿。披发僧既然承诺了要给二百，就不想有任何浪费，因此他全力以赴，恨不能再给她开个洞。他像饿狼扑食一样，简直要把女郎撕碎吃掉。

女郎也是干这一行的行家里手，而且服务到位。她为了多接几个客，多捞几个钱，非常卖力气，把所有的本事都使出来了。她完成任务之后，拿上二百元钱，哼着歌曲出去了。

披发僧由打泥土平房里出来的时候，三星已经西斜，星辰变得稀疏。因为他喝了不少酒，又干了那事，弄得自己筋疲力尽的，走路都走不稳了。他沿着路边，一摇一晃地向村子里走去。他根本就不知道，有一条四眼花脸大黄狗在他身后窥伺着。

就在披发僧溜进泥土平房里跟那妓女纠缠的当口，班布尔已经嗅到了他的气味，于是远远地卧在暗处，用仇恨的眼光死死盯着那泥土平房。班布尔注视着进进出出的每一个人，竖起耳朵，静听着一切动静。班布尔离开家后，一直追踪披发僧，在第九天上，终于从低矮的泥土房那儿嗅到了披发僧的汗味。

班布尔耐心地等待着披发僧的出现。正因为这个坏蛋惹的祸，我的主人才过早地撇下我走了。要不然，我怎么会变得如此孤单。这个臭家伙，不分昼夜时不时去惊扰畜群。我早就知道他不是个好东西。他每次去都带着一根长棍子。我最恨那长棍子。他对我也恨之入骨。有一回他去的时候，在长棍子的一头裹上了一把刀子。我哪里知道，就径直冲了过去，想一口咬断他的脚后跟。不料，却让他给捅了一刀。我的腋下冒出了好多血，后来伤口感染化脓生蛆，我差点儿死了。是我的主人给我擦洗上药，这才捡回了一条命。从那以后我更是恨死他了。我真想一口咬断他的脚后跟。有一回我把他从自行车上扯了下来，在他的大腿上留下了四个深深的牙伤。他怀恨在心，总想报复我。他想毁掉我的牙齿，就把热热的土豆用乱麻裹上扔给我。他甚至想置我于死地，往我的食槽里投放带有耗子药的馒头。那个时候，他身上散发的全是德吉德玛的气味。现在他身上却有一股我从未嗅到过的怪怪的气味，呛得我鼻子直痒痒。这种气味比他本身的气味还浓烈。这家伙什么时候出来呢？我决不能让他跑掉，一定要……班布尔一边想着，一边张开大嘴打哈欠。它那四颗犬牙虽然有些磨损，但威风不减当年。

披发僧一边摇摇晃晃地走路，一边哼着歌曲：

天风阵阵不平静
人生苦短无永恒
有谁喝过长生水
借此机会乐一回……

忽然，从路边的树丛里蹿出一条狗来，直奔披发僧凶猛地冲了过去。披发僧赶紧从地上找木棍或石头什么的，但没找到。他吓得惊慌失措，顺手抓了一把土扬了过去，然后仓皇逃跑。班布尔纵身一扑，用铁爪牢牢抓住他的两个肩膀，一口咬住了他的后颈。披发僧一声惨叫，摔倒在地。班布尔又一口下去，只听扑哧一声，就把食管给咬断了。披发僧又是甩胳膊又是蹬腿的拼命挣扎，但因为食管已断，没能坚持多久。他脖子一仰，发出呼噜、呼噜的怪声，四肢抽搐了几下，就不动了。班布尔扑在披发僧身上连声怒吼，见他一动不动了，就松开利齿和长爪，站了起来。班布尔把沾满嘴巴和前爪的血舔掉之后，蹲在尸首边上观察了许久。

班布尔美美地伸了一下懒腰，张开大嘴打了几个哈欠，似乎要借此消除九天来的疲乏。它迎着晨风挺身站立，抬头遥望破晓的东方天际，宛如一员得胜归来的战将，显得威风凛凛。班布尔抬起一条腿，往披发僧的尸首上滋了滋尿，又扬了扬土，然后抖了抖身上的毛，不紧不慢地踏起碎步，顺着原路回去了。

披发僧的死成了全村的头条新闻，不仅村民们议论纷纷，连村里的乌鸦喜鹊也呱呱、喳喳地叫了起来。

“这是长指甲人掐脖子掐死的。”

“不。要么是狗，要么是狼，咬断了咽喉。”

“好像是人杀的，杀完了之后做出狗咬的假象，掩盖事实。”

“我们村没这个人，好像是外地的。”

“他可能是个蒙古人。”

警察们来了，在披发僧的尸首四周拉上了警戒线，布了岗，禁止人们靠近。他们拍照的拍照，追踪的追踪。

在狗都热得惨叫的正午时分，班布尔从西北边摇摇晃晃地回来了。它径直来到水井边，把头勾进水槽里，一个劲儿地舔水。它饿极了，也累极了。

德吉德玛看见失踪多日的班布尔回来了，赶紧来到水井上，“班——布尔，班——布尔”地叫它。班布尔走到德吉德玛身边，又是闻衣襟，又是舔手，摇尾撒娇。德吉德玛这么多天没见班布尔，也很想它。她一边抚摸着班布尔的脑袋，一边说：“班布尔，这些天你都去哪儿啦？你不在家，家里显得静悄悄空荡荡的，可不好受了！”

班布尔腾起前腿扑向德吉德玛的怀里，那意思好像在说：“我去远处完成了一件大事。我把骗你的那个坏蛋干掉了。我都快饿死累死了，快给我吃的吧！”

德吉德玛好像也明白了班布尔的意思，说：“我的班布尔一定饿了吧。我已经给你准备好吃的了。”

她走进屋里，提来一桶狗食，倒进了班布尔的食槽里。饥饿多日的班布尔哪管什么味道好不好，埋头便狼吞虎咽，一口气吃光了不算，还把食槽舔了个干干净净，然后躲到羊圈的阴凉处，躺了整整一下午。

德吉德玛总觉得班布尔的性情有些不一样了。它时不时竖起耳朵，静听远处的动静，然后有事没事空叫几声。打盹儿时忽然惊醒。一看见德吉德玛就跑过去，靠着她的身体撒娇，在她的两腿间绕过来绕过去的。以前，班布尔跟德吉德玛从不这样撒娇，即便从她手里得到了好吃的，也不会做出什么感激的表示。发现班布尔的变化，德吉德玛好生惊奇，心想：总算把我当成主人了，好可爱！班布尔一到夜晚就绕着浩特吠个不停。然后就用可怕的声音长嚎。

班布尔为什么这样又吠又嚎呢？都说四眼狗能看见鬼。它是不是看见鬼了才这样呢？它一看见披发僧，就像看见鬼一样，总是怒声吠叫。是不是那个鬼东西要来了呢？班布尔一向是很能预知的。它这样又叫又嗥的，不知发现了什么不祥之兆。德吉德玛在提心吊胆中度过了一夜。

第二天，德吉德玛起了个大早，在浩特四周追踪。她在沙地上发现了班布尔的大爪印。从爪印上看，班布尔好像追赶过什么，除此之外，没有其他任何痕迹。夜里班布尔叫了整整一夜，它到底看见什么了呢？它追赶的那个东西也没有留下任何痕迹，是什么东西呢？从班布尔追赶的爪印上看，那个东西好像也不同寻常。这也太奇怪了……德吉德玛越想心里越生疑。

十几年前，关布来老汉抱来了一只小狗崽儿，那狗崽儿眼睛还没有完全睁开。老汉天天用棉花蘸上羊奶，往它嘴里滴，终于把它养大了。老汉给那狗取名叫班布尔。班布尔自从来到这个家，对主人一直忠心耿耿，看家护院，尽职尽责。

德吉德玛跟着班布尔的踪迹，绕着浩特唤它的名字，但没有找到班布尔。是不是让狼给咬死了？她又到附近的土山树丛里找，还是没找到。德吉德玛来到拴狗桩跟前，发现班布尔脖子上的那根用五彩绸布编制的护身结挂在栅栏上随风摆动着，仿佛在召唤德吉德玛。德吉德玛跑了过去，摘下那根因日晒雨淋早已分不清颜色的护身结，好生奇怪。班布尔的这根护身结是怎么脱掉的呢？这是仙逝的老头子为了让班布尔战胜仇敌保护自己，给它编好了带上的护身结。也许是这根护身结有神力吧？班布尔就像一员所向无敌的英勇战将，悉心守护家园和牲畜，所以，我们家从未丢失过一只羊羔或半截绳子。今天它把这宝物脱掉了，难道是在表明它已经完成了为这一家看家护院的使命吗？班布尔去哪儿了呢？人们都说好狗死的时候不让主人看见。昨天它就有些不一样，可能是舍不得离开我吧。我可爱的班布尔！难道它就这么走啦？我上哪儿才能找到班布尔……德吉德玛手里拿着班布尔的那根纠结许多绒毛的护身结，愣在那里，一动不动。

第二天，班迪夫领着一个裤带扎得很低的大腹便便的矮胖青年，坐着小轿车来到了德吉德玛家。

“德德，这是我的好朋友！”班迪夫把矮胖青年介绍给德吉德玛，把两瓶酒、几盒糖果点心摆在了炕桌上，然后开门见山地说：“我朋友的父亲打算做小肠手术，需要狗肠子。德德，干脆把班布尔卖给他吧！”

“啊，你胡说什么呀？一条老狗，干吗还要折磨它呢？它要死，就让它自然死吧。班布尔简直像人一样聪明，多可爱呀！”德吉德玛拒绝了。

“不管怎么样，它糊涂得都快死了。干吗分文不取白白扔掉呢？在它死前卖几个钱，不是对人对己都有好处吗？这个人可是大款哩，他会给您好多钱的！”班迪夫微笑着，拍了拍矮胖青年的大肚子。

“那几个钱算什么，我才不稀罕呢，拿到拿不到都一样。班布尔可是你父亲的爱犬。我舍不得班布尔。”德吉德玛坚决不答应。

班迪夫借着那矮胖青年出去解手的机会，小心翼翼地说：“德德，我听说那个披发僧让狗给咬死了，看样子好像是班布尔咬的。听说有人追踪班布尔追到你们这儿来了！”

“哦，你说什么？别瞎说。不可能！”德吉德玛惊呆了。

“真的。千真万确！要是有人追究起来，您也有可能被牵连进去的。我正是为了让它早点消失，才把这个人领来的。他会给好多钱，不会让您受委屈的！”班迪夫想让德吉德玛答应下来。

“就算给钱，它也不在家。自从你父亲去世以后，班布尔就在家待不住了。出走好几天才回来，也不知道它都去哪儿了。昨天夜里不知浩特来了什么东西，班布尔又叫又嗥的闹腾了一夜。早晨起来四处追踪，也没有发现什么痕迹。它把护身结脱掉走了。要是能找到它，还可以考虑。”德吉德玛虽然不情愿，但又怕受到人命案的牵连，也就动心了。

班迪夫和德吉德玛跑到周围的土山里，呼喊着班布尔的名字四处寻找，喊了半天，也没见班布尔出来。班迪夫等到太阳落山，也不见班布尔回来，无奈，只好领着那矮胖青年回去了。

德吉德玛送走了他们俩以后，心情变得很沉重。

与其帮坏人，不如养好狗。看来这话有道理。班布尔真的咬死披发僧了？有这可能吗？好像不大可能。班布尔仇恨披发僧倒是事实。它和他总是互不相容。有好几次，披发僧差点儿把班布尔给弄死了。他那样作孽，当然会成为狗的冤家了。与官作对脑袋难保，与狗作对衣襟难保。那种家伙得到那种下场，也合乎情理。德吉德玛暗暗咬牙切齿。班布尔昨天夜里嚎叫得那么凶，看来它是预知了今天要出事的。这生灵，多聪明啊！她为班布尔感到骄傲，忽然又想起了老头子讲过的一个故事。

从前，有一位猎人，他有一条狗，叫哈萨尔。那位猎人每天都领着哈萨尔进山打猎。哈萨尔曾多次从熊、狼的口中救出过主人。有一回，不知因为什么，那位猎人没领他的哈萨尔，独自一人出去打猎。就在那一回，猎人被一头受伤的野牛给顶死了。哈萨尔蹲在家门口，等它的主人打猎回来，等啊，等啊，一连等了十四年。可是它的主人没有回来，末了，哈萨尔就老死在家门口了。后人为了纪念这条忠于主人的义犬，用金子给它塑了像。立像的那个地方，也命名为哈萨尔。那个地方，就成了后人表达忠义之心的象征，永世长存。我的班布尔也不比那条狗逊色。它忠于主人，又那么聪明，多可爱！我怎么能拿它去卖钱呢，它会抱怨的。它走了就对了！

一天早晨，德吉德玛挎着小木桶走进羊圈，要给几只山羊挤奶。平素一见德吉德玛便跑过来让她挤奶的那只花脸二岁母山羊，这天早晨不见了。难道是一部分羊离群吃草去了？德吉德玛清点了一下羊，除了那一只，别的都在。“我那只一向不会跑远的花脸母山羊怎么啦？不会是落入了看管棉花地的那个老头子专为野兔野鸡设下的夹子、套子吧？”德吉德玛把羊群放出去以后，去找她的那只花脸二岁母山羊。

棉花地里传来抽水机昼夜不停的单调的抽水声。远远望去，正在开花的棉田，宛如白云落地，一片雪白。德吉德玛来到围栏外面，“朱吉，朱吉”的唤她的那只花脸二岁母山羊。忽然，柽柳里传来山羊咩咩叫的声音。德吉德玛寻声走了过去，发现她的那只花脸二岁母山羊倒在地上站不起来，正在拖着后臀吃力地爬。德吉德玛赶紧跑过去，抱起她的花脸二岁母山羊一看，山羊的两条后腿的蹄后跟断了，两个蹄子下垂摆动，满是血和泥土。德吉德玛仔细一看，原来是有人把它的蹄筋给割断了。

“啊！简直是造孽！是哪个黑心肠干的？天哪！不得好死！”德吉德玛又惊又怕，扯开嗓子喊了起来。

花脸二岁母山羊看见德吉德玛，就像看见母亲的孩子一样，一边吃力地爬着，一边咩咩地叫着。德吉德玛没敢正视。

“这准是看管棉花地的那个臭老头子干的。这附近，别人干不出这种伤天害理的事……”德吉德玛想到这里，抱起花脸二岁母山羊，径直来到那老头子住的泥土平房门口，一脚把门踹开，进去便喊：“你为什么割断我山羊的蹄筋？你给我赔！”

做坏事的人心里有鬼。那老头子虽然听不懂德吉德玛在说什么，但一见那花脸山羊，也就明白了她在说什么。

“你这山羊跑进我的围栏里，糟蹋了多少菜，多少庄稼，你知道吗？你给我赔！”那老头子指了指花脸山羊，又指了指外面的围栏，大喊大叫，寸步不让。

“你这叫喧宾夺主。你跑到别人这里填饱肚子，却忘了自己是什么货色。你竟敢活活折磨我的羊，凭什么呀？”德吉德玛也不怕他。

“闭上你的臭嘴！你的羊糟蹋的那些菜和庄稼，要是算钱，别说这只破山羊了，几峰骆驼也赔不起！”老头子就像一头暴怒的雄狮，满嘴喷着唾沫星子，又是叫嚷又是蹦高的，只差动手打人了。

两个人各用各的语言吵了半天，但互相都听不懂在说什么，只好不了了之。德吉德玛觉得还不解恨，于是又跺脚嚷了一气，但什么问题也没解决，只好抱着她的花脸二岁母山羊走人。

从那以后，胡杨林的邻居们就纷纷议论开了：

“我看见一峰骆驼让人把舌头给割掉了，满嘴流血，站在水井边上。啊！太可怕了！”

“有一峰黑骟驼，嘴巴让铁丝给勒住了，差点儿窒息而死。我费了好大劲才把那铁丝给弄掉了！”

“我看见一峰带羔的母驼，后腿上带着一把镰刀，那血流的！”

一天，有两个人背着好多的红爆木根，来到了班迪夫家。他们一进屋就问：“有喝的吗？”他们的嘴唇都干裂了，渗着血。

班迪夫给他们倒上了凉茶，他们端起茶碗便咕嘟咕嘟喝了起来，就像两头干渴得要死的毛驴，头也不抬。他们一口气喝掉了满满一壶凉茶，总算缓过来了。班迪夫奇怪地问他们：“你们俩这是去哪儿做什么干渴成了这样子呢？”

“我们在戈壁滩上挖红爆木根，差点儿完蛋。要不是碰上你们家，我们俩恐怕就喂鹰了。”其中一个反戴着太阳帽，墨镜挂在背心上的英俊的白脸小青年说。

“你们挖那红爆木根做什么呀？”班迪夫好奇地问。

“大哥，您连这个都不知道啊？哈哈……”他们俩忍不住笑了起来。

“以前使用骆驼的时候，我们只用红爆木做鼻勒[①]。现在骆

---

① 鼻勒：穿驼鼻的小木栓。

驼越来越少了，也没有可骑的了，用红爆木做什么，都忘了。你们把红爆木当成稀罕物，这样玩命，到底为什么呢？”

“用红爆木根可以做各种各样的艺术品。红爆木这种植物，本身就是艺术品。您看，这像什么动物？”年长的那个从捆好的红爆木根里抽出一根，递给了班迪夫。班迪夫接过那疙疙瘩瘩的红爆木根，翻过来调过去看了看，说：“是不是有点像卧在地上的骆驼呀？”

“大哥您好好看，这不是一峰发情甩尾巴的种公驼吗！头，双峰，尾巴……”那个年长的一边指着一边说。

“这东西值钱吗？”班迪夫问。

“当然值钱了！要不然我们干吗这样玩命呢。你们家有这种东西吗？我们买！”

班迪夫稍停片刻，然后把那个梭梭树结子拿了出来，递给他们说：“有这么个东西！”

那两个人都很喜欢这个梭梭树结，但不开口。他们观赏了一阵之后，年长的问：“您打算卖多少？”

“一百就行。你们知道吗，梭梭树是百树之王。如今梭梭树越来越稀少了，所以它就值钱了。你们看，就像人工编的一样，多漂亮！”班迪夫很想卖个好价。那个年长的二话没说，掏出一百元放在班迪夫手里，拿上梭梭树结就走了。

那两个人一走，班迪夫就有些后悔了，心想：嗨，要价再高点儿就好了。要他三百，他也会给的。我咋这么糊涂呢。那么好的一块肥肉，没吃着！但又想：还想怎么样，行了呗！人心不能太贪了。一截没用的破梭梭树结子也能卖一百元，多逗啊。看来，挖红爆木根，捡胡杨树疙瘩、梭梭树结子也能致富！

德吉德玛出去放羊时路过仙逝的老头子的葬地，忽然闻到一股恶臭的气味。可能是什么牲畜的残骸吧？她走过去一看，原来是班布尔钻进胡杨树洞里死了。德吉德玛看见班布尔那生蛆腐臭的尸体，禁不住落下了眼泪。她在老头子的葬地近旁挖了个坑，把班布尔的尸体埋葬了。

德吉德玛按顺时针方向，绕石头垒就的葬地围墙走了三圈，然后跪在葬地前，磕了三个头。她双手合十放于胸前，闭上眼睛，口中念念有词。眼泪顺着鼻翼流淌下来……

这时，胡杨林里的几棵老胡杨，仿佛在德吉德玛的耳畔低语着什么，随风发出唰唰的响声，又仿佛流下悲痛的泪水，落下几片发黄的树叶。

似火的骄阳拉开一道乳黄色的帷幕，徐徐落下了土山的彼方。黄昏默默降临，笼罩着整个辽阔的戈壁滩。

原载《潮洛濛》杂志2001年第1期

译于2016年

大地的影子

斯英高日布 著

苏布道 译

斯英高日布

男，蒙古族，1962年生，赤峰市阿鲁科尔沁人。毕业于内蒙古大学蒙文系。内蒙古作家协会会员，内蒙古翻译家协会常务理事。现任《呼伦贝尔》蒙文文学编辑部主任。主要作品有中短篇小说集《大地的影子》；长篇小说《女人岛之恋》。另有《成吉思汗与蒙古高原》等译著。

苏布道

本名李苏布道，蒙古族，1982年出生于内蒙古兴安盟扎赉特旗。内蒙古作家协会会员，作协副秘书长。自2008年开始在《金钥匙》《内蒙古科技报》《阿拉善文学》等刊物发表评论文章数篇。

一

初冬的早晨风冷霜重。

莫龙时不时地捏着鼻子，非常惬意地大口享受着他的清茶。茶水流进了喉咙，汗水顺着他那霜白的脑勺渗出来。茶对他来说，也是有着舒筋活络的作用。每天早晨睁开眼，他就会迫不及待地从怀里掏出收音机，喝着热腾腾的茶水，收听世界各地的奇闻异事。新闻这东西，简直就是他的兴奋剂。

外面隐约传来小孩的吵闹声和狗吠声。不一会儿，汽车声嘶力竭的吼叫声冲他的院子飘了过来。

灶边忙活的卓玛老妈手忙脚乱地对老伴儿说："快，老头子，儿子来了。"他们的小儿子普日布在达赖盟日报社当记者，有时候趁着工作之便能回家看看父母。"瞎说啥呀，听这马达声，应该是个大家伙。"莫龙手里捧着收音机，胡乱套上衣服，走出屋看个究竟。

大排量的丰田越野喷着黝黑的气体嘶吼着直接冲进了莫龙家的院子。到了院墙根，飞奔的车子戛然而止，布满灰尘的车体像一匹飞驰的烈马被主人猛地勒住了缰绳，上下抖动。外面嬉戏的孩子和狂吠的狗机灵得很，一见夹杂着冷风冲过来的车子都作鸟兽散。沐浴在冬日寒风中的莫龙家的两匹马被拴住无处逃窜，只能在原地嘶鸣着。这里过冬的其他几户人家，也都匆匆从屋子里蹿了出来，大人孩子把车子围得水泄不通。

车门开了，走下三个人。一个是五十岁左右、皮肤黝黑的人，看起来还算和蔼。一个是皮包骨的年轻人，有着白皙的脸。另一个胖得很，估计是个吃货，嘴出奇的硕大。

“沙格嘉领导您还好吧？”莫龙赶紧向前一步，冲年长的那位伸出手去。

手脚轻快的秘书巴达日勒走到两人跟前想说些什么，沙格嘉却摆手制止了他，对莫龙他们亲切地问候道：“你们大家也都好吧？”

这位中年男子就是原达赖盟分管文教的副盟长沙格嘉，最近刚被提拔为第一副盟长，主抓全盟农村牧区的经济工作。

“领导，赶紧进屋吧。”莫龙招呼着沙格嘉一行人进屋。等沙格嘉进了屋，邻居们也都各回各家，孩子和狗还在围着丰田车打转，时而传出赞叹的声音。

“怎样？咱们的‘铁塔’这个冬天过得还可以吧？”沙格嘉进了屋，接过莫龙递过来的烟点上，俩人就调侃起来。“我还是老样子，家里当家的。倒是听小儿子说您又升官了，这把我高兴得……”莫龙兴奋地说着，竟把早已冻歪了的秘书和司机给自动忽略掉了。

寒暄着的这两个人都已过中年，他们相识的时间虽不算很长，却有着过命的交情。莫龙的记忆力异于常人，小学还没有毕业就已经会说好几种外语了，而且酒量也大得出奇，那时候放眼整个白旗也找不到敌手，有着“铁塔”的外号。好游历的他经常到处走动，东家长西家短的各类消息都被他囫囵吞枣地听了去，因此又得了个“顺风耳”的雅号，他自费去加拿大开眼的事儿在当地还成了个传奇故事。

当年的沙格嘉年纪轻轻就已经升到了达赖盟副盟长的职位，还真有点意气风发的意思。那一年夏天，在白旗宾馆门口两人相遇了，莫龙借着灌进肚里的酒，摇晃着身子上去挑衅沙格嘉。

“你是不是布里亚特人？”

“是又咋的？”高傲的沙格嘉说着就给他来了一个狗吃屎。醉了酒的“铁塔”，对于曾经是一名搏克手的沙格嘉来说根本不是一盘菜。从此以后很长时间咱们“铁塔”的口头禅是：我要你命！

第二年的夏秋之交，凉爽怡人的达赖盟旅游点正值旺季，候鸟一样的远方游客来了一波又一波。有一天，达赉湖会议结束后，盟委领导塔木朝、沙格嘉等人陪同自治区里的坛巴日下榻在白旗宾馆。白旗的人自然是倾力招待，然而在酒桌上，咱们的这位“铁塔”又发了一次飙。他骗过门卫冲到宴席上大喊大叫起来：“你们这些东西，大晚上的在这儿吃喝玩乐……你们这一顿饭差不多能把旗里百姓一年的收入都给挥霍了……”

塔木朝作为盟长自然不会坐视不管，他挥挥手，两名警察极速启动，把“铁塔”架了出去。盟长还没有消气，对着旗长巴拉吉撒气：“领导们都在这儿，你们竟然放这酒鬼进来撒泼，你们这是严重失职，现在，马上把这东西给我送到监狱里去，让他好好清醒清醒！”

趁着鼎沸的宴会间隙，沙格嘉闪身走到外面，对抓人的警察说：“你们看情况先把他安抚住，不行找个地方让他睡一觉，等明早醒了酒再让他来见我！”

第二天早晨咱的“铁塔”铁青着脸酸溜溜地过来找沙格嘉，被铐子束缚了一晚上的手到现在还隐隐作疼。

“啊，咱们的好公民莫龙同志，还闹不了？”

“我错了，领导！我真错了，作为一个老百姓，就着酒劲儿撒泼，这事儿确实不该啊！您说呢？”

“哎，该怎么说你好呢，本来是有理的事儿，你应该分场合分地点啊。你看你这次，不但事儿没办好还丢尽了旗的脸面，你自己的名声也丢得差不多了。这次就算了，你可要记住差点就吃了牢饭哟……”沙格嘉恩威并施，总算把他哄走了。

多年以后的一个夏天，草场放马的莫龙再一次与风头正劲的沙格嘉相遇了。沙格嘉这次是请了假专程到白旗的哈大嘴子来探亲的，咱“铁塔”其实大老远就认出了他，又惊又无所适从的他刚从马上跳下来，沙格嘉已经到了跟前。

沙格嘉打趣道：“嘿，铁塔兄弟，来来来，要不咱俩再摔一次？”听了这话，莫龙窘迫的心结才得以解开，从此两个人也成为了莫逆之交。

莫龙还沉浸在往事里时，沙格嘉又说出每次见面必说的那句话：“铁塔兄，咱俩还是到外面摔一跤，舒展舒展筋骨怎么样？”

“嘿嘿，跟领导摔跤那不是找死呢吗？何况茶水也没喝上呢。”卓玛老太弄不清俩人谈话的玄机，连忙给老头子解围。

莫龙却对老婆子的担心不以为然，应对自如地说道：“真正的高贵领导的茶在野外哟！”说完又故作神秘，嘱咐大儿子金巴：“孩子，鞴马，赶紧的！”

“应该是：男人的幸福在野外吧？”沙格嘉也高兴地回应道。

司机和秘书俩人在灶头烤了一会火终于暖和过来了，兴奋地边往外跑边喊：“看他们怎么套马鞍子去！”

“对了领导，你这身行头骑马可不行，一来没有骑马的气势，二来还有可能惊着狗哩。”莫龙笑着从柜子里翻出狐狸毛帽子、衣服、皮靴、袜子等物，恭敬地递到沙格嘉面前，又说：“这要放到以前，那可是王公级的待遇哩，我这回就无偿送给领导了，还望您不要嫌弃哦！”

“莫龙啊，这怎么行？这可使不得。”

一开始沙格嘉坚决推辞，当他看见莫龙头发里泛白的岁月痕迹，他的心融化了，乖乖地把行头拿过来换上。

莫龙也拿出相似的一套行头，一边换一边吩咐老伴儿在银碗里盛酸奶敬给沙格嘉，道："来领导，先垫垫肚子。"

"呦，这酸奶不赖呀。"沙格嘉接过酸奶喝过两口，情不自禁地赞叹道。

临出门，莫龙老先生还不忘从柜子里拎出一瓶宝贝，塞进怀里，转身对老婆子说："别忘了准备吃的喝的！"

"你个死老头子，就知道倒腾你那酒瓶子，也不怕把人家领导给饿着！"听老婆子凶莫龙，在场的三个人都开怀大笑起来。

因为穿戴极为相似，两个老汉乍一出去很难让人立刻区分开来，司机和秘书当下没能看清，过会儿认出了自己的领导，这才急忙迎过去。

"领导，您骑这匹母马，这马看起来像只绵羊一样温顺。"秘书巴达日勒话音刚落，周遭的小孩子们一个个咧开嘴巴嘎嘎笑了起来。

"孩子，那是三岁雌马，人家可是正当少女年华，不是什么母马哟。"莫龙纠正了一下，也兀自笑了起来。

"要不我俩开上车跟着您吧，畜生这东西总是不牢靠啊。"秘书面露羞怯，低声说道。

莫龙赶紧制止："别，别！车开过来就把马给惊了！再说我俩好好的，用不着尾巴。您说呢？"

这一官一民两个人跃身上马，放开缰绳跑开了，紫灰色的两匹马在他们的胯下展开四蹄，有节奏地敲打着这片冻僵的土地，肆意地撒着欢儿远远地隐去。

看沙格嘉的马忽地飞奔过去，秘书巴达日勒紧张地喊着："领导，您这匹马性子太烈了，小心！"

眨眼工夫两个人已经蹿出了一箭之地，莫龙打趣道："领导的秘书还真会心疼人哩。"

“这是老领导塔木朝的秘书。”

“食之无味，弃之可惜啊。”

两个老汉正欢快地斗嘴，巴达日勒稀疏的声音再次从远处飘过来：“领导，您好像走错了，那个马群可是在那个方向哦。”

“领导，咱们到前边的土坡子坐会儿等他们吧，收了秋膘的马群很快就会奔过来。”莫龙说着用眼睛瞟了一眼，发现身旁骑马的沙格嘉脸色变得不自然起来。他赶紧正色道：“哎呀，领导，我莫龙是不是又说错什么让您不高兴了？”

“莫龙啊，我也不跟你藏着掖着，咱打开天窗说亮话，塔木朝升任盟长，留下了农村经济这一大烂摊子叫我接手。人们都拍惯了马屁，没有一个说实话的。你说，我不亲自到实地调研怎么行呢。”

“我听我那老小子说了，您现在缺的是得力的左右手。”

“再说了，我这几年一直主抓文教工作，农村经济这块儿的确是有点生……话又说回来，组织上安排的任务你不去完成怎么能行呢。对了，你们这里的情况如何？”

“差得很，不行了，奶奶的！待会儿上了那道坡，您就能看见了。”

约莫两碗茶的工夫到了土坡上面，俩人下了马席地而坐。初冬的疾风呼啸着裹起片片云团，催落了稀疏的雪花。张大嘴的犁耙开垦过的土地，从土坡脚下一直延伸开来，漫无边际。土地像被胡乱剪开似的伤痕累累，又像是受了伤的男人般东倒西歪，再也不见当年大草原的雄姿了。

“我们这里就这德行了，远的不说，光是我们苏木[①]这么巴掌点的地方就迁来了三十多个农户，这些可都是有钱的主啊，来了这儿就开始撒钱开路，大小有点职位的都被他们给收买了，结果是三分之一的草场被贪婪地开垦掉了。”莫龙大倒苦水。

---

① 苏木：内蒙古行政区划名，相当于乡。苏木达即乡长。

沙格嘉望着莫龙，半开玩笑地说："你这铁塔当的，这么大的事儿都出了，你就悄无声息地偃了旗、息了鼓？"

"咳，什么铁塔，这名号只有在您这种讲真话说直理，真正为民办实事儿的地方才好使。不瞒您说，我们村里也组织起来向领导反映过问题，一开始是找的苏木达[①]特穆尔，后来也找过旗长巴拉吉，就连盟长塔木朝我们也找过，可结果呢？他们只是互相踢皮球，没有一个人肯听我们的诉求，开垦牧场的事儿反倒愈演愈烈了。牧场少了，我们只能尽可能地多积攒些草料，这几年牲畜的数量也有所增长，雪灾少一点我们还能对付过去，要是大雪灾了，别说牲畜，就连人能不能挺过去都够呛！"莫龙唉声叹气地说着，从怀里掏出酒瓶，撕开封口递给沙格嘉。沙格嘉接过酒瓶子，拧开盖子先敬四野，然后往嘴里倒了点再还给莫龙。莫龙仔细地观察着领导的苦瓜脸，接过酒瓶子咕嘟咕嘟灌了好几口。

他用袖子使劲擦了擦嘴巴，恨恨地说："旗长巴拉吉有一次来我们苏木开会，他强调要加大对巴彦苏木海丽雅河西岸的开垦力度，还大放厥词地说什么只有耕地多了才能消除日趋严重的贫困问题，大家应该充分利用丰富的草场资源，尽可能地要多开垦才行……"

沙格嘉在白旗旗长任上的时候，巴拉吉还是个乳臭未干的毛孩子，别看是个孩子，人小鬼大，沙格嘉每次回家探亲，他就会凑到跟前，一副大人的模样说："老乡哥，您就是我的榜样，长大了我也要像您一样坐着车，在草原上尽情地奔驰！"

时间真如白驹过隙，一晃眼当年的臭小子已经大学毕业了。他拿着大学毕业证书跑到达赖盟主管文教的副盟长沙格嘉办公室，讨要工作。

看着眼前敦实的年轻人，沙格嘉回应："年轻人，咱们要从巴彦苏木起步！"

---

① 苏木达：蒙古语，乡长。

说实话，在那个年代，只要是有才学的年轻人，谁都想把他留在身边工作。安排他在盟里工作，对沙格嘉来说也是易如反掌，可他不能忘记当年自己在盟委会上做出的决定：毕业待分配的大学生，到盟里安排工作时，应该遵循户籍归属地分配的原则。

“哎呀，领导，您就让我留在盟里工作吧，我的老父亲也让我恳求您……”巴拉吉着急地说。

沙格嘉却正色道：“年轻人，只要你肯努力，从哪干起还不都一样吗？相信过不了多长时间你就会调到盟里来的。”巴拉吉使出浑身解数也没能改变这位领导的决定。有意思的是，就在当天下午，盟教育局局长来电话汇报：“关于大学生巴拉吉工作的事儿，塔木朝盟长明确交代要把他留在盟办公室工作。您看？”

塔木朝和巴拉吉父亲是亲家关系，沙格嘉他知道，可他依然坚持了原则：“按照规定让他回白旗吧！”

巴拉吉最后还是回到了白旗，在白旗党委当了一名秘书。几年后，巴拉吉就当了苏木达，又过了一段时间，被提拔为白旗农村经济局局长，如今他已是白旗的旗长了。从那次分配工作的事儿起，巴拉吉就与沙格嘉有了隔阂，但对这些事儿沙格嘉也没有太过在意。而当自己当上主管农村经济的副盟长之后，多少听到了一些有关巴拉吉在开垦牧场的事儿上贪污腐败的传闻……

“是该会一会巴拉吉了！”沙格嘉的脸愈发阴沉起来。

“蒙古人从嘎达梅林时代开始就对开垦牧场的事儿深恶痛绝，可现在呢？别说别人了，连自己都开始对自己下手了。”

“现在已经有专家研究分析出关于过度开垦导致沙尘暴经常肆虐北京的原因了。”

“领导啊，这可不是啥新鲜事儿，这样的研究我们早在两年前就应该重视起来才对。”莫龙故作深沉地回应。

“嗯？什么情况，莫龙？”

“两年前美国之音就开始报道日本专家对东京的担忧，就是关于蒙古高原过度开垦导致沙尘暴肆虐的事儿。”

“哦，那你是怎么知晓的呢？为什么不早点跟我说？”

“我让小儿子普日布告诉您了呀。至于我听谁说的，您看这儿！”莫龙从怀里掏出那台掉了漆的收音机，按下了开关按钮。

这就是蒙古人
热爱故乡的人……

腾格尔沙哑而高亢的独特嗓音从收音机里飘了出来。

“嘿，腾格尔，真是条汉子！”莫龙啧啧赞叹着，掏出酒瓶子又灌了一口，“后来腾格尔拍了个广告，说：有了海丽雅马奶酒，可不要忘了叫上哥哥我！可是这哥们儿自己有了酒喝，倒是忘了叫上铁塔哥喽。”老汉说着，呛了口酒不停地咳嗽起来。

“嘿嘿，咱们的铁塔，这是难不成要进京去证明自己？”沙格嘉调侃道。

“要是为了喝酒，咱铁塔肯定不会，也不至于。倒是为了草场嘛，还真有这个可能！”莫龙说完，两个人都哈哈大笑起来。

沙格嘉站起来，还是那句每次见面必说的话：“咱俩摔一跤？”

“行啊，来吧！”莫龙刚回应，就听见旁边拴着的两匹马的嘶鸣声。两人循声望去，只见肥壮的马群带着呼啸的劲风朝他们飞奔而来。

二

在牧区调研了近一个月的沙格嘉刚回到办公室，就让秘书把盟里的农村经济局局长叫了过来。

十几分钟后，秃顶局长玛格苏敲响了办公室的门。

“领导还好吧？旅途劳顿，身体还好吗？”玛格苏还算恭敬地略微弯了一下腰。

“还好吧。你们的工作进展情况如何？”沙格嘉盯着他，用短促而有力的声调问道。这句公事公办话语的潜台词是：你和白旗旗长两人穿一条裤子，在开垦草场事儿上贪污腐败的传言已经弄清楚了，等着吧，不日咱就较量一下。

“领导交代的有关农村经济的报告已经完成了，您过目。”对方拿出约摸一指厚的打印材料递给沙格嘉。

“拣重点说！”沙格嘉目不斜视，手也没有伸出。

“那好！”玛格苏坐回原位，拿出高度老花镜戴上说，“在写这份报告的时候，塔木朝盟长特别交代了要重点写盟里的庄稼大丰收这一块儿……”

“那没关系，拣主要的说！”沙格嘉打断了他冠冕堂皇的废话。

还在乡下调研的时候沙格嘉接到一个通知，说全区农村牧区经济工作会议，三天后要在首府召开，他这才急忙结束行程往回返。通过这些天的调研，他积累了丰富的第一手资料，这回在会议上他可有的谈了。

沙格嘉非常了解面前坐着的这位玛格苏，他是农区出身，对牧区工作可以说是一窍不通，只会坚持他那开垦草场的老路子，在这一点上他倒是精明得很。听着玛格苏汇报有关开垦草场、庄稼长势等数据的间隙，沙格嘉也在想：这家伙，对于过度开垦草场的大事件来说，也不过是个小喽啰而已啊……

他及时打断思绪，从椅子上站了起来，语气坚定地说：“把材料重新准备一下吧，我不想只听这些干巴巴的数据，你把重点放在目前农村经济存在的问题及解决方法上，这绝不是简单的开垦草场种庄稼的事！”

“行，听您的。”玛格苏说完退了出去。

沙格嘉重新陷入深思状态，他踱步到窗户跟前，凝望着办公楼前那一片过道。

海丽雅市的冬天雾气蒙蒙，彤云下面不知何时开始飘起了硕大的雪花。楼下的马路上穿梭着熙熙攘攘的人流、车流。多年来只要站在窗前，他就能看见楼前肃立的那座精神矍铄的奔马雕塑，可现在这匹马不在了，留下一片五十多米长的空旷地带被冰雪覆盖起来，这与他目前的心境是何等地吻合。

他到乡下走了近一个月时间。牧区的草场已经被贪婪的犁开垦得所剩无几，失去了牧场的牧民们眼巴巴地盯着他看，也有的牧民，像莫龙等人，也不是那么好惹的主，面对牧区如此的境地，他们绝不会就此罢休。由被拆掉的奔马雕塑，他联想到了莫龙，也联想到临别时莫龙的那句震耳欲聋的话："领导啊，我们肯定去北京，但不是为了喝酒，而是去上访。"

外面起风了，朔风卷地。失去了叶子和花朵的树枝光秃秃地在风中摇曳，广场上的人和车也都渐渐地模糊起来，沙格嘉好像又想到了什么，他坐回到棕色的大椅子上，捋一捋头发，继续想他的事情。

旗县领导们的心里，此刻却跟明镜似的。牲畜的数量连年增加是不争的事实，光是白旗就已经开始用百万来计算了；各旗的庄稼收入也开始源源不断地流入财政，最起码他们不会发愁人员工资的开支，不会发愁税收的来源。就在这次，白旗旗长巴拉吉自豪地对他说："我们旗里的财政相比去年已经翻了两番了！"他也毫不怀疑，这收入里大部分是开垦草场所得的事实。他从巴拉吉的话里再次联想到莫龙近乎恳求的话："新一届的苏木达选举马上就开始了，我们牧民对组织的工作还是有自信的，但我们跟旗长却再也玩儿不起了。领导啊，现在也只有您能为我们撑腰了！"

沙格嘉猛地想到了什么，赶紧拿起电话给秘书下命令："让盟日报社的普日布记者过来一下！”

不一会儿，敲门声再次响起来。

“请进。”沙格嘉柔声地回应。只见一位有着忧郁脸庞的青年走了进来，他的脸在常年的风吹雨打中已经变成了古铜色，但穿着却很得体。

“领导好。”来人用流畅的蒙古语礼貌地问候。这种毫无羞涩、落落大方的性格，简直跟莫龙如出一辙。沙格嘉心里感觉暖暖的，仿佛又听到了“你是布里亚特人？”这句问候语。

“啊，普日布，最近忙些什么呢？”沙格嘉边问边给他找了一把椅子。

“领导，我刚从哈达图苏木采访回来”普日布回答，“今年获得了一次国家级、三次自治区级的新闻奖呢！”

“好啊孩子！不愧是干一行爱一行的典范。”沙格嘉微笑着，随即又严肃起来，道，“两年前你父亲从收音机里听到了日本人对东京沙尘暴的担忧，他们断定这沙尘暴是因为我们过度开垦所导致，他要你转告我，你怎么给忘了？”

“是啊，父亲的确嘱咐过我。那次一回城我就赶写了过度开垦导致草场严重破坏的通讯稿，然后又写了一篇题为《蒙古高原的沙尘暴飞到了东京》的时评，一并发表在报纸上。那时候您还是主管文教的副盟长，早就听说您是唯一一位坚持读蒙古文报的领导，我想您一定能看到报道，所以也就没有刻意给您汇报。”

“孩子，你一直坚持用蒙古语写稿件吗？”

“是啊，领导。用自己的母语写稿件没什么不好啊，牧民们也都喜欢读蒙文报呢。说实在的，我也不知道为什么，也许是学蒙古语的缘故，也许是从小在牧区长大的缘故，反正特别喜欢自己的母语。别人总觉得使用蒙古语不方便，而我却觉得蒙古语无比亲切，也习惯了用蒙古语交流。”普日布说着笑了起来，露出一排洁白的牙齿。

“打小吃着奶子和羊肉长大的孩子才能真正理解牧人的心呢！”莫龙的这句话突然钻入沙格嘉脑海里。他心里想着有其父必有其子的俗语，面带喜色地说：“对，对每个民族来说，自己的语言文字总是那么的神圣。可新闻这东西毕竟是时代的号角，真正的新闻人不仅要把新闻写给自己民族的人民，更重要的还是要尽可能让其他民族的人知道，所以也就注定了一个新闻工作者必须要尽可能多掌握一些语言，有些事也许你自己并不在意，可别人却特别感兴趣！对不？”

“您说得有道理，我理解了，以后我要努力学习，一定用双语写稿件。”

“孩子，现在你去把两年前发表的通讯和社评给我拿过来，赶紧！”

沙格嘉看着普日布退出自己的办公室，心里不禁想道：晚上就要起程去首府开会了，这孩子写的东西有可能用得上。远隔重洋的日本人都已经领教沙尘暴的厉害并开始反思了，可我们还是两耳不闻窗外事，继续干着过度开垦牧场的蠢事儿……

此时，办公室的门不合时宜地又被敲响了。秘书长苏日图走了进来，忐忑地说：“领导，下面来了几个同志，塔木朝领导的意思是让您见一见，您看？”

“好，没问题，让他们来吧。”

好几个牧民穿着棉衣、毡靴，争先恐后地挤进来，说：“领导好！”

沙格嘉赶紧颔首：“你们好。坐、坐，有什么事儿吗？”他正想嘱咐苏日图也留下来参加一下，在这个当口秘书巴达日勒走了进来，给牧民们端茶倒水。

“我们是白旗巴彦苏木的牧民，我们去了苏木，也去过旗里，今天又来到了盟里。主要是想说开垦牧场的事儿，要是在您这儿得不到个答复，那我们只能去首府或进京了。”有一个牧民直接说明了来意。

“苏日图你也参加一下！”沙格嘉叫住秘书长的同时心里也想着：塔木朝盟长让他们来我这里，应该是有双重意思。但这事儿处理起来，仅仅凭借我们盟里的力量还是有点难度的，这事儿涉及国家财政、农村经济局等诸多部门和诸多人员。如此千头万绪、错综复杂的事儿别说塔木朝盟长了，就连自治区主席也绝对不会轻易给一个肯定答复的。过了一会儿，他才发话：“你们说说具体问题吧！”

巴达日勒拿出纸笔，准备记录。

得到了领导的允许，牧民们一个接着一个，说出了自己的诉求。问题主要集中在过度开垦牧场导致生态恶化上。沙格嘉静静地听着，顺便拿起上访材料看了看，发现里面有很多支持苏木和白旗决定的文件和批示。

“你们的诉求我也听了个大概，你们这种逐级反映问题的方式很对。这样，你们先在这里住下，等个三两天，盟委会给你们一个答复的。话又说回来，就算是去首府和北京，你们也一定记住，要有理有据地表达诉求，千万不能违法，要不然不仅问题得不到解决，就连你们的家乡也都会跟着蒙羞啊……”

沙格嘉这样不厌其烦地嘱咐着，又对苏日图说：“你同盟委信访办的巴图主任把这些诉求如实记录下来交给盟委，以便盟委做决议。另外你俩合计着安排一下他们的住宿问题！”

“住宿的事儿就不要领导操心了，主要是我们反映的问题，还请领导给予解决。”那几个牧民边说边跟着秘书长退了出去。

沙格嘉这才吩咐自己的秘书：“现在你准备一下，我们晚上出发去北京，然后从北京再到首府去开会。还有，记着联系农村经济局，把他们的汇报材料带上。”

“领导，咱们是飞机？”

“不，火车！”

沙格嘉觉得坐火车的话在路上还可以思考一些事情，到了北京做些什么，首府的会议上说些什么，等等，所以做了坐火车的决定。而巴达日勒却哭丧着脸，以前他跟着塔木朝出差可都是飞来飞去舒服得很，现在要跟着领导坐几天的火车，心里自然是不情愿的。

该吃饭了，沙格嘉想。不料普日布风风火火地跑进来，拿出一个信封袋放到桌子上，说："领导，您要的材料我准备好了。"

"哦，很好。孩子你做得很好。"

"按照您的想法，准备了蒙汉文两份儿。"

"好。赶紧吃饭去吧。记着多往基层走啊。这几年大灾大难少了很多，牧民们也就没有了抗灾的意识。你说，万一灾情来了该怎么办？相比灾情来说，我们的麻痹是更大的敌人呢。孩子你在这方面多多提醒一下才对。"

"好嘞。"

普如布走了。沙格嘉的身边目前就缺一个像普日布这样雷厉风行的年轻人，所以每次看见他心里就会轻松不少。回家的路上，沙格嘉还想着下午的工作：去找一下塔木朝，一起研究研究怎么解决上访事件吧？人家有理的诉求，怎么也得给予支持啊。想到这里，沙格嘉耳边又响起了莫龙的话："我莫龙就一个醉鬼，去北京能有什么用呢，不过自然会有人去的。"

三

"奶奶，德力格尔哥哥领着孩子从城里回来了，在西院巴拉巴家呢。那个叫苏亚乐的孩子还给了我糖呢。奶奶你看，可好吃了！割你耳朵你都不知道，奶奶……"奇乐木格蹦蹦跳跳着从外面回来了。

看着孙女儿进屋时那活泼可爱的样子，卓玛老人高兴得都合不拢嘴了，嘴上却说："你个臭孩子，一把糖就把你美成这副德行啦？像个闻到腥味的猫似的！宝贝，那你给德力格尔哥哥问好没有？有什么新闻？你普日布叔叔有没有消息？"这些问题显然超出了一个小女孩所能理解的范畴。

"奶奶，我跟德力格尔哥哥说了'你好'，还给他敬礼了呢。巴拉巴爷爷家里热闹得很，杀牛宰羊的准备吃饭呢。普日布叔叔好像没消息。"

"我这孩子永远是没消息。逢年过节的时候别人家的孩子们来来往往的总是那么热闹，唯独我家孩子没个影儿，你说他是不是把我们都忘了。"卓玛又跟莫龙老汉提起了老话茬。

莫龙早就厌烦了奇乐木格天天给她奶奶带来各类家长里短的消息，想吓唬她一下，就说："奇乐木格，出去帮你妈妈干点活，别整天像只鸟一样唧唧喳喳的。"

"破爷爷，醉鬼！"孙女儿显然生气了，噘着嘴跑了出去。

卓玛老人还在唠叨着："我的破孩子啊，整整五个月不着家了！"

"你是不是也糊涂了？怎么跟你孙女儿一样了……普日布忙得很，年轻人就应该有点事业心，要不天天围着父母转有什么出息！咱们孩子不是常唠叨什么冬月看父母、春节见兄弟的吗？这个冬月他肯定不会回来的。"莫龙颇自信地对老婆子下定论。

现在的年轻人，一进城就把父母忘到脑后勺了。也只有在牲畜都长了膘的十一月里有肉吃了，才想到还有个家，才会不情愿地回来看看。普日布对此是极度反感，所以才编了这么个顺口溜：冬月看父母，春节见兄弟。他不光是编了这个句子，还严格地遵守着：绝对不会在这个时间段回来。

卓玛老人表露出了不服输的脾气，说："你和儿子一个样，都是榆木疙瘩！吃喝也好，父母也罢，经常回家看看总是没错的！”

“女人天生就是绕着灶台转的命，其他的就不要说了。”莫龙对老婆子的话一点也不感冒。正说话间，发动机的轰鸣声夹杂着孩子和狗的喧闹，恰如其时地闯入了他们的屋子。

“你看！说曹操曹操到了不是？”卓玛得意地走了出去。

莫龙还是不置可否的态度，从怀里拿出他的宝贝收音机调到一个沙哑的频道，找了个靠背躺下，悠闲地听着，颇有一副任你天崩地裂我自岿然不动的架势。他这样是有原因的，每当入秋以后，那些城里的孩子们，还有一些寻着肉香的“饿死鬼”们，总会一波一波地过来买这买那，让他烦恼不已。

门开了，鼎沸的喧闹很自然地挤了进来。莫龙起身后才发现是一群身穿皮毛的城里人领着一个身穿脏兮兮黄绿相间外罩的所谓中间人来到了家里。

“老爹你好啊？”那几个城里来的瘦子点头哈腰。

那个女中间人赶紧接过话茬，滔滔不绝地递舌头：“老爹，这几位是来买肉的，您家肯定有的吧？”

没等那女的说完，莫龙老汉保持着听收音机的那个姿势不紧不慢地打断她：“价格合适倒没什么，看在你的面子上可以给他们几只。你要是想用萝卜价钱买走我的羊，那我劝你还是趁早走人吧。”说话的间隙莫龙也在想：这姑娘估计也是个受累的主，要不然怎么会给这些城里人当牛做马，还跑这么远来坑害我们呢？

“羊肉现在每公斤六块钱，你们乡下人估计也搞不清价格，现在不卖，你就等着后悔吧。听说了吧？盟里出了新规定，今年这里的羊肉一律禁止外销呢！”一个大胡子说着把那只毛茸茸的手伸进裤兜里，像是要往外掏什么。

那个女中间人赶紧准备给莫龙翻译。

“你不用翻译，孩子！看他那样子叔也猜出了个大概。如果真有文件，你就拿出来让我看看。”莫龙向他伸出手去。

“文件自然是有的，这回你的羊肉卖不上价钱喽。”大胡子说着向前一步递给莫龙几张皱巴巴的纸。

女中间人从两人中间伸过冻得溜光的手，忙乱地说：“我也翻翻看！”

“行了吧，孩子，咱俩水平都差不多，叔叔我有这没这的自己也学得差不多了，这点东西可难不倒我。”莫龙拿起那几张纸前前后后地看了一遍。

文件嘛，其实也没什么，做起假来很容易。以前，莫龙自己也做过不少，连打印带复印的根本就不费什么事。他们这样拿出文件来，不过是为了唬一下当地不明真相的人们，以便宜价格骗点羊肉而已。

“孩子啊，你们做文件的时候少弄了一步，就是缺了红头，可惜了。再者说，我们盟里不让外销牛羊肉并不是心疼这点肉，而是人家其他省区也都有了自给自足的能力，这点信息我早就从这宝贝里听说了！所以这大冷天的你们跑到这里来，估计要铩羽而归喽。”莫龙拿着他的收音机有些幸灾乐祸地炫耀。

当翻译的女中间人听出了莫龙的不满，不过她还是机械地给那几个外地人翻译了一下莫龙的话，但结果好像不太理想，那几个人一脸茫然地看着莫龙的脸，想找出答案。莫龙以一个舒服的姿势坐好，然后清了清嗓子，这才把自己的话以他们的语言流畅地说了一遍。这几个显然是听懂了，不约而同地用恨恨的眼光剜手足无措的女中间人。

出门的时候，那几个人互相说着：“这老头真不是东西，懂得也太邪乎了，差点反过来把我们给卖了！”到底是老手，这几个人在说话的工夫就已经消失得干干净净了。

见自己的孙女奇乐木格活蹦乱跳地跑进来，莫龙赶紧对她说：“去！赶紧叫你爸过来！”

金巴一进门，莫龙就对儿子说："这几个人跑哪去了？在这冰天雪地里，他们估计也跑不到哪去。别让我再碰见他们，要不然我非打得他们满地找牙不可！"

"爸，他们开了一大一小两个车，往西去了。还真让您猜对了。"儿子回答说。

前几日沙格嘉副盟长来访，这给了莫龙莫大的希望和期待。为了过度开垦导致草场退化的事，他已经变得茶饭不思，身体也消瘦了很多。为此，他与乡亲们一起找了旗长巴拉吉，也找了苏木达特穆尔，诚恳地向他们诉说了自己的苦衷，但这两位领导谁也没把他们放在心上。而事实却进一步走向了恶化，外地的开垦者日渐增多，被开垦的牧场也日益扩大。他们有的人名义上是租赁了五千亩，但实际上通过行贿当权者却把这个数字变成一万亩。

用莫龙自己的话说，"只有打小吃着奶子和羊肉长大的孩子才能真正理解牧人的心"。就在他望眼欲穿甚至快要绝望的时刻，白旗人沙格嘉升任了副盟长，而且还亲自过来见了他。"这个沙格嘉肯定能为我们做主，坏人怕好人，贼人怕月光，这可是亘古不变的真理。"兴奋不已的莫龙当夜骑着马把新任领导信息一个一个地通知了乡亲们。

那天晚上，得知了好消息的牧民各家各户都有人到了嘎查办，他们真是太兴奋了。嘎查长扎拉萨赖自然也听到了消息，所以他也马不停蹄地赶了过来。人声鼎沸的嘎查办里，莫龙的声音最为高亢，也最为积极。众人的意见自然是很难统一的，这需要一个博弈的过程，这次的聚会也是如此。

莫龙说得口干舌燥，这才渐渐收拢住大家的心。最后莫龙又说："乡亲们，大家好好想一想吧。都说人是铁饭是钢一顿不吃饿得慌，畜生也是一样的啊。没有了牧场牲畜吃什么？这几年我们让外地人过来开垦，最后搞得自己的牧场已经所剩无几了。刚开始的时候，我们是得了一些租金的甜头，可那个时候我们没有充分预料到会有这么严重的后果。任何事情，只要你开始变得贪婪无度，那么也就种下了灾难的根苗，终归会有报应，这是我们这些年得到的惨痛教训。旗长和苏木达从来就没有真正对待过我们的诉求，现在好啦，有了沙格嘉这个支持我们的领导，不行我们可以进京诉苦。”

事情到了这个节骨眼上，应该是差不多了。现在只有嘎查长扎拉萨赖还有顾虑。他们嘎查曾经允许开垦五千亩草场，由一个哈丽雅市李姓农户租种，租金则分给了嘎查小学和一些贫困户，他现在正在想，这条路断了之后，小学和贫困户该怎么办呢？

莫龙依旧苦口婆心：“老扎，不要犹豫了，众人拾柴火焰高嘛，你担心的问题咱们可以共同解决呀，牧民们省吃俭用一些的话经营一个村办小学还是可以的，至于贫困户们，邻里邻居的给他们弄点带崽子的牲畜，养他几年不就行了？”

经过漫长的犹豫、徘徊、讨论，布拉格嘎查的牧民们总算是有了一个共识，他们准备派出图门、齐木德、亭胡日三人代表牧民们逐级反映问题，目标就是一定要闹出个名堂。莫龙想着沙格嘉为民请命的苦衷，跟大家商量了一个策略，那就是到了盟里以后不直接去找他，而是先到塔木朝那里，这样就不会给沙格嘉带来麻烦，沙格嘉知道了这件事，也一定会从旁协助的。

当天晚上莫龙还对乡亲们说了一个想法：“今年，牛羊肉的价格真是降到了极点，说不好听的，就连咸菜也不如了。为了这点牲畜，我们天天在风里来雨里去，到头来却让那些买主得了便宜，你们说我们能甘心吗？牲畜数量多了如何过冬是个大问题，想必大家对冬春两季的无情风雪深有体会吧？所以我觉得应该刻意地减少牲畜数量，趁着现在肉价便宜，咱们把多出来的牛羊肉用冰雪冷冻起来，到了年节的时候再卖给他们，甚至也可以在春天食物缺乏的时候卖出去，那个时候，咱们的牛羊肉啊，可就成了人参喽。”……

今年，在普日布口头禅里的那个冬月里，嘎查里虽然没少屠宰牲畜，但几乎没有多出来哪怕一斤肉去卖给这几个肉贩子。

莫龙对这几个肉贩子的狡猾是了如指掌的，现在这些人怀里都揣着政府的文件，这样下去有哪个胆小或者见识短的或者手头缺钱的，难免就会被他们宰一刀了。

想到这里，莫龙赶紧叫了儿子金巴，拿出五千块钱放到儿子手里，对他嘱咐：“儿子，你赶紧揣上这五千块钱，看看咱们弟兄们哪家手头比较紧，赶紧分给他们。好不容易省下来的肉，绝对不能叫肉贩子收了去……”

儿子套上马疾驰而去。望着金巴骑马的背影渐渐消失于天地之间，莫龙久久没有离去。马上就数九了，今年的雪也是很及时，外面早已经银装素裹了。莫龙的期待也跟现在的积雪一样，慢慢地厚了起来，嘎查里的三位使者现在应该已经有所收获了吧？

四

巴彦苏木的苏木达特穆尔从苏木里一路狂奔，来到巴拉吉的办公室。从苏木到白旗有一百多公里的路程，匆忙赶路的他现在已经想不起来自己是怎样赶到这里的了。

这特穆尔也是名声在外的人。当初，刚上任的他自己兼任了苏木达和开垦办主任的职位，干的是热火朝天，这样不到一年光景，就让他的苏木摘去了贫困的帽子，他的名字也就自然而然地上了《人民日报》和中央电视台等新闻媒体，那是何等的风光啊。除了这些，最能使他引以为傲的，就是旗长巴拉吉对自己的信任了。他的骄傲不是没有道理，巴拉吉也确实拿他当自己的左右手使用。在官场浸淫多年的他深知能够抱住一个领导的大腿是多么重要。路遥知马力，日久见人心。时间长了，特穆尔的内心也开始飘飘然起来，嘴上说的一套，背地里做的又是一套，渐渐地，他们苏木开垦牧场的进程变得失去控制，到目前为止已经有三分之一的牧场不复存在，他的贪婪变得毫无节制，甚至开始打海丽雅河西岸草场的主意了。

由奢入俭难、由俭入奢易，这句话说得太到位了。在特穆尔看来，这句话不是劝人向善的箴言，而是束缚手脚的枷锁，他常常想：为什么老天不能让人放开手脚大干一场。特穆尔的机会不是没有，一开始他的确是顺风顺水，但是随着野心的膨胀，失去牧场的老百姓们开始找起了他的麻烦，更为雪上加霜的是沙格嘉这个主管经济的副盟长的出现，等于是给了他最为致命的一击。

一个月前，沙格嘉来到白旗参加了农村经济工作会，并在会上听取了特穆尔的工作汇报。对于这次的会议，特穆尔是记忆犹新。他不止一次地对巴拉吉抱怨，说自己的运气从这次会议开始变得不顺利了。这事算起来也有巧合的成分，再说他特穆尔怎么可能一下子就看透沙格嘉的本性呢？当天，巴拉吉特意派遣专人到苏木里请特穆尔参加会议，还要他以获得荣誉的苏木达身份发言。事情就是这么无奈，得了巴拉吉的信任，意气风发地吹嘘自己近两年成绩的他，正好撞在了枪口上。

“特穆尔，你是农垦公司的负责人不假，但也不能总是无休止地开垦下去吧？难道你们苏木把牲畜全部屠宰掉了？”沙格嘉面色阴沉地打断了特穆尔的发言。

特穆尔一下子渗出了冷汗，脸色也变了。

巴拉吉赶紧替特穆尔解围：“领导，这个苏木的牲畜啊，目前的数量在全旗是拔尖的。”

“不错，牧业苏木嘛，这是理所当然的。我本人也去过这个苏木，牲畜的数量的确是很多，甚至已经有超出牧场负荷的迹象了……但是在这种状态下，这个苏木怎么就成为了开垦牧场最多的典型了呢？”沙格嘉带着质问环视了在座的诸位领导一圈，无话可说的众人都低下头去，会场一度变得鸦雀无声。

“不错，我们的确可以靠开垦牧场来提高收入。但你们想过没有，这么做真的就符合我们的环境规律吗？再说我们的牧民，单靠自然的繁殖就已经搞得牧场承载过重了。那么我们该怎么办？能不能学一些其他地区或国家的先进经验，在品种改良、增加附加值、走向市场化等方面下些功夫？这样的话，是不是可以在不违背自然规律的前提下既能提高牧民收入又能避免牧场沙化呢？可是我们并没有进行这样的尝试，直接就采取杀鸡取卵的方法搞起了开垦牧场的行当。现在的白旗就是这个现状，牧场急剧减少，而农田迅速增加。牧民的诉求难道不合理吗？开垦的牧场要恢复起来可是要几十年时间啊同志们！”沙格嘉结束了发言，气鼓鼓地赶去了别的旗县，甚至没有留在白旗吃一口饭。

沙格嘉走了以后，巴拉吉单独把特穆尔留下，两个人进行了一番深入交流。在给特穆尔介绍沙格嘉刚正不阿、雷厉风行的风格和秉性，以及自己如何被他安排到旗县一级工作的前因后果的同时，巴拉吉自己也像吞了刺猬一样胆寒了一阵。他反复嘱咐特穆尔，此事必有蹊跷，回去后一定要多摸摸底，看看哪个不长眼的长舌鬼在搞事情，这样有什么事，他还可以提前处理。

特穆尔完成了巴拉吉的秘密任务，这才火急火燎地赶来商量对策。

“领导啊，这风好像不对呀。”刚进入巴拉吉的办公室，特穆尔就慌乱地汇报，甚至都忘记了问好寒暄的过程。风尘仆仆的他翻出一本皱巴巴的笔记本，继续说：“布拉格嘎查的莫龙等牧民截了沙格嘉领导的道儿，跟他汇报了开垦牧场的事儿，然后还密谋派出三个人去上访了。还有呢，他们准备在下次的苏木达选举上要搞掉我呢。”

“哎呀，我的特穆尔啊，你着什么急，就不能镇定点吗？这只是传言，八字还没一撇儿的事你怕什么。俗话说人怕出名猪怕壮，你出名了自然会有这个隐忧，但是怕了就别做，做了就不要怕。就算是选举你下来了，我这边不是给你留了位子了嘛，他莫龙一个醉鬼怎么可能知道咱的安排呢，就算他知道了又能拿我们怎样呢？一个小鸡仔还能变成凤凰不成？你放心，他有他的张良计我有我的过墙梯，不就是选举吗？我多安排两个候选人过去，分散一下他们的选民力量不就行了。不要怕，上面还有领导给我们撑腰呢，该种的地还是要种的，计划不能变……”

好说歹说把特穆尔糊弄走之后，巴拉吉躺在自己的老板椅上陷入了沉思。

这个特穆尔现在已经成了一个负担，领导用人也得谨慎一些才好，你用的人太过精明了，不见得是一件好事，你得时刻盯着他不要越轨，否则一不小心连自己都得栽进去。这特穆尔无疑就是这种角色，这种人只能用一次，给他找个归宿让他有个去处，你好我好大家好就行了。巴彦苏木的换届选举他早已成竹在胸了，安排一个自己人过去，给他戴上旗县指定代表的帽子就行了，苏木达的位子是没得跑的。特穆尔倒下了，这个巴彦苏木还是他的天下，还是他说了算……

与塔木朝会面之前，巴拉吉还不敢明目张胆地针对沙格嘉。上次的白旗农村经济工作会上，特穆尔其实是给他当了一次挡箭牌，到现在为止他都很庆幸。他实在是不愿意因为自己的一点小失误或者小问题去得罪沙格嘉。布拉格嘎查的三位牧民来找他上访的那次，他也只是委婉地给了一个超出职权范围、难以帮助的答复就让他们去了盟里。到现在为止，他还是相信自己做的事情是对的，并且越发自信了。这样想象着，盟委的塔木朝领导也窜入了他的思维之中。自己在那里闭门造车总不是办法，还不如跟大领导见一面探探口风来得实惠，特别是在苏木达换届选举之前。巴拉吉决定到盟委去走一趟了。

巴拉吉叫来办公室主任，嘱咐说："准备车，我要去海丽雅市。"

正要出门，办公桌上的电话不合时宜地响了起来，巴拉吉赶紧拿起话筒，里面立即传出一个熟悉无比的声音："领导好，最近身体还好吧？"

"哎呀呀，这不是咱们尼百万吗？啥情况，晚上要在海丽雅市请我搓一顿？哈哈哈……"巴拉吉得意地大笑起来。

这尼百万就是经营巴彦苏木农垦作业的一个承包商，干这一行已经十来年光景了，赚的钱也早已突破了百万，他和巴拉吉两个人在业务往来的过程中早就穿起了一条裤子，所以也就变得不分你我，电话沟通那更是家常便饭了。

"可不，您要真能来我一定亲自迎接，美酒、美女样样不缺！"

"要女人干什么，我也不好那一口，老弟最近忙些什么？"巴拉吉打起了官腔。

"哎，这两天忙银行贷款的事儿呢……"

"新鲜哈，百万资产的人也到了跟银行贷款的地步了？"

"领导啊，看您说的，谁没个救急的时候？春耕的投资还是提早打算的好，要不到了眼目前，人可就多了，那可就不好办了……"

"嘿嘿，老弟，干啥都得趁热不是？你小子可真是个老手啊。"

"咳，笨鸟先行不是？"

"有道理，这不，我也得上路呀。"

"得嘞，晚上饭店见哈。"

"好，晚上见。"

五

“牛羊肉比咸菜还便宜了！”莫龙这句掏心窝子的话时不时地钻入沙格嘉的脑海里，使得他在火车上也忧心忡忡。草原上火车与铁轨碰撞发出的声音有节奏地传入沙格嘉耳朵里，仿佛在诉说着：“为了人民、为了人民……”到了北京站，列车嘶鸣着停了下来，这嘶鸣声在沙格嘉听起来就像是在命令他：“想想办法！”

沙格嘉领着秘书巴达日勒匆忙下了火车。自治区首府的会议在两天以后召开，时间虽然还充裕，但也不敢过多耽搁，于是急匆匆地打车到了一家储备公司。

沙格嘉找了一个还算熟络的经理，祈求说：“我们达赖盟有上百吨的牛羊肉，您看能不能放到咱们公司来？”

在沙格嘉的心里，觉得肉价波动是市场供需关系所导致的，所以才来到储备公司想办法。但这个经理却露出为难的神色，说：“对不起啊领导，我们公司现在都是从山东、河北、河南等地进货，因为这些地方有大型现代化的集中养殖基地，生产力量雄厚，成本低廉，运输方便，还有……”

其他的话这个经理没有明说，只是无奈地耸了耸肩。

沙格嘉是知道这个意思的。去年，海丽雅市肉联厂跟哈尔滨签了一份几百吨的储备肉协议，可到了供货的时候，人家忽然来电话说肉里发现了疾病细菌，取消了协议。农村牧区的牛羊肉虽然说在味道、营养等方面有自己独特的优势，却无法达到大城市严格要求的卫生标准，在这个方面还有很长的路要走。

“领导啊，咱们的农牧经济距离时代和市场竞争的要求，实在是有非常大的差距啊。”这是莫龙从加拿大回来以后专门跟自己汇报的感悟，现在沙格嘉不由自主地想到了这句话。

第二天，沙格嘉和秘书又登上列车从北京赶往了自治区首府。沙格嘉曾在这里求学，度过了火一样热烈的青春年华。这里的一切依然那样熟悉，旧地重游的那种激动而又亲切的感觉很自然地浮上了他的心头。

下车、找酒店、洗漱、填饱肚子，这些事情他们几乎是一口气完成的，因为他们的目标不在这里，自然是越简洁越好。收拾停当以后，他们急匆匆赶往了会场。这是来之不易的机会，会议还没有开始，这个时候多找一些其他盟市的代表了解一下情况，对于沙格嘉来说无疑是大有裨益的。

这些年来，在农牧经济方面，区内的各个盟市也都取得了一定的成绩。与此同时，自给自足的粗放型经济模式也开始变得越来越跟不上时代和市场的节奏，由此引发了诸多亟待解决的问题和矛盾。这些问题和矛盾又集中体现在了牧场的衰退和过度开垦上面。

第二天，令沙格嘉望眼欲穿的全区农村牧区经济工作会议终于如期开幕了。负责全区农牧工作的坛巴日主持会议并讲了话。讲话很长，主要内容还是集中在赞扬农村牧区经济的成就以及庄稼丰收上面，沙格嘉所关心牵挂的开垦牧场问题并没有被提及。

会议的第三天是分组讨论。沙格嘉是以约会初恋情人的心态等待这个节点的。他在会场上不时地抬头看一下挂钟，他感觉时间仿佛凝固了一样。这样等待着，等待着，时针终于指向了十这个数字，也终于轮到他发言了。

在深深地吸了一口气、环视了在座的各位代表一圈之后，他开始了自己的陈述。

“众所周知，近年来我们在农村牧区经济战线上取得了巨大的成就，这些成就无疑是属于广大农牧民的，他们在取得成绩的同时也承担着巨大的压力。在这里，我不提成绩，想谈一谈目前存在的一些问题和教训。”沙格嘉以这样的开场白开始了自己的发言。

他讲了两年前莫龙老汉得知蒙古高原沙尘暴的袭击造成东京恐慌的事；也讲了专家学者们针对沙尘暴袭击首都北京而发表的种种充满悲情的论文；还讲了单纯的利益追求导致牧场开垦泛滥、牧民怨声载道的实际情况。每一件事例都是有条有理、有根有据，让人听了毫无破绽。

因为这场演讲，沙格嘉瞬间就成为了大家关注的焦点，众人用新奇的目光盯着他，互相窃窃私语。在场的记者自然不会放过这个新闻点，纷纷架起“长枪短炮”对准了沙格嘉，都想抢到独家揭秘、独家真相。沙格嘉也是来者不拒，他微笑着拿出早已准备好的秘密武器，就是两年前普如布在达赖盟日报上发表的通讯和社评。拿到材料的记者们谨慎得很，持有怀疑态度的人占了大多数，他们互相联系着，直到有人在图书馆查阅到当年的达赖盟日报，知道了确有其事，这些无冕之王一个个都惊掉了下巴。也难怪，这件事本身就具有让人惊奇之处，一个普普通通的老牧民，居然能够在两年前发现并提醒大家都没有意识到的事情，能不惊奇吗？

“领导，您说的这个报道，真是一个普通牧民提供的材料？”有的记者就喜欢刨根问底。

“那是自然，他就是一个普普通通的饱经风霜的牧民。”沙格嘉表情自然地说。

“一个老牧民，能懂汉语？”

“轻而易举。人家还自费去过加拿大呢，在那里还观察了人家的农牧经济，得出结论说咱们的农村牧区经济已经跟时代和市场有了差距了。他就是这么个爱动脑筋的小老头。”

坛巴日作为主管领导，对这件事却采取了截然不同的态度。他趁着会议间隙把沙格嘉单独留下，意味深长地说：“老沙啊，你开口莫龙、闭口莫龙，说的就是白旗那个铁塔吧？他可是个醉鬼，这种人的话可信度有多高？你拿他来说事，是不是有点扰乱视听了？开垦牧场的事不是你我所能左右的，何况现在国家也没有明确的文件要求啊。你这么做是不是有点不利于团结呢？”

“领导啊！俗话说人不可貌相，海水不可斗量。莫龙好酒的确不假，但他眼不瞎耳不聋，反而清醒得很，人家还去加拿大开过眼呢……”

对这个曾经的老领导的心思，沙格嘉心里再清楚不过，虽然人家早已升迁到现在的岗位。一方面，坛巴日现在已经走上了更高的位置，在这个位置上他很满足，对农牧经济眼前取得的成绩很是满意，听惯了表扬的话，对泼冷水的人或事自然是深恶痛绝。另一方面，他和莫龙在达赖盟有过一次交锋，沙格嘉在会上还拿莫龙说事，这不是故意往领导伤口上撒盐吗？这样还会有好果子吗？

果然，在坛巴日眼里，拦路撒泼的莫龙和会上故意放冷枪的沙格嘉已经成为了同一类人。沙格嘉也很清楚这一点，所以也没有跟领导过多地解释些什么，结果自然是不欢而散。

自从沙格嘉发表了他那场与众不同的演讲之后，各路记者像是闻到了腥味的猫儿一样追着他不放。记者需要的是过度开垦的真相及深层次原因，这应该是属于记者独有的本能吧。

面对此类问题，沙格嘉虽然是胸有激雷，可表面上却跟平静的湖水一样。他安静地对记者解释：“牧民其实是很可怜的，一年到头风吹日晒的，得到的收益却很少。但开垦牧场就不一样了，你种上庄稼，每亩的收益就将近二百元了，这可是纯收入。面对白花花的金银财宝，有几个会不眼红呢？可我们的牧民，对自己草场的每一片土地那是如数家珍，再清楚不过，甚至会像爱护自己的眼睛一样爱护着牧场，你说他们会同意为了眼前一点利益去破坏那片宝贵的草场吗？冲突就在这里，在没办法的情况下，牧民甚至去找政府表达诉求，目的就是为了阻止过度开垦。”

“沙格嘉领导，面对如此棘手的问题，会有或者说能有一个完美的解决办法吗？”记者的话犀利无比。

“坚决制止不合理的开垦。不光是我，还有我们广大的牧民，大家都坚信，我们的政府一定会有正确的政策。”

时间并没有给沙格嘉太多表现的机会，达赖盟那边不停地传来雪暴、降水量达到几十厘米等等气象消息。面对这些消息，沙格嘉断然是坐不住的，会议一结束，他就领着秘书急匆匆赶回了海丽雅市。

六

“漂亮的骏马呀，令我魂牵梦绕……”巴拉吉的司机有着深沉的男中音歌喉，在结满冰霜的公路上开车的他毫无惧色，一边单手操作方向盘，一边还哼着小曲。巴拉吉舒服地坐在车上，他睁开眼睛向外望去的时候，车已经到了华灯初上的海丽雅市胜利广场。

巴拉吉命令司机将车绕过广场，转到灯火辉煌而又高高耸立的达赖盟酒店门口，停车、下车。

打发了司机的巴拉吉走进酒店，开了一间舒适的房间休息。他刚刚洗漱完毕，尼百万就恰到好处地走进来，两个人亲密地寒暄着走出酒店，转向了成吉思酒家的方向。

成吉思酒家在当地可是颇有名声，而且离下榻的酒店不远，出门往西走片刻即到。这个地方是仿照成吉思汗的宫殿模式建造的，由二十多座各式蒙古包组成，为城里的俊男靓女们提供一年四季、每天二十四小时全方位服务。每到夜晚，这里就霓虹闪烁宛如白昼一般。

尼百万挽着巴拉吉的手转来转去，最后走到位居中间那座最大的蒙古包跟前停下来。租地的老板李橛子领着三位浓妆艳抹的模特身材女人在这恭候着，她们浑身上下金光闪闪，简直就像电影明星一样。

李橛子跟巴拉吉也是相识的，两个人如同多年不见的好友一般互相拥抱了一下，热烈而隆重。李橛子回头向三个女人示意，他指着最漂亮的那一位对巴拉吉介绍："这可是花魁王小姐。"巴拉吉迫不及待地握起王小姐的手久久不愿撒开，而王小姐显然对此类场景并不陌生，阅人无数的她微笑着，任由人家摆布。

这花魁王小姐拉着巴拉吉的手向屋内走去，巴拉吉晕晕乎乎地跟在后面，在越过门槛的时候还被绊了一下。这一绊不要紧，刚才的春风得意在他脸上瞬间消失，代之以惊恐万分，冷汗顺着脊背下来，进而呼吸也急促起来了。原来，在这个贵宾厅的墙上还挂着一幅成吉思汗的画像，老人家正慈祥而威严地盯着自己的这个子孙看，巴拉吉感受到了那具有某种穿透力的眼神带来的无形压力。

这一切都是转瞬间的事。巴拉吉愣了愣神儿，心想："老天啊，这是什么情况？以前来的时候没有这个东西呀，难道说好花不常开、好景不常在的就是现在这场景？"想归想，他还是按照常理，在嘴里念念有词地祈祷起来。为了掩饰自己的尴尬，他急忙上前抽出备好的祭祀之物点燃，恭敬地插在香炉里，又从包里抽出一张百元大钞放在功德盘里，嘴里嘟哝着："这个东西是世间最伟大的事物了吧？"后退了两步，拉开到安全距离，这才长出了一口气，此时为他独有的领导风范又复活了，他高傲地瞅了瞅亦步亦趋跟在身后的几个人。虽然这样，可他再也不希望或者说是不敢在这个包间里用餐了。王小姐是何许人也，她早已看出巴拉吉的窘态，不动声色地过来拉上巴拉吉的胳膊，踱进了隔壁摆好酒席的蒙古包里。

见巴拉吉在酒桌前坐下来，那些随从如尼百万等人这才前前后后地都入了席。坐在旁边的王小姐，适时地拿出绸缎质地的手巾递给巴拉吉。趁着巴拉吉擦拭脑勺、脖子上汗水的间隙，在李橛子的示意下，手脚轻快的服务员恰到好处地端过黄油奶茶给领导解渴。

巴拉吉的茶刚喝了几口，进进出出的服务员就开始忙碌起来，不一会儿，桌子上就摆满了诸如火锅、干肉、蹄筋、羊腰子等吃食，有意思的是，这些食物的名字里全都加了一个成吉思的字眼儿，就连荡漾在银杯里的佳酿，也叫成吉思酒。

李橛子环顾了一下，见时机差不多了，这才正了正他那肥硕的脸膛，清了清嗓子，举起酒杯，用纯正的蒙古语做起开场白："今天，我们最敬爱的、最尊贵的客人巴拉吉旗长从白旗来到了我们中间，这里真是蓬荜生辉啊！为了表达在座各位无比激动和兴奋的心情，也为了感谢领导在白旗开垦耕种事业上对我们无微不至的关怀和帮助，还为了给不远万里来到这里的领导接风洗尘，大家干了这一杯！"

这番话说得巴拉吉赞赏不已，也叫尼百万嫉妒羡慕，同时也让在座的三位不懂蒙语的美女愣在了当场。

对这个李橛子，在座的各位是再熟悉不过，他在白旗布拉格嘎查紧靠海丽雅河西岸的地方租了五千亩地搞种植，是靠着开垦发了巨财的众多人物之一。他的真名实姓早已没有人记得，因为他种地有一手，庄稼长得都跟马橛子一样高，所以人们就给他起了一个李橛子的名号。名字是父母给的，名声是自己闯的，李橛子的经历正验证了这句民间俗语。

这时候他又站起来，对巴拉吉敬了一杯酒，然后伸出胳膊拿起盘子里的羊尾巴，用那把纯银的剃刀熟练地割下一块颤巍巍的白色脂肪放在自己毛茸茸的手掌上，然后哧溜一下吸进了嘴里。那三位美女哪里见过这种阵势，她们看李橛子那种贪婪的吃法，纷纷背过脸去，干呕不已。

而巴拉吉却伸出大拇指，说："这才是纯正的蒙古汉子！"

李橛子刚开始跟着尼玛过来的时候，对蒙古语一窍不通，简单的日常交流对他来说都是天方夜谭。但巴拉吉却欣赏他艰苦肯干的劲头，于是就把第一轮五千亩的租赁合同给了他。

后来巴拉吉才知道，这李橛子是靠贩卖女人鞋袜等小物什起家的，再到后来又听说这家伙将一块沦为城里流浪汉排泄场所的死巷子用木板子围起来搞了个成吉思酒家的事儿。为此，有一阵子他对李橛子的印象变得极坏，但也就是一阵子而已。随着时间的推移，巴拉吉从这五千亩地里拿到了不少的甜头，真是狗改不了吃屎，这一来二去、你来我往的，他们互相之间到底有了多少往来，恐怕他们自己也记不清了。巴拉吉算是彻底迷失了自己的方向，而李橛子却在白旗弄到了将近两万亩的土地。

为此，巴拉吉有时候跟特穆尔闲聊："李橛子？哈哈，你可别小看他，就我俩这种货色，早晚是人家碗里的肉啊。"巴拉吉的这句话，是夸赞还是讽刺，没有人能弄清楚。

酒局上的李橛子不停地向服务员使眼色让她们加菜，丰盛的饭菜堆了满满一桌，但他还是觉得没有招待好这个领导。

巴拉吉到底是酒场上的老手，他干笑着往后推了推椅子，以一个舒服的姿势靠在柔软的椅背上，对众人说："在座的诸位，你们都是城里的达官贵人，按理说是什么也不缺的，在这种情况下，还要跑到白旗去花钱租地，给我们创造税收，为我们白旗的发展贡献了力量，我代表白旗的父老乡亲向你们表示由衷的感谢！同时也希望你们一如既往地继续支持我们帮助我们！"

巴拉吉沙哑着嗓子，环视了众人一圈，又说："现在，我们蒙古人无论在城里还是在乡下，都在摈弃传统粗放的作风和习惯，转而与世界领先的文化和习惯积极接轨。你们看看这个酒店，不就是把伟大圣主成吉思汗和餐饮结合起来创造收益了吗？同理，我们的白旗也是在转变观念，充分利用牧场的优势，结合开垦耕种来给广大牧民谋福利呀……”

他说完了话，举起酒杯跟大家碰杯。

“旗长不愧是旗长，思想深刻、眼光远大啊，我们姐妹三人能够认识您这样的领导真是三生有幸，来，咱们一起走一杯！”见花魁王小姐站起来，举起酒杯如此表现，另外两位也晃悠悠地站起来，三个人用热烈的眼神盯着巴拉吉，跟他碰了杯，这才坐下。而王小姐的手却没有闲着，在忙着给巴拉吉嘴里夹菜。

李橛子将这一切看在眼里，心里不知想了什么，在座位上击了三下掌，包间的门好像有感应似的打开了，又有三个美女穿着淡蓝色蒙古袍整齐划一地走进来，站到了酒桌前。她们一个端着放了三只银杯的银盘，一个用两只手擎着洁白的哈达，另一个怀里抱着琴，显得落落大方而又训练有素。

李橛子显出一副豪爽的样子：“来！今天，我们成吉思酒店迎来了以白旗巴拉吉旗长为首的贵客们，为表达我们的感谢之情，也为了祝愿大家幸福安康、快乐无限，我们特意准备了祝酒曲，大家请尽情欣赏！”

说完，李橛子向三位演员点头示意。

三个美女组合有模有样地表演起来。她们演奏的曲目是经典民歌《洁白的天鹅》，一曲唱毕，按酒桌顺时针喝酒的规矩，她们开始了新一轮的敬酒，领头的人物自然又是巴拉吉。巴拉吉站起来，嘴里诵读着祝福语，接过酒杯一饮而尽，尼玛、王小姐等人也纷纷效仿着喝了酒。

喝酒的间隙，巴拉吉用一种奇怪而又略带敬佩的眼光打量着李橛子，这家伙现在不简单了，他不仅能说会道、腰缠万贯，对蒙古族的一些礼仪和习惯也是摸得一清二楚、运用自如了。

在座的三位女同志，虽然打扮时髦却不胜酒力。这一轮的敬酒显然是喝多了，她们不由自主地拿身边男人的肩膀当起了扶手。酒劲也好，异性相吸的铁律也好，总之她们的脸色纷纷显出了红晕，像极了绽开的花朵……

李橛子真是沉得住气，直到这个节骨眼上，他才举起酒杯，表露了心机："巴拉吉领导，现在马上就到年节了，春耕也将马上开始。我们几个兄弟想趁着这个机会跟银行贷点款，领导您看能不能帮帮忙？"

这顿招待的主要目的，原来是贷款的事。

"这一顿酒就让李橛子吃定了不成？"巴拉吉托着摇晃的身体坐正了想，"城里人真有套路，非要把工作放到酒桌上说，而且还必须是喝醉了再说。"

坐在尼玛旁边的两位女郎眼光也是独到得很，她们见李橛子举起酒杯说正事，马上就对尼玛撒娇："尼玛哥，我俩喝多了，能不能带我们去吹吹风啊？"

尼玛晃着身子，连搂带抱地扶着两个女人走了出去。

吃人嘴短、拿人手短。巴拉吉望着尼玛三人的背影，说："那你们在银行有人没？"

迷迷糊糊的王小姐听了这话，回光返照似的撒开扶着巴拉吉肩膀的手，兴奋地插嘴："当然有，我认识行长！"

李橛子看着巴拉吉，眯起眼睛微笑着说："咱们的王小姐和那位行长，那个叫亲密无间的好朋友哪。"

"你们说话，嘴巴怎么没个把门儿的？"王小姐听了这话，脸红了红，嘴噘着，撒娇似的笑起来。

"女人长得漂亮，千万不要像春天的天气似的变来变去，不然很容易衰老的，那时候你只能嫁给老头子喽。"

李橛子嘻嘻笑着打趣，顺便替王小姐解围。王小姐也是过来人，做出一番生气的样子，举起小拳头要打李橛子一拳，当然她不会真打，等戏做足了，她娇羞地趴到巴拉吉的大腿上，咯咯笑起来。

年轻女人丰满的胸脯紧贴在自己的大腿上，巴拉吉感觉到浑身酥软，又好像没有了知觉，他断断续续地说：“既然你们这么说……我想想办法……”

还没等说完话，李橛子探过身子从怀里掏出早先包好的巴掌厚的钱放到趴着咯咯笑的王小姐背上，嬉皮笑脸地说：“领导啊，这点小意思您先收着，事成之后我再重谢您……”

巴拉吉哈哈笑着，很自然地把钱从王小姐背上拿起来装进自己的怀里。当然，他也没有放过大腿上的这个礼物，把自己一只粗糙的大手伸进人家胸口，肆意地揉搓着……

出去放风的尼玛和另外两位女人还没有回来。

巴拉吉三个人又唱又跳又喝又闹，好不热闹，他们全然没有顾及时间已经到了深夜。也不知是美酒佳肴的催化呢，还是美女贴心的作用，反正巴拉吉觉得自己现在已经天旋地转了。

“这尼百万还有那两个女人跑哪去了？我得找一找，别出什么事喽……”李橛子微笑着找了个借口，走了出去。

花魁王小姐和巴拉吉继续玩乐了一会儿，还是不见四个人的踪迹。

巴拉吉可谓是老骥伏枥了，整晚的酒宴没能把他击倒。他和妩媚的王小姐互相搀扶着离了酒桌往自己下榻的酒店走去，步伐踉跄。五彩的霓虹灯闪耀着照在洁白的雪地上，别有一番情趣。脚踩棉花一样摇晃着的两个人没走几步，就双双栽倒在厚厚的积雪里，可笑的是，倒在地上的两个人还在互相搂抱着。

七

巴彦苏木的居民区西北角那里有一条笔直的马路。这个地方是风口，冬天下雪之后，风总是喜欢把积雪都赶到这里。今年的雪出奇地大，这个地方都快淹没马肚子了。就算是这样的积雪，该走还是得走，因为马路就这一条。这不，一个骑着酱紫色大马的人正从这里走过，他要到苏木居民区里去，马和马上面的人已经被飞雪袭击得成了与周围环境一般无二的银白色，白色的马、白色的帽子、白色的衣服，还有白胡子……

三年一次的苏木达选举大会明天就要在这里举行，而这里却显得平静异常，丝毫没有选举前的热闹景象。因为地域偏远、消息闭塞，这个只有百十余户的小镇仿佛真的与世隔绝了。这里的人们过着一种自然、无所事事的日子，日出而作日落而息，就像各家烟筒里冒出点懒散的炊烟一样，悠然、平静。今天早晨也不例外，太阳晃悠悠地出来，炊烟晃悠悠地冒着。

老人骑着马走到镇子西边一处院子外停下来。这家院子的男主人是一个有着古铜色皮肤的年轻人，此刻正拿着木锹铲雪。也许是太忙了，他丝毫没有注意到客人的到来。

老人下了马，跺了跺僵硬的脚，舒展一下冰冷的身体，然后又清了清嗓子，大声喊："看狗啊！"

干活的年轻人惊了一下，转回身来看了看来者，这才发现是莫龙这尊铁塔来访了。年轻人赶紧放下手里的木锹，嘴里说着："老爹爹您怎么来了？路上还好吧？"走过去接过莫龙手里的缰绳。

"好着呢，巴图，你们最近咋样？这个冬天牲畜还好吧？"莫龙边说话边把帽子脱下来抖一抖上面的霜雪，他清理着鼻洼鬓角的白色晶体，不客气地跟着人家往屋里走去。

巴图是这个苏木政府里的秘书，经常独自一个人或者跟着苏木达特穆尔下乡，所以对苏木里的大小人物都是熟悉的。他虽然是一个外乡人，但自从来到这里已经把这里当成了自己的家，也深得当地牧民的赞许。莫龙对他也是另眼相看，曾经不止一次地说他"吃着牧民的饭长大的孩子最懂牧民的心"。他是一个有文化的开了眼界的农村孩子，一直奉行尊老爱幼等最基本也是最难坚持的礼仪，所以在嘘寒问暖、风雪灾情面前总能第一个看到他的影子。

巴图一边给莫龙递烟，一边关切地说：“老爹，你们家这个冬天还好吧？雪灾怎么样？我这边灾情挺严重的，这不，我准备先把这些积雪清理了，明后天就准备去你们那里一趟呢。”

莫龙喝着热茶暖了暖身子，说：“今年的雪简直是成灾了，孩子。有一些积雪厚的地方已经淹没马肚子了，走起路来磕磕绊绊的很不方便，这个冬天真他妈够劲儿。”

“您这是有什么事吗？这冰天雪地的，老人家摔一下可不是闹着玩的，有事您打发金巴哥来一趟不就行了？”

“这点雪算什么？老爹爹我虽然老了点，但还是个铁塔呢，你那金巴哥在有些事上还不如我呢。”

老汉说着说着笑起来，他的语气和表情带动巴图也跟着笑起来。

其实莫龙一大早就出来了，路上雪滑得很，他和自己那匹马摔了好几跤。“岁月不饶人啊，呸！”每次摔倒他就这样骂着然后像一个十八岁的小伙子一样重新站起来，跌跌撞撞地来到了这里。现在坐在巴图家里，莫龙浑身上下还是像散了架一样难受。但是心里有事，再加上自己那个争强好胜的性格，他自然不会对巴图说这些丢脸的事。

巴图在厨房忙活了一阵子，炖好了羊排叫老婆端出来，他自己则翻箱倒柜地找了半天，最后拎着一瓶酒走了出来。

莫龙见状立刻喜上眉梢，那表情仿佛在说：“还是牧民的孩子懂得牧人的心啊。”他往桌子跟前凑了凑，端起一杯酒喝了，再割羊肉吃。肚子里有了东西，莫龙这才挥手把正在忙活的巴图叫到跟前，从怀里掏出一个小纸条，两个人低声交谈起来。

一切安排妥当后，莫龙从巴图家走出来翻身上马，往另外几个人的住处飞奔而去。这一天的时间里，像一位化缘的和尚一样，莫龙来来回回地走了巴达玛、图嘎尔、扎拉宝等几户人家，忙到天黑才把事情办完，他只能在别人家里凑和一晚上了。

就在莫龙忙活的时候，有一辆北京吉普也从白旗出发，悄悄地开到了苏木里。这辆车目的很明确，径直开到苏木达特穆尔家里，放下旗委指派的苏木达候选人巴拉巴，又悄悄地开走了。这件事隐秘得很，除了特穆尔，没有任何人知道这个人的到来，对大家来说任何事情也没有发生。

特穆尔做梦也没有想到，这个号称是巴拉吉左膀右臂的巴拉巴会来到这里。对旗长的这种突然袭击式的做法特穆尔很是反感，但对初来乍到的巴拉巴，他也不可能说一些牢骚话，毕竟打狗还得看主人嘛。他只能把巴拉巴请到屋子里热情款待。

巴拉巴从怀里掏出巴拉吉的便笺、旗政府的文件等东西，交给特穆尔。特穆尔迫不及待地打开那个便笺，只见上面写道：

特穆尔：

经过仔细斟酌，准备派我的得力助手巴拉巴去你那里，让他作为苏木达的候选人，助你一臂之力。明天的苏木达选举会，希望你们俩人竭诚合作，你们二人就是我的左膀右臂，我会在远处竭尽全力地帮助你们。你们二人可千万不能互存芥蒂呀，在未来的竞争中，最好是双双中举，再不济哪怕是有一个能够胜出，那也是我们的胜利……

第二天早上八点整，巴彦苏木的干部们准时到达会场准备参加神圣的选举。这个时候，苏木达特穆尔走进了会场，身边还领着一个年轻的小伙子，他用兴奋的语气向会场众人宣布："旗政府对我们的选举工作非常的关心和重视，为此，还给我们派来了新鲜血液作为后备力量。这位巴拉巴同志，将作为苏木达候选人参加我们的选举大会。我们应该充分相信党和政府，对巴拉巴这样年轻有为的同志要大胆使用才行啊！”

苏木里的干部们一片哗然。他们不解的，并不是巴拉巴这个素不相识的后备干部，而是旗政府这次令人摸不着头脑的突然袭击式的意外决定。

“上面的领导口风真够紧的，事先毫无征兆啊！”

“特穆尔应该早就知道，你看他这个人的心眼儿就能猜出来。”

“又要来哄骗我们？”

“也不至于要这样搞吧？”

这边还在为巴拉巴的事窃窃私语，那边会务组已经公布了候选人名单，他们是特穆尔、巴拉巴、巴图、车仁、特古斯等五人。巴图作为这个苏木的秘书，一开始并不是候选人。莫龙没日没夜地努力发动自己和邻近嘎查里的群众，然后和苏木里的多数干部一起联名推荐，在大家的不懈努力下，到了最后关头，他的名字才被勉强写到了候选人名单里。

两个小时过去了，消停了一会儿的大雪又洋洋洒洒地飘起来，这个时候，巴彦苏木的苏木达选举也有了结果。原苏木达特穆尔、旗里指派的候选人巴拉巴两人落选了，巴图当选了新一届苏木达，这和莫龙等人的期望是一致的，而车仁和特古斯还是继任了副苏木达的岗位。

按照会议的议程，下午要进行的是新苏木达就职典礼，地点在苏木政府礼堂。典礼上有三个人没有出现在大家的视野内。特穆尔和巴拉巴两个人踩着新落下的积雪，踏上了去往旗里的征程。对特穆尔来说，落选是命运不济，但还有巴拉吉为他在旗里安排的新岗位等着他，他必须要趁热打铁；对巴拉巴来说，落选与否对他并无实质的触动，现在他可以回家舒服地休息了。未能参加典礼的还有一个人，那就是莫龙。在午休的时候，收到巴图胜出消息的莫龙兴奋不已，这回他没有喝酒庆祝，而是急匆匆地往回返，向大家报告这个好消息，在路上，他不停地在嘴里嘟囔着：“牧民的孩子当上我们的苏木达喽！”恨不得向每一个路人，甚至是每一棵树木都倾诉一下。

八

沙格嘉组织的抗雪救灾工作刚刚有了点眉目，就赶紧跑回了盟里，因为将要下发禁止过度开垦国家文件的消息已经传到了海丽雅市。好事不出门坏事传千里，话是这么说，但好事传起来也不慢，至少比目前的雪灾传播要快，现在盟里的人基本上都知道这个消息了。与之相对应的，是官民们状态各异的反应，他们有的高兴不已，有的愁云惨淡，有的惊恐万分，还有的茫然失措。

与这次的政策有着直接利益关系的尼百万、李橛子等人现在已经成了热锅上的蚂蚁，他们每个人都在慌乱地忙着找出路。他们乱归乱，但毕竟在商潮里浸淫了这么多年，多少还是有些章程的，所以尼玛等人就不停地往盟委跑找一些故交和“老朋友”，试图弄清楚文件的真实用意；李橛子等人则用另一种办法，他们不时地到白旗找到巴拉吉，祈求把他们的地保下来……

沙格嘉作为直接领导，他的心里也是压力重重。千头万绪的农村经济工作刚刚步入正轨，禁止过度开垦的国家文件却发下来了。所有这些工作都需要他亲力亲为。还有目前肆虐的暴风雪，稍有不慎就可能延长到春天，到那时候就又变成白灾了。

这个时候他的老到经验发挥了作用，他首先找到塔木朝谈了谈，最后决定召开一次旗县负责人会议。一方面传达、贯彻国家关于禁止过度开垦的文件，另一方面也要探讨目前紧要的抗雪救灾工作。

自从在自治区农村经济工作会上发言之后，沙格嘉屁股后面就跟上了一些记者，这些穷追不舍的人现在已经跟到海丽雅市来了。他们的目的很明显，无非就是做一个更为详实的后续报道。但沙格嘉已经不再口吐莲花了，他觉得自己的本职工作没有必要让记者们去发酵，更何况旗县负责人会议马上要召开了，他也没时间去接待这些无冕之王。记者们的鼻子是何等的灵敏，他们也嗅出了味道，于是转变策略去白旗接触莫龙，试一试新的突破口。但莫龙这个人的嘴比沙格嘉还紧，在开垦草场问题上干脆来了个徐庶进曹营——一言不发。

弥漫天地的大雪还在洋洋洒洒地下着，这一天，达赖盟旗县负责人会议如期召开了。会议进行了好几天，主要以两个方面的内容展开：一是沙格嘉正式传达国家关于禁止随意开垦的文件，还有就是深入探讨近几年来在开垦牧场上的得与失，提出有效的解决办法。伴随会议的召开，无缝不钻的记者们犹如雨后春笋一样都冒了出来，媒体上刊发的各类消息也如路边的花朵一样在会议代表驻地和会场之间随处盛开着。

达赖盟日报社的记者普日布就是他们中间的一分子，这两天可把他忙坏了。

总觉得报纸上发点豆腐块消息没有什么影响力的他决定另辟蹊径，想搞一搞电视和报纸联合起来的综合报道。说干就干，他去找了电视台志同道合的哥们儿吉日嘎拉和玛西两个人，三个人坐在离单位不远的小饭馆里，喝点小酒、研究采访的路子、互相打气之后，收拾摄影机、照相机等应用之物，直奔盟委招待所代表驻地而去。

大多数的旗县负责人还是比较配合他们采访工作的。但面对他们的采访提纲，尤其是在过度开垦方面总是给不了满意的答复。现在的形势还不明朗，领导们也有顾虑，总担心万一说错了话给自己找麻烦，因此大都三缄其口。

面对此种情况，普日布觉得再这样耗下去也没什么意思了。

他拉了拉两位兄弟，悄悄地说："嘿，哥儿们，咱们耗在这里真没什么意义了，他们说的东西实在没有新闻价值，别的又不敢跟你说……看来咱们是没找对庙门呐，我看咱们还是撤吧，去找领导巴拉吉碰一碰运气如何？"

在走廊里，普日布还在想：我爸对巴拉吉的印象总是不好，这次去找他，没准还会有意外收获呢……

三个人挤在宾馆前台，跟服务员打听巴拉吉的房间号。

"美女，你把他的房间号给我吧，我请你下馆子。"普日布拍着胸脯做保证。

"是呢，是呢，我们是记者，不是坏人，你告诉了我们，咱俩去约会都没问题。"吉日嘎拉狡黠地笑着。

这个服务员实在是受够了几个人的死缠烂打，况且他们也不是什么坏人，于是就将房间号告诉了他们。服务员耳根清净了，普日布三人得到了想要的信息，飞奔着向五楼跑去。

房间的门敲了半天也没有响应。

这领导肯定是在梦周公，普日布想到这里实在气不过，使劲地拍了几下门，这下好了，五楼的服务员听到声响赶紧跑过来制止。

"你们是干啥的？客人都在休息，你们赶紧走，不然我可叫保安了啊……"

"小姐，您别生气，这个领导跟我们约好了要在今天见面的……"

"拉倒吧你们。我见得多了，赶紧走，要是让领导知道了，我的奖金可就没了……"

"你看，哥现在有采访任务，没办法啊……你的奖金我们几个会凑给你，要不请你看电影啥的也行……"

楼道里正在互相谈判的时候，这个关得死死的门忽然打开了，里面露出巴拉吉阴沉的脸，他大声斥责："你们懂不懂礼貌啊？门都被你们敲坏了……”

普日布赶紧上前一步，解释说：“巴拉吉领导，我们是电视台的，想找您做专访的……我们本打算在今晚播出的。”

他一边说一边赶紧掏出工作证，吉日嘎拉也是见缝插针地摆了摆摄像机等采访工具让人家过目。

看到眼前的景象，巴拉吉乌云密布的脸像是被风刮过一样，刹那间晴朗了许多，他把自己健硕的身躯侧闪一下，示意记者们进屋。那个服务员哭笑不得地站着，普日布他们几个年轻人则给她做了个鬼脸，赶紧闪身进屋。

为了接受采访，巴拉吉跑到卫生间里洗脸、洗手、穿衣打扮，这个间隙普日布他们也是忙碌着布置灯光、摄影、提纲等设备。

一切收拾停当了，巴拉吉也大腹便便地走了出来，他梳理着油光铮亮的头发，舒服地坐在了软椅上。

“领导，您白旗那边总共开垦了多少牧场呢？”普日布开始了采访，玛西架起摄像机操作着，吉日嘎拉也掏出小本子准备记录。

“我们旗里开垦了三分之一的牧场！”巴拉吉颇为满足地说。昨天晚上跟王小姐她们玩乐到很晚的巴拉吉现在眼睛酸痛不已，嘴巴、鼻子、下巴也都变得不听话了，总是不由自主地想打哈欠。

“开垦了这么多？那这样的话，牲畜吃草的牧场还够吗？牧民们会同意吗？”

“我们的白旗地广人稀，幅员辽阔。关于反对的声音嘛，目前还没有出现。”

“现在人们疯传草原沙化严重……他们说因为过度开垦牧场而扬起的沙尘暴甚至已经袭击到北京去了。领导，您对此类问题有什么看法呢？”

“这个嘛，”巴拉吉摸了摸油光的头发，以一个舒服的姿势斜靠在椅子上，悻悻地说，“这还需要什么看法和想法？别人开垦了，那我们也就跟着干了呗。”

普日布他们本来很是珍惜这次机会，对这个新闻点也做了充足的准备，但听到巴拉吉如此说话，几个人实在是窝火，于是草草结束了采访就赶紧夺门而出。

在路上，几个人的嘴也是毫不留情。

“他这算什么领导，一点负责任的意识也没有。”

“我看他现在还醉着呢，要不就是故意装傻。”

回到家里，他们几个拿出录像带，回放了一遍，准备裁剪、编辑。一看屏幕上巴拉吉那副嘴脸，普日布气就不打一处来：“这位官老爷真是，满嘴胡说八道，毫无原则，你说……”他气得直跺脚。

“我都替他感到耻辱。”吉日嘎拉撇起嘴来。

“自打娘胎出来我还没见过他这样人不人鬼不鬼的东西呢，这种新闻要播出去，我都嫌丢人。”老实巴交的玛西也忿忿不平起来。

这个采访到底播还是不播，三个人的意见有了分歧。普日布想了想，盯着他的两位哥们说：“咱们去请示沙格嘉领导吧？如何？”

他们拿着大大小小的机器跑到了沙格嘉那里。见普日布他们找到了自己，沙格嘉微笑着，把工作推了推，总算是留出了二十分钟时间，他准备好好地倾听普日布他们的心里话。

时间宝贵，普日布他们赶紧把刚才的采访回放给领导过目。

摄像机的画面刚刚结束，沙格嘉的眉毛就拧到了一起，他用拳头狠狠地砸了一下桌子，说：“年轻人，你们现在、立刻、马上去台里，把这段采访播出去！”

看着吞吞吐吐的三个年轻人，沙格嘉拿起笔来，在采访稿上草书了“同意使用。沙格嘉”几个字，然后语重心长地说：“孩子们，你们的眼光看得很远，我很欣慰。但眼前的事，也是忽略不得的！现在天天下雪，很有可能要演变成白灾啊，这几年人们没遇到过大的灾难，心里都麻痹了。你们应该多多地下基层，哪怕是给人们提醒一下防灾减灾的知识和意识也是好的。”

九

门、窗、蒙古包的墙、顶子……大雪就这样来来回回地折腾了一整夜，到了早晨折腾累了，这才偃旗息鼓。

卓玛老人从温暖的被窝里爬起来，迷迷糊糊地推了推门，她想出去方便一下，可是这门怎么也推不开了。老人家奇怪得很，就使劲地推了推，但门还是纹丝不动。

她没办法了，于是走回被窝旁边推了推莫龙。莫龙老人家正在榻上弓着身子，舒服地打鼾。卓玛大声喊："这个死家伙，怎么睡得死猪一样啊？那个花牛犊子许是又跑过来挡着门了，怎么也推不开啦！"

他们家的牲畜圈里有一头可爱的花色牛犊子，这家伙每天就跟在卓玛身后，讨点米饭、奶子等吃食，过得好不自在。如果有一天忘了给它吃的，它就用犄角顶开蒙古包的门，跑到屋子里自己找吃的，这样的话柜子、盆子等东西自然就跟着遭殃。进不去屋里的话人家还有办法，就是跑到你门口用身子挡住门，早起的莫龙和卓玛可就惨了，他们两个老人怎么可能推得过一头牛的重量呢。

从前天开始，大雪就像脱了缰的野马一样奔涌着没有消停过。别说卓玛了，就连她的儿媳也是好几天没能出去干活，挤奶的工作也被迫放下了。这样，花犊子也就没了吃食，这个臭犊子肯定是又来撒娇了？卓玛这样想。

莫龙极不情愿地起身，表达着不满："你个老太婆，以为自己还是十八岁的小姑娘呀？拉拉扯扯的不让人消停……就算你那花犊子来了，那我有什么办法？自己想办法开窗户啊，笨蛋！"

卓玛老人也是不遑多让，反呛："来，你来试试，那窗户的插销那么高，我能够得着吗？站着说话不腰疼。"

莫龙没辙了，他磨磨蹭蹭地爬起来走到窗户跟前，当他拉开窗户的时候意想不到的事情发生了，外面的积雪像洪水一样一股脑地涌了进来。莫龙这才发现，外面的风暴虽然停歇了，但积雪却覆盖了一切可视的东西，山丘、房屋、篱笆、树木……除了白茫茫，其他什么也没有。

"我的老天爷呀，这雪真够可以的啊。什么花犊子堵门？现在你那花犊子还能活着就够不错的了。"莫龙说着穿好衣服戴好帽子翻窗出去，可刚跳下窗户身子就像钉子一样噗的一下钉进雪里，只留腰部以上位置露在外面。

他来来回回晃荡着挪动身体，等周遭有了点缝隙以后才像切蛋糕一样径直走去，他要找铁锹、扫帚、推板等应用之物，幸好昨天放置的位置他还记着，不然可就难办了。到了大概的地方，莫龙把头伸到雪堆里摸索自己的工具，这个时候由于弯腰的缘故，他的屁股露出了积雪面还不停地扭动着，像一个在水里找东西吃的鸭子。这样，费了半天劲的莫龙终于拿起了铁锹，他费力地扬着雪弄出了一条小径，这才把自己快要憋坏的老太婆放了出来。

莫龙又反回身子打扫着，总算是把儿子那个蒙古包的门找见了，见孩子们还在熟睡他就气不打一处来，嘭嘭地使劲敲着门，嘴里埋怨："都快中午了，还撅着屁股睡觉，丢不丢人？"

见屋子里有了起床的动静，莫龙这才满意，继续往前清理积雪。他想去牲畜圈里看看，可是周边已经白茫茫一片，哪里还分得清野地和蒙古包的位置，就连具体的方向也很难分清了。现在太阳成了唯一可以提供方向的东西，可是这个时候的太阳被厚厚的彤云遮挡着，露出的丁点光亮越发刺眼，眼睛都睁不开还辨别哪门子方向啊。

儿子金巴终于出来了，莫龙有了帮手，干活的进度提高了不少。就算这样，他们还是花了半天时间才把院子、牲畜圈还有里面的牲畜一个一个地清理了出来。他们把这些牲畜按照老弱病残的标准分割开来，然后分别添加了草料。牲畜群里有几只小羊没能挨过大雪，夭折了，这让莫龙好一顿伤心。万幸的是，卓玛老人的花犊子没什么事，从积雪里面扒拉出来的时候，虽然已经奄奄一息了，但还活着，这让卓玛欣慰了许多。

收拾得差不多了，这一家老小才回到屋里喝点奶茶暖和一下，毕竟还有很多事等着他们去完成。牧民家里都有不少即将生产的母畜，它们可是对这种极端天气敏感得很，莫龙这里也不例外。所以不一会儿，一家人又出去收集了一些铺垫之物，给那些准妈妈们铺上，确保母畜安全。

莫龙的确是一个闲不住的人，家里的活这么忙，他还要抽出时间去院子外面的路上看看。积雪虽然覆盖了大地，但好多已被大风吹到了低洼处，路面已经从积雪里面斑驳地露了出来，行人和车辆多少还能走一走。

莫龙在路边方便了一下，准备回去。这时候，就见一辆北京吉普也不知从什么地方出来的，踉踉跄跄地径直开到莫龙跟前嘎的一声停了下来。

尼百万晃头晃脑地从车上下来跟莫龙问好，然后问到旗里的路怎么走，他显然是迷路了。

“你是那个拥有资产百万的尼玛小子吗？你在这条路上驮着粮食走了不下十年了吧？怎么还会迷路呢？你不是在干买椟还珠的事儿吧？你等着，到明年我们非把土地收回来种草种树不可，你们这些东西！”莫龙气鼓鼓地说着，别说指路了，简直恨不得揍他一顿。

几天前，莫龙老人家早就从他的宝贝收音机里听到了禁止开垦牧场的文件要下发的消息，遂了心愿的他当时就有了“你们这些拱地的猪，你们的报应总算是来了！”的解恨想法……

车上还有王小姐和李橛子在，这花魁王小姐推了推躺在自己腿上的李橛子，花容失色地说：“你下去看看，一个老头拦住我们的路，看样子要打尼百万呢。”

今天早晨刚上路的时候，李橛子空着肚子整了两口酒，再加上王小姐温润的怀抱，不知不觉之间已经睡着了。他慵懒地晃着身子，打着哈欠从车上下来。那双脚刚刚落到地面，就被凛冽的寒风吹得睡意全无。他紧走两步，到了尼玛和莫龙之间，落落大方地说：“啊，啊，咱们的铁塔兄，您还好吗？走，咱们去车里吧，这大冷天的，整上二两再说。”

“你就是开遍海丽雅河西岸的李橛子吧？怎么？你此行不会是要交罚款然后搞退耕还林的吧？”莫龙还是没有好脸色。

“老人家您先消消气，皇帝不急太监急，国家的事您老人家就少操点心，这样不好吗？”李橛子微笑着说。

“你们这些讨吃鬼！好好的草原让你们搞得开肠破肚，而你们却赚得盈满钵满，还在这里藐视我们。你当我们是傻瓜吗？”

莫龙说话间蹿上去抓住李橛子的胸口，顺势就给了他一个搏克摔。

“臭老头，你想杀人？”躺在地上的李橛子嘴巴还是不干净。莫龙上去，又给他来了个嘴啃泥。

“呸，呸，你个老醉鬼，我让巴拉吉领导把你关到监狱里，你去那享受去吧。”嘴巴里、鼻子里全都是血迹的李橛子躺在地上一边往外吐脏水，一边破口大骂，但他确实是怕了莫龙，没敢再起身站起来。

“臭小子，你是在说巴拉吉那个大傻瓜吗？你们这些人渣，真是报应不爽啊。等你们去的时候，你们那个旗长在不在位子上都是个未知数了……”莫龙这么说着，冲他们吐了吐口水，然后背起双手头也不回地往回走去……

也是在前天，巴拉吉接受采访时说的那句“……别人这么干了，我们也就跟着开垦了牧场……”又被莫龙从收音机里听了去。这老汉当下就气得七窍生烟，非要去旗里找巴拉吉拼个你死我活，还是老伴儿和儿子用尽浑身解数才把他安抚了下来。

“这个狼崽子恩将仇报啊，就算一条狗也都会对自己的家无限忠诚，这巴拉吉你开就开了，还说这种风凉话，像狗一样狺狺狂吠！”到今天老汉的气还没有消下去。刚才的尼百万和李橛子那番话，无疑给他伤口上撒盐，烈火上浇油，这种状态下他们的下场能好得了吗？

低头生闷气的莫龙一整天都抓耳挠腮的，搞得浑身不舒服，直到晚上新上任的苏木达巴图来家里，他这种状态才稍稍有所改观。巴图是参加了沙格嘉组织召开的抗雪救灾专项会议，回来时路过这里的。莫龙见了巴图，觉得巴图简直比亲人还要亲，他紧紧地拉着巴图的手让他坐在身边，把自己连日来的苦恼一股脑地倒给人家听。

巴图静静地听着，同时也把自己见到尼玛和李橛子的情况说给莫龙听。

原来，事情是这样的：会议一结束，巴图就着急回苏木里布置工作。这个时候，巴拉吉叫住了他，要他到自己的办公室去。巴图去了，到了办公室才发现尼玛和李橛子等人也在。巴拉吉着重介绍了这两个人，然后说：“他们是你们苏木的租户，想跟你谈一谈明年的具体工作……”巴图听了没好气地说：“有工作请到苏木里找我！”说完作势要走。巴拉吉赶紧叫住他：“他们马上也要走，你们出去以后好好谈一谈，把工作都落实了。”这话里明显有逼迫的意味。巴图无奈地跟着他们去了一个饭馆，推杯换盏之间，人家也把意思挑明了，大意就是要让巴图帮着他们从银行里搞贷款，事成之后他们会酬谢一万元。巴图惊掉了下巴，饭也没好好吃就匆忙跑了出来……

“哎呀，孩子。这钱你没要，真是可惜了！”莫龙不无惋惜地说。

“什么？老爹爹，您这是让我贪污受贿？”巴图不解其意。

“孩子，我们要揭发巴拉吉、尼玛他们开垦牧场的阴谋，正苦于没有证据呢。俗话说捉贼捉赃、捉奸拿双啊。”莫龙还是惋惜。

听了莫龙的话，巴图笑了起来：“老爹爹，现在惋惜还为时尚早，明天他们就会到苏木里找我……”

“他们这是自寻死路，真是踏破铁鞋无觅处，得来全不费工夫啊。你晚上就住在我这里，明天一大早我陪你进城。”莫龙终于笑了。

“老爹你又要我受贿！”

“孩子，有那个胃，你还怕什么，咱们来者不拒。”

十

沙格嘉有每天提前几分钟到单位的习惯，今天也是按照习惯来的。他穿着厚厚的皮鞋，鞋底已经沾满了冰雪。到了楼梯口，他仔细把鞋底的冰雪铲掉，然后脱下帽子弹一弹落雪，这才往里走。门口的看门人与他擦肩而过，沙格嘉不无抱怨地说：“这是什么他妈的雪，每天给人添堵！”

“要成白灾了。”看门老汉对应着说了一句，赶紧走开。

“白灾、白灾……”沙格嘉一边若有所思地自言自语，一边独自爬楼梯。

等他进了办公室，把外罩脱下来挂到架子上，秘书巴达日勒也准时出现了，怀里抱着一大堆文件、报纸等物。

见了沙格嘉，巴达日勒赶紧汇报说："领导，白旗还有邻近的几个苏木都来电话了，汇报了雪灾的情况。雪灾非常严重，据说有几个乡镇已经不能正常通车了。"

"给我接农村经济局！"

巴达日勒立即拨通了电话。

"我是沙格嘉，你们现在马上安排人到受灾一线去，了解详细情况，然后你自己过来参加会议。"沙格嘉在说话的时候，听筒里面分明传来麻将摩擦的声音。

打完电话，沙格嘉立即组织召开了盟委有关部门以及部、局参加的紧急抗灾会议，会上着重安排了牧区抗灾、经济援助、互相协调等工作。

会开到中午才结束，为了这些事沙格嘉也是搞得身心俱疲，他在办公室的工作椅上斜靠着陷入了沉思。这样过了一段时间，才把巴达日勒叫过来，要他准备一点便饭。正在这个时候，看门人进来了，身后还领着两个人，这俩人周身都是厚厚的大衣，脚上还穿着毡靴。

看门人向沙格嘉汇报："领导，白旗来了两个人，非要见您。"

放下正在批阅文件的笔，沙格嘉仔细地瞧了瞧进来的两个人，他们俩穿得实在太厚了，办公室的门甚至容不下两个人同时进来，沙格嘉看了很久也没有认出是谁。

"老汉莫龙给领导问好喽。"这声音倒是洪亮得很，沙格嘉迷茫的眼睛也顿时有了光亮，他赶紧握住莫龙的手说："啊，哈哈，什么风把您老给吹过来啦？"

"什么风，哈，当然是永不停歇的暴雪狂风，还有屡禁不止的社会风喽！"莫龙说着话，指了指另一个年轻人，说，"我们苏木的新领导，巴图。”

巴图礼节性地握住了沙格嘉的手，他第一次以领导的身份面见更大的领导，脸上稍微出现了害羞的神色。

沙格嘉看了看巴图，跟他点了点头，然后跟莫龙打趣：“咱们的铁塔兄这回牛得很，竟敢用我的苏木达来当自己的秘书。”

“老汉我可没那种福气让领导伺候，领导不把我这条老命给要了就谢天谢地了。”莫龙不无所指。

“得，谁有那么大的胆量呀？”沙格嘉不由自主地大笑起来。

巴图给两个人倒了茶，自己在那里翻阅报纸。

“除了巴拉吉还能有谁，得罪了领导还能有什么好果子吃？说真的，老汉我可能真要蹲监狱了。”莫龙非常巧妙地把自己的来意表达了出来。

巴达日勒进来送午饭，看见莫龙他们在，赶紧给老人家问了好。

“巴达日勒，你再去弄两个人的饭菜过来，对了，来的时候别忘了准备那个用玻璃瓶子装着的东西。”沙格嘉从怀里掏出一张五十的人民币交给巴达日勒。

巴达日勒答应着出去了。

“莫龙啊，你又不是来借火的，站着干吗？来来，过来坐下，咱们好好聊一聊。你们是怎么过来的？你们那里雪灾是个什么情况？”

“人要留人天不留啊，哈哈。我们那儿可是碰见大雪灾喽，我让巴图把工作暂时放下，两个人骑马来的。现在马上要回去，这孩子对工作呀，那叫一个认真，雪灾当前马虎不得呀，牧民的孩子到底还是了解咱们牧民的心呐……”

“莫龙啊，你这个人不光为自己的家乡操心，现在又开始为我们政府工作劳心劳力了，又给我们推荐了这样年轻有为的好干部，无论于公还是于私，我都应该感谢你呀。巴图啊，你也应该为自己的故乡多多做一些实事儿才是啊。”

“是，是，我知道了，领导。”巴图谦虚地说。

三个人聊天的时候巴达日勒和机关厨师端着午餐进了办公室，厨师放下食物出去了，沙格嘉叫住自己的秘书，嘱咐说：“你给报社打个电话，问问普日布在不在。”

巴达日勒在一边打了一通电话，然后跟沙格嘉汇报：“领导，普日布下乡了。”

“好了，你也赶紧去吃饭吧。”

巴达日勒答应着走了。

“莫龙啊，看来这次你是看不见儿子了，不过没关系，几天以后我会领着他专门去看你。”

“领导，看您说的，那没什么的。年轻人做事业，我可是从不干涉……”莫龙一边说着一边拿起巴达日勒带来的瓶装酒，打开包装均匀地倒在两只碗里，然后又对身边的巴图说：“孩子这东西就没你的份儿了啊……你好好吃饭就行了，吃饱喝足了咱俩就上路。”

“祝愿领导的工作一切顺利！”莫龙说着使劲嘬了一口酒。

“也祝愿咱们的莫龙身体健康，还要祝愿你完完整整地回家，一斤肉也不要掉！”沙格嘉也幽默地说着，慢慢吸了一口酒。

三个人你来我往，吃着喝着。

酒这个东西还是有它的作用的。有了酒这个媒介，莫龙也好向沙格嘉说明这次的来意。只见他使劲喝一口酒，然后才打开话匣子。

那天，莫龙和尼百万他们怄了一肚子气，恰好晚上巴图来到家里，于是两个人谈了谈该怎么对付这些人。第二天，两个人到了白旗，莫龙住在了酒店，巴图赶回了自己家。

等巴图到家的时候，尼百万和李橛子等人早就等在了那里。巴图心里是极不情愿的，但出于礼貌还是吩咐老婆准备了丰盛的吃食。

吃饭的过程中，几个人显得很是放松，“领导啊，请您原谅，昨天我们是太粗鲁了，俗话说不打不相识嘛，能认识您这样年轻有为的干部我们真是感到非常荣幸啊。”尼玛说着一些早已烂熟于心的话语，心安理得地给巴图敬酒。

李橛子也是深谙此道的，他不甘寂寞地说：“那句话怎么说来着，多个朋友多条路，踏破铁鞋无觅处、得来全不费工夫，我们费了半天劲没想到在这里找见了您这尊大佛啊！”

王小姐当然也落不下，这点酒对她来说其实根本不是事儿，但她却摇晃着身子用手扶着巴图的肩膀说：“咱们蒙古人有个规矩，就是说鸟儿最小的啾啾叫、人儿最小的哇哇唱，那我就现个丑给大家唱首歌，祝愿您家庭幸福、和谐美满。”

春雨贵如油，
秋天不复来，
春花美如画，
秋日难再开，
迟来的雨啊
迟来的爱……

王小姐唱了一首酸溜溜的歌儿，嘤嘤叫着跟巴图碰了一杯。

巴图好像真的喝多了，他卷起舌头说：“今天认识了你们这些城里的富豪，我是真的高兴啊！咱们乡下人说话不喜欢拐弯抹角，直来直去最好了，既然巴拉吉领导放话了，那我怎么也得办呐。只是不知道我这个水平，能帮你们到何种地步？”

“既然咱们是兄弟了，自然是同甘共苦的，那么我们也不见外了，过来找您，我们几个也是豁出脸面才来的，巴拉吉领导也同意我们这么做。现在就靠您了。”

“现在国家天天喊禁止开垦、退耕还林之类的口号，形势严峻啊。我们几个刚种了几年地，好不容易解决了点温饱问题。你说这个节骨眼上这么做，那不是在砸我们的锅嘛！现在想趁着事情还有转机的时候，早点打算。您看能不能把我们在布拉格嘎查的那五千亩地给留下来？事成之后我们肯定不会亏待您，演戏要演全套，到了秋天我们也会以扶贫款的名义给你们苏木五万块钱……”

李橛子在另外两人的怂恿下又提出了一个要求：“领导，我们还想跟银行弄点春耕贷款呢，现在管得严了，办贷款还需要在租地协议上签字盖章做担保才行。这些事可都得仰仗您才能办得到啊！给您添麻烦了。”

李橛子说着话，把租地协议等文件拿出来给巴图过目。

“你们把租地协议也拿过来了，要我帮忙做担保，巴拉吉领导也说话了，那么我当然也想帮你们这个忙。但你们得等几天，这些事我不能擅自做主，需要跟苏木、嘎查的同志们研究一下，然后报请上级批准才行！”

巴图伸着双手开始摆一些流程和困难。另外几个人见他这么说，以为事情有了转机了，他们激动的说：“能办成就行，等几天无所谓。”

为了表达诚意，几个人站起来，杯子倒满酒平放到手掌之上，唱起了《好朋友之歌》，然后痛快地跟领导连干了三杯。

在喝酒的间隙花魁王小姐很自然地拿出一包钱压在盘子底下，这一万块钱从昨天开始就想送，但一直没能送出去，巴图推了再推的这笔钱，现在终于躺在了盘子底下。

李橛子等人见事情办得很顺利，他们跟巴图约定好几天之后再见面。这样，他们就该走了。

几个人都走到了门口，这个时候巴图发现了压在盘子底下的一万块钱，他显出非常生气的样子把那包钱朝尼玛们的身上扔了过去，气愤不已：“你们要是这样的话，咱们就不是朋友了！”

尼玛等几个人面对这个突发情况都愣在了那里，变得不知所措，就跟木头人一样。

还是李橛子见多识广，只见他尴尬地搓着双手，说：“苏木达，您理解错了，这可不是贿赂您，这只是给孩子的一点心意。”

“对不起，我还没有孩子。你们这是在未雨绸缪？我可以这么理解吧？”

巴图气得脸都绿了。

“我们从昨天开始就想给您弄点报酬，但实在是没有合适的办法，请您原谅我们的鲁莽……”

迫于无奈的尼百万终于说了实话，王小姐赶紧走回酒桌上往杯子里斟酒。几个人再次坐在座位上，谁也不提走的事了。

过了一会儿，巴图叹了一口气说：“我们乡下人喜欢直来直去，也喜欢交一些耿直的没有弯弯绕的朋友！”

“是的，是的，请您原谅。这点小钱您看不上的话我们收回。可是以后我们就没脸再过来见您了，我们可干不出那种空手套白狼的事情！”

“这么说的话，这礼我可以收，但有一个条件。”

“别说是一个了，就是一百个条件也行！”

三个人再次蠢蠢欲动。

“你们给我写个字据！”

“什么字据？”

“我们这可是第一次共事，有一句话说什么来着，对了，人心隔肚皮，事情的发展总是不为人所掌控的，万一事情办成了，可你们答应的事情不落实怎么办？”

三个人你看看我我看看你，然后相视一笑，说：“好，就这么办！”

他们找出一张便纸，用笔写上：

巴彦苏木巴图苏木达：

我们承诺给巴图苏木达人民币五万元，作为租地协议延期及银行贷款的好处费，钱分两次付清，预先垫付一万元，其他四万元于事情办成之后三十日内一次性付清。

尼玛、李橛子拿着纸条在上面签上名字，郑重地交给了巴图……

事情的经过就是这样，莫龙领着巴图过来见沙格嘉的主要目的也是这个。

莫龙低声下气地对沙格嘉说："这是老汉莫龙想出来的馊主意，这钱也是我让巴图拿的，跟巴图可没关系，领导千万不要怪他才是！"

"莫龙你是不是有点过分了？前段时间你已经把我一个苏木达给弄下岗了，现在又准备向我的旗长开刀了不成？"沙格嘉面色阴沉的说。

莫龙端起装了酒的碗来，说："我莫龙就没办过你们所说的好事，但最起码还是敢做敢当的。但是年轻人没错，没必要把人家也连累了。"

"哎呀，我的莫龙大爷，也许在某一个方面上你是做了一件好事，但事情没搞清楚之前，你们两个人千万不能胡言乱语，一定要守口如瓶才行。"沙格嘉拍了拍莫龙的肩膀，用起了安慰的语气。

这时候，巴图把尼百万他们当天贿赂的一万块钱和字据拿出来，交给沙格嘉。

"领导啊，我求求您，这个事真的跟巴图没关系。您千万不要把他扯进来。现在的牧区里，心里还能装着牧民老百姓的好领导实在太少了……”

临出门的时候，莫龙再三恳求沙格嘉不要为难巴图。说这些话的时候，从他昏花的眼睛里流出了晶莹的泪水。

十一

落选之后，落魄的特穆尔回到旗里已经有一个月时间了。

他每天在巴拉吉办公室和自己家之间消耗着浑浑噩噩的日子。失去了工作，对一个人来说是很烦恼的事情，所以他不想错过每一次机会，只要有一丁点希望，就当成救命稻草，满怀信心地去领导办公室耗时间。

而对巴拉吉来说，面对特穆尔这样一个人，虽然心疼他目前颓废的状况，但更多的还是埋怨他办事粗暴、无主见。

远的不说，就在刚刚进行的苏木达选举上，特穆尔是铩羽而归，他失败得太彻底了，一点反击的办法和能力也没有，这让巴拉吉尤为恼火。真正有本事的人，办起事来滴水不漏，巴拉吉每天这样省察自己。而特穆尔却在工作中留了太多致命的尾巴，这种情况下巴拉吉能不生气吗？

虽然这样，巴拉吉也不得不给特穆尔尝点甜头。关于自己的事，特穆尔知道得太多了。狗急了还跳墙呢，巴拉吉是深谙此道的人，他自然不会因为这么个小人让自己的基业变得风雨飘摇。

那一天，尼百万、李橛子和王小姐来到了旗里。他们来找巴拉吉无非是想保住白旗境内的土地，还有银行贷款的事，然后还把在路上跟莫龙引起的不愉快添油加醋地说了一遍。

一听到醉鬼莫龙的名字，巴拉吉就气得浑身发抖，脸色也变了。他忘不了昔日接受普日布采访的时候随意说的那些话给自己的名誉带来的巨大损失。事后，他把这些都归咎到莫龙身上，到了今天还是耿耿于怀。

所以听了尼玛他们的表述，他恨恨地、咬牙切齿地说：“上一次采访事件就是他那个该死的儿子差点让我抬不起头来，原来莫龙这个老醉鬼还是偷偷摸摸地搞点事情，现在竟然猖狂到明目张胆地拦路骂人了，真是养虎为患啊！他妈的！”

他看了看围绕在自己身边的特穆尔、尼玛几个人，也是毫无办法，他清楚得很，除了干瞪眼儿，这些人是指望不上的。

上次去海丽雅市见塔木朝，他除了办公事还想私下打听一下沙格嘉的去向，所以他壮了壮胆子问：“领导，外面疯传沙格嘉马上要到政协去任职了，这是真的吗？”

塔木朝对此并没有表态，而是表面上哈哈了几下，就让他回去了。现在想一想当时的情形，塔木朝好像是话里有话：“关于沙格嘉，现在谁说话也不管用，他做了几件深得民心的事，上面的领导也都给他几分面子，这个节骨眼上咱们就别自找没趣了。”

所以巴拉吉的心里现在异常的没底，他在想：塔木朝并不是在真心帮我，我不能完全地相信他。现在沙格嘉、莫龙几个人把我收拾得快要崩溃了，远水解不了近渴啊，再说特穆尔几个人的运气已经用完，他们是没指望了。尼玛他们的事情帮是一定要帮的，可是在旗里找谁能帮上这个忙呢？

巴拉吉可不想让李橛子他们空手而归，那个花魁王小姐的怀抱是那么的温暖，他也不想就此离去。再说他已经从李橛子他们手里拿了不少的好处，毕竟吃人嘴短拿人手短……有的时候他也骂自己不争气，为了屁点利益就拿人家的东西，可是这些良心发现的时刻对他来说就像云缝里伸出来的阳光一样短暂，事后还是会我行我素。

旗里开会的时候，他还特意注意过这个叫巴图的新当选的苏木达，他很奇怪，像巴图这样其貌不扬悄无声息的人怎么就能把特穆尔和自己指派的候选人双双干掉。像巴图这样的青年人才的确是对自己造成了威胁，这是不争的事实。

他想将巴图收为己用，为此曾经单独留下巴图谈过话。两个人从生活、工作、家庭等方面一直谈到了理想、人生等等，但巴图却对自己无微不至的关心很是冷淡，只对自己谈如何战胜目前的白灾、如何禁止开垦牧场等具体工作。巴拉吉对此很是恼怒，他心里暗骂："呸，这个小子真不知好歹。闹不好又成了沙格嘉、莫龙的帮手了。"他知道养虎为患的道理，所以表面上并没有露出任何不愉快的表情，而是把巴图这个名字默默地记在了心里，想秋后算账。事情总是这么巧，那天正巧和李橛子他们碰到了一起，他故意将巴图介绍给了尼玛等人……

巴拉吉的想法和目的再明显不过：这尼百万他们可是公关老手，你巴图一个小后生，不接受人家的贿赂就不说了，咱慢慢地找机会，日子还长着呢，相信肯定会有新的把柄落到我手上。可是你一旦接受了贿赂，那么事情就水到渠成了，你巴图就成了我手下的人了，我说东，你不可能说西。就算有一天你反悔了想退出，咱也有法子，只要我像那个莫龙一样拿出你那些肮脏的证据，你还不乖乖地躺在我的脚下？

巴拉吉正这样在办公室胡思乱想的时候，尼百万他们回来了。

晚上他做东给尼百万他们接风洗尘，席间听说了巴图已经接受了贿赂的钱财，还听说了巴图要他们写下字据做保证的事。巴拉吉几天来的郁闷随着这个消息的到来全都烟消云散了……

当天晚上巴拉吉没有回自己的家，他跟尼百万几个人找了个宾馆，来了个彻夜狂欢。第二天早上，意犹未尽的几个人早早地分别，他们已经约定好了下次狂欢的时刻：几天以后，巴拉吉要参加盟委组织召开的退耕还草划片落实会。

巴拉吉兴奋得不得了，这个时候他又想到了整日无所事事的特穆尔，然后就把特穆尔叫到办公室对他说："你等着吧，不出一个月，我就让你官复原职！我是你的老领导了，怎么可能不管你呢。”

特穆尔简直不敢相信自己的耳朵，他再三地问：“真的？领导，您可别拿我打哈哈呦。”

“打什么哈哈，我有时间跟你打哈哈？这说出去的话泼出去的水，怎么可能反悔。哥已经有办法对付那个初出茅庐的巴图啦！你就等着看好戏吧……”巴拉吉非常自信地吹嘘着。

十二

刚刚妥善安排了抗雪救灾工作，由达赖盟所辖各旗县主要领导参加的退耕还草划片落实会就接踵而至了，沙格嘉这样连轴转了好几天才把这些工作落实好。与此同时，他还惦记着莫龙、巴图送来的那一万块钱贿赂和字据的事儿，现在盟里的所有人都在忙着抗雪救灾，在这个节骨眼上居然还有几个蛀虫忙着拉拢、腐蚀我们的基层干部，这些不要脸的东西，是可忍孰不可忍，是该好好刹一刹这种风气了。沙格嘉这样想着，他已经下定决心要处理此事了。

他深深地知道，搞权钱、权色交易的人都不是好惹的主，处理这些人一定要稳、准、狠，否则他们抬起头来也是很麻烦的。所以沙格嘉一安排好手头的事儿，马上就把盟反贪局局长叫了过来，对他说：“海丽雅市的尼百万、李橛子等人的行贿问题现在已经是板上钉钉的事了，你们马上对其展开调查！”

沙格嘉下完命令，又从抽屉里拿出莫龙他们交过来的一万块钱和字据等证据，交给反贪局长。

这时，负责退耕还草划片工作领导小组的办公室主任走进办公室，他带来了划片草图，要给沙格嘉汇报前几天召开的划片工作具体落实情况。

沙格嘉问："工作进展如何？还有什么疑难问题？"

主任回答："很多旗县基本按照会议精神完成了，没什么问题。但白旗这块儿出了点问题，听说他们领导班子内部出现了不同意见，不过巴拉吉还是把方案和草图给报上来了，说实在没办法动太多的地方……"

沙格嘉拿过图纸仔细地看了一下，很多旗县的图都是按照会议精神划的，的确没什么问题。但白旗的草图上，海丽雅河西岸的大片草场还是被划到了耕地的范畴，也就是说这一块地根本没有纳入退耕还草的范围内。

沙格嘉立即让秘书巴达日勒过去把参会的巴拉吉叫过来。

"你们白旗的划片工作是怎么进行的？海丽雅河西岸的耕地怎么还在那里，这根本没有动嘛。"沙格嘉拿着图纸狠狠地盯着巴拉吉。

"领导啊，这个问题我自己根本就做不了主啊。比如说，巴彦苏木布拉格嘎查那五千亩地，现在已经成为该嘎查学校的运行和扶贫款的主要来源了，动了这块地经费的来源也就断了。还有，苏木里的那几万亩地是……"

沙格嘉打断了巴拉吉的解释，说："身为一个旗长，你总是把自己的责任往外推，然后找一些客观原因来搪塞，这合适吗？上次接受采访，你说的也是这个样子。"

"我只是想考虑得周全一些，巴彦苏木的牧民们的确是有困难，我这么做还不是为了他们有个最起码的保障？要不然我们早就把耕地的界限留在海丽雅河东岸了，费那些事干吗？"

"我们不要开口巴彦苏木闭口布拉格嘎查的，针对开垦牧场的问题，我们的牧民到底在想些什么，我们真正去关心过吗？人家说了，只要能够阻止过度开垦，只要能够退耕还草，他们愿意也能够自己出钱办学校；至于贫困户，人家也有办法，牲畜多的牧户每家拿出一定牲畜来帮助人家，让他真正实现脱贫。你看看，这就是布拉格嘎查牧民们签了字的请愿书！”沙格嘉说着，从办公桌抽屉里拿出一页纸给巴拉吉看。

巴拉吉感到了一阵寒冷，身子不由自主地哆嗦起来。他移动着松松垮垮的肥硕的躯体，起身拿起纸张仔细一看，果然是牧民们的请愿书，上面还签着以莫龙为首的一群牧民的名字。

“我们当领导的，不应该只顾着眼前的一点利益，更不应该为了少数几个人的利益去损害广大人民的利益呀。你还是好好想想吧，明天给我一个答复……”

沙格嘉正在说话，秘书巴达日勒拿着一大堆文件走了进来。

巴拉吉想着：老天爷呀，把我所有的秘密都给说出来了，这个秘书真是我的救星啊，现在不走更待何时？于是，他赶紧找了个借口溜出了领导办公室。

巴拉吉灰头土脸地回到了宾馆。他刚进自己的房间，就见王小姐像热锅上的蚂蚁一样在那里转圈，看情形显然是有天大的事。果然，王小姐见巴拉吉回来，一下子就蹿上去抱住他，梨花带雨地哭诉：“尼百万、李橛子今天早上被检察院叫走啦！”

“什么？你说什么？你是怎么知道的？”巴拉吉不由自主地倒在了沙发里，两条腿像是灌了铅一样没有了知觉。

“我们在检察院也有人！”王小姐的脸色十分不好看，原来那个桃花一样粉嫩的脸一下子变得跟霜打的茄子一样。巴拉吉听出来了，这是话里有话啊。她的这句话，在巴拉吉听来还有一个意思：“哼，你们这些乡下土老帽，怎么能入得了我们的法眼，成事不足败事有余的东西！”

巴拉吉心里也在无情地骂着她：“你们这些城市里的垃圾、蛀虫，平时吸了我多少血啊？现在想抽身离开？没门！”

王小姐仿佛看出了巴拉吉的心思，说：“我的领导啊，现在可不是互相埋怨的时候，团结一致才是唯一的出路，不是吗？”

我算是倒了大霉了，为了一时的欢乐，着了这女人的道。这个女人真是不简单，短短几天呀这才，怎么就能看出我的心思？活见鬼了。巴拉吉心里这样想着，嘴上却说：“可不是吗？我们可不是互相拆台的人，咱们可是好朋友啊。不过话说回来，这俩人是怎么出事的？有人举报？”

“没准就是你给我们介绍的那个巴彦苏木的巴图搞的鬼！”

“他？应该不会吧？他不会做这种事的。”

“但愿吧。我们也不希望是他。”

中午两个人简单地点了几个菜，不过谁也没有吃饭的心情和胃口。

下午，巴拉吉将白旗退耕还草的划片图弄好了，这次可是严格按照盟委的会议精神完成的。

然后他亲自去沙格嘉办公室送文件，跟领导说：“现在旗里面正在搞抗雪救灾，我晚上就要赶回去。”

出门的时候，巴拉吉好像想起了什么事，说：“领导，想跟您说个事。”

“哦，说吧。”

“听说我们旗巴彦苏木的秘书巴图当选苏木达是因为事先行贿了相关的领导，这才……”

原载《呼伦贝尔》杂志1997年第3、4期

译于2018年

墓地飞燕草

阿拉坦高娃 著

哈斯格日乐 译

阿拉坦高娃

1953–2006，本名包金花。主要作品有长篇小说《纯净的太阳》，剧本《黑白双骏》，中短篇小说集《十九岁之前》，诗歌集《故乡的思念》《玛林呼都嘎传奇》《赐予我的土地》《你的太阳本身：献给宇宙之神》。

哈斯格日乐

蒙古族，1980 年出生于通辽市扎鲁特旗。作品多发表在《内蒙古日报》《哲里木文艺》《内蒙古青年》《内蒙古日报》等报刊。蒙译汉及汉译蒙翻译作品有：《我那痛并快乐着的三十岁》《枣骝燕》《恋乡石》、科尔沁蒙古剧《万丽花》《胡杨恋》等。

上　部

娜布其：

今天是我的胫骨宴[①]日子，不管怎么样，我已经起早挤完奶将小牛犊赶到了牧场。草原被金色的沙海围着，就像镶着金边的一张大碟，格外美丽壮观。在与北侧小山坡紧紧相连的一片杨柳林中，鸟儿们尽情欢唱着。从垂柳依依的彼岸依稀可见的土房里冒出袅袅青烟。

哥哥和几位年轻人忙着宰杀羊羔，村里的姐妹们拿着镜子和洗脸盆出入我们家，显得格外热闹。

屋里，油灯高挂着，给这繁忙场景增添了光彩。我被邻居嫂子牵着走到屋里。姐妹们围着我坐到炕上，唱着远古的送亲歌曲：

老哈河水长又长
岸边的骏马拖着缰

① 胫骨宴：女方为新姑爷准备的酒席。胫骨宴上，给新姑爷煮一锅新鲜羊肉，女方嫂子们准备踝骨，让新娘、伴娘以及新郎和伴郎抢踝骨。新郎若是抢到踝骨，标志着将来要生儿子传宗接代。这是蒙古民族一种婚礼习俗。

美丽的姑娘诺恩吉雅
出嫁到遥远的地方
……
褐色母牛与小牛犊
一起拴在大门口哟
……
不要以为婆家的门槛太高
且忌一跃而过
不要认为自己的男人苛刻
且忌对他反抗
……

唱着唱着，姐妹们不由得流下伤心的眼泪。胫骨宴上，这都是常有的事情，所以并没有人上前阻止……

要开始抢踝骨了。炕中央放了张桌子，嫂子和妹妹们有些紧张地坐到桌子东侧。而坐在西侧的将要迎娶我的那个人——温都苏，正领着伴郎看着门口，撸起袖子准备抢踝骨。

“那么严肃干什么，快过来抢踝骨吧！”嫂子将踝骨放在木盘子里端了过来，对他们说道。

温都苏动作最快，还没等嫂子的手离开木盘，他一把抓过盘子。紧接着，伸过来一双纤细的手将那块儿踝骨弹了出去。姑娘们拥过去找那块儿踝骨。但是，温都苏眼疾手快，一眨眼工夫便找到了踝骨。

“抢过踝骨，标志着将来要生儿子传宗接代。”

人们吵吵着。真是羞死人了。刚还找那块儿踝骨的姑娘们散去了。要生儿子……我的脸滚烫滚烫的……

“现在，要给新郎穿靴子！”

不知道哪个鬼灵精怪的小丫头将小坐垫与温都苏的蒙古袍绑

在了一起，在温都苏起身的时候，它就像个肥羊的尾巴，显得很可笑。

“看看这个新郎，娶这么好看的媳妇还嫌不够，还想带走人家的坐垫，真是太馋了！”

“要给我们敬烟！”

“给我们唱首歌！”

哎呀，他正朝着我看呢！在这么多人面前……咦，我还跟他对上眼神了！我的脸一阵发热……

温都苏走到铺在地上的毡子上面坐了下来。长嫂将一只靴子穿到温都苏的脚上，这时，上来一个女孩子抢过另外一只靴子藏到了身后。这回，那位伴郎可是有苦头吃了。你们看看，他现在正拍腿叫苦呢！

“要唱首歌才行，新郎若是不唱歌，就别想穿上这只靴子了！”

“快唱啊！”

“唱啊！”

现在，温都苏该知道姑娘们的厉害了吧，刚才抢到踝骨不是很神气的吗？穿上一只靴子，而另一只脚还穿着个袜子站在地上的那个样子，实在是太滑稽了……

“我不会唱歌……”

“身为蒙古人，还不会唱歌吗？”

一会儿捏一捏腰上的红色绸缎带子，一会儿抓一下黑色绸缎烟袋子，温都苏显得很可怜。

而那位伴郎低三下四地向着抢到靴子的姑娘苦苦哀求。

“你要是再唱一首歌，我就把靴子还给你。”

“那你以后会嫁给我吗？”

听到这句话，姑娘害羞得将手里的靴子扔了过去。

这就是男人强过女人的地方。

“好了，好了。给孩子们吃饺子吧！”

桌子上，端来热气腾腾的一盘饺子。

“你吃一半，将另外一半留给你的媳妇。”

嫂子夹过一个饺子给温都苏。我的手掌出汗了。现在，不仅是在一个锅里吃饭，还要平分一个饺子呢。哎呀，这就是婚礼习俗，没有办法，只能硬着头皮吃下去了。我的面前，放着温都苏留给我的半个饺子，将它吃到嘴里，有一种怪怪的感觉，就像是他的嘴唇碰触到了我的嘴唇。

温都苏拿起姑娘们给他夹的饺子，小心翼翼地吃着，不一会儿从嘴里吐出了一块儿硬币……

“吃到什么了？”

“一块儿硬币。”姑娘和嫂子们异口同声回答。

“嚯，日子定会越过越红火的……”

温都苏面带微笑看着我，挺起胸膛坐在那里。是因为陶醉在发家致富的美梦中还是因为心中的那份喜悦呢？反正，他的样子很威武雄壮。是的，从这一刻开始他就是我的男人了。想到这一点，我不禁颤了颤。

炕上，姑娘和嫂子们横七竖八躺着睡觉，等待着黎明的到来。我独自一人走到了外面，我日常栽种的园子给寂静的夜晚增添一抹阴影，几头小牛犊安详地睡着。我又回到屋里打开柜子，拿出妹妹和弟弟们的旧衣服摸索着。阿爸和阿妈过世已有十几年了。作为长姐，我就要这样抛下孤独的弟弟妹妹们嫁到婆家了。想到这里，我扶着柜子哭着，但又不能哭出声，心中的痛楚只能默默地吞咽……如果是一个完整家庭的女儿，这个时候，我的阿妈一定会嘱咐一些我所不知道的事情。但是，此时此刻，没有人叮嘱我任何事。唯有东邻的嫂子告诉我说：“买一条白色的毛巾，要在睡觉的时候铺上去。事后，不能给丈夫喝凉水，也不能挨着冰冷的墙睡觉……”

温都苏：

太阳用它温暖的胸脯搂紧低矮的群山，万道金光照亮世间万物。碧蓝的天空飘过几朵白云，牧野人家的烟囱冒出袅袅青烟。

娜布其被红色绸缎被子包裹着，被人们抱上了马车。打扮得花花绿绿的姑娘和嫂子们围着她坐着。娜布其不断地擦拭着眼泪，身边的人们也流着眼泪。现在，我和伴郎的任务就是骑上骏马跟在马车后面，围着村子走一圈，最后走到自家门口就可以了……

走到家门口，手里拿着镶有珊瑚的纯银头饰的几位嫂子走出屋子，迎接我的新娘。

屋外铺上毡子，给娜布其分发[①]，让我们叩拜天地。拜完火神，再拜二老的时候，我的阿爸神色十分不自然，而娜布其也不好意思地红着脸。

“新郎和新娘互换定情物。”

我拿下我的手表给了她。她把自己手指上的银戒指摘下来给我。我的手表戴在她手上显得十分宽松，而她的戒指我戴不进去，所以我将戒指重新戴在了她的手上。周围的人们大笑起来，淘气的小伙子们还叫喊着。

婚宴开始了。我和娜布其给大家敬酒。

“看人家这一对儿，郎才女貌的。”

“新郎勤快，新娘手巧。”

“这婚宴不错，十二道菜，酒还不限量……”

“温都苏是小伙子中间的佼佼者，女方也是姑娘中的一朵花。”

---

① 分发：旧时，女子结了婚，男方的主婚阿爸给新娘分头发，寓意新娘由大姑娘变成了小媳妇。分头发时用骨头筷子，从头发的正中间往左右两侧分开，用皮穗和金丝线搓成的发绳扎起来。

这些话在我听来好比一首首民歌，悦耳动听。

“晚上好好看吧，先给我们敬酒啊！”

小伙子们嘴不饶人，各自说着。前来参加婚礼的年轻人中，不见他的影子。那是必然的，此时此刻，他能有好心情坐在这里吗……

嘎达苏：

送走妹妹回到家，感觉整个屋子空空荡荡的。我只能扶着旧柜子抽烟来打发时间了。弟弟妹妹们看着我，有的还哭着。唉，娜布其，我苦命的妹妹，自从阿爸阿妈过世后，这十几年以来你可是吃了不少苦啊。但是，不管我们怎么努力，这个家还是一点起色都没有。这多灾多难的人生啊，如果没有“文革”，如果我的阿爸阿妈还活着，我现在肯定抱上了大胖小子。现如今，我也到了而立之年。现在的人们又各扫门前雪，谁还那么好心帮助我们呢？不过，我一个七尺男儿，一定能养活自己的。如果你们看够了我们一家人的丑，那我也一定会让你们有好戏看的。还记得那个时候，你们是怎么对待我阿爸阿妈的吗……

是的，一切我都亲眼看到了。那个时候，天知道我的内心是个什么滋味！

温都苏：

夜深了。给些酒水和糖果将闹洞房的人们打发走，我的心里才踏实下来。天啊，现在我可是位新郎呢。咦，你怎么缩成一团直打哆嗦呢？现在，你是我的。抱在怀里，就像一团棉花，软乎乎的。娜布其被我抱得透不过气来，用绵软的双手用力推着我的肩膀，在做着挣扎。真是可笑，嫁了人还不随老公的意愿，这个丫头真是傻到家了。处女之身，是的，我就要对你发起进攻了。到了今天，此时此刻，你不想让我接近你是不可能的。我心爱的娜布其啊……

她哭着，哭得很伤心。点了灯，我看见褥子上面蓓蕾般的红点，高兴得再一次扑向她。娜布其没有再做挣扎，而是抱住我的肩膀……

娜布其：

刚开始的时候，我十分害怕温都苏热烈的拥抱。但是现在，我倒是情不自禁地陶醉在其中了。温都苏哥哥，你还记得我们结婚以前的那一次相见吗？我在牧场上赶牛犊，你骑着马来到了我身边。那次，你努力保持端正的姿态，板着一张黝黑的脸，舔着厚嘴唇，一双大眼睛看了我许久。是的，我已经是大姑娘了，该是嫁到婆家的年龄了。原本我想在家待几年，看着弟弟妹妹们长大的。可是，我的哥哥快三十了。如果不赶紧娶媳妇，以后想说媳妇就更难了。自从哥哥辍学回到家，他的脾气就更加暴躁了。人们都说他是个冷血动物，没有人性。但我不这么认为，以前他是个办事沉稳还不失幽默的人，只是阿爸阿妈去世以后才变成现在这个样子，沉默寡言，眼神还散发着冰冷的气息。和哥哥同龄的年轻人都娶了媳妇，有的还抱上了孩子。

“阿妈不能看着你娶媳妇了。”

“阿爸最大的遗憾就是没能给你说上媳妇。”……

阿爸阿妈这样说着，还深沉地看着我，离开了这个世界，离开了他们的几个孩子。那两双眼睛究竟想要对我说些什么呢？这两年，我才开始懂得人情世故。温都苏哥哥，是你救了我们全家。现在，我的心病已消散，我的哥哥说上了媳妇。为了让哥哥成家立业，我点头答应了这门亲事。但是，婚期临近的时候，在接过两千元钱的时候，我的内心开始动摇了。如果我也有一个……天啊，我现在不能想那些的。这样的话，我会对不起温都苏，会变成一个不忠贞的女人。不是说“嫁鸡随鸡嫁狗随狗”

的嘛！

一个月，两个月……世间的事情说来还真奇怪。随着时间的推移，我的恐惧感完全被吹散，接踵而至的却是急切向往他热忱的拥抱和亲吻……但是，他逐渐开始对我冷淡。晚上，像是要将我吃了一般，而到了白天，像见到了鬼似的对我吆五喝六。是的，为了和我结婚，你卖掉了家里仅有的一头驴和一匹马。那天，我亲自推磨，加工完一家人的口粮回来的时候，你站到门口，说："咦，我花了两千元钱买回来的这头驴还蛮不错的呢！"天知道这是一句玩笑话还是真情的吐露。

温都苏：

娜布其的确是个大美人，所以，我义无反顾地掏出了两千元钱。但是，看看人家的新嫁娘，一天换上好几套衣服跟着自己的男人串门，你还穿着姑娘时候的旧衣服，推着磨。你看看你那哥哥，看看他把家弄得富丽堂皇的，那可都是我的钱啊。他用我的钱娶了媳妇，日子过得红红火火。你倒像个畜生，在磨坊推磨。我这一张脸全被你给丢尽了。

你哥哥是个披着人皮的狼，臭流氓！我被他骗了。

"在全村的年轻人之中，我最欣赏的就是你。你为什么到现在还没有说媳妇呢？"这是他对我说的话。

"高我一等的看不上我，低我一级的我还嫌弃。"

"要是碰上合适的人家，我打算早点让我妹妹出嫁。但是，我要两千元的彩礼。我这个妹妹，自阿爸阿妈过世后为了这个家付出了全部的心血。我要让她过上幸福的生活。不要以为这两千元是我要的，到时候这个钱会变成嫁妆，如数跟着我妹妹嫁过去的。"

听到这句话，我高兴得整夜没有入眠。短短几天时间，我卖掉所有能卖的东西，凑够两千元钱托媒人去娜布其家提亲，在我们村里炫耀了一阵子。但是，等到结婚的时候，娜布其就带来几件廉价衣服、一个挂钟和一台收音机。你哥哥真是把我当猴耍了一把。算了，事已至此，我还能说些什么呢？

娜布其：

哥哥结婚的时候没有摆酒席，而是去大城市游玩了几天。温都苏我们俩去看我哥嫂去了。哥哥紧皱着的眉头已铺展开，总板着的一张脸上也现出了笑容。嫂子穿着时尚，戴着戒指和耳环，显得特别洋气。看到这些，压在我心上的一块儿石头终于落地了。温都苏我们两个人好好努力的话，很快会赶上他们的日子的。温都苏有一身种地的本领，我在家养家畜，还有，阿爸要是帮我做一些家务活儿的话，我也不怕下地干农活儿。苦点累点不算什么，只要想过上好日子，年轻人不怕受累的。温都苏和哥哥一起喝酒，而我帮着嫂子端着饭菜。长这么大，我的内心从来没有过像现在这样和谐又安宁的感觉。多么幸福的画面啊！我倚在嫂子的肩上，看着他们二人喝酒的样子，心中充满了幸福感。

温都苏：

嘎达苏这家装修的，这匹狼不知道什么时候买来了这么多立柜、组合柜和酒柜以及床头柜等家具。窗户上挂有落地窗帘，炕席上还铺了大毡子。墙上挂了两个大镜子，地中央放了张圆桌，还放了两个凳子。看看嫂子这一身打扮，衣服不知道是什么料子做的，垂感那么好。再看看嘎达苏，显出很大气的样子，嘴里说着："喝酒，千万不要客气。"简直在放屁，以为这钱都是你出的呢！可都是我的血汗钱啊。

"哼，我们村里人还神气什么，等着看我怎么过日子吧！"现在看来，嘎达苏这句话可不是一句玩笑话。好吧，我要喝酒。虽然，两千元我没能花，但是我一定要喝光他。

“拿酒来！”

“温都苏，以后有的是时间喝酒，我们又不差这一天。”

哈哈，看这臭小子，还挺会说话的。

“好了，你都喝醉了。”

这个傻娜布其，还过来阻止我，老子不喝光给你哥哥的两千元，我是绝对不会回去的。

“去，拿酒来！”

哈哈，娜布其就像个被猎狗紧追的猎物，瞪着眼睛看着我们。

“我家没有那么多酒伺候你。”

哼，嘎达苏突然变了脸，大声吆喝着。

“娜布其，去，你哥哥的柜子里放着我的两千元呢，去商店买酒去。”

“温都苏，我求求你了！”

娜布其眼泪一把鼻涕一把，跪在地上哀求道。我抓过她的头发，对她狠厉地喊道：“去，快去买酒。”

嘎达苏跳起身拿了一把杀猪刀。

“哥哥，我求求你了。”

娜布其起身走到她哥哥面前哀求道。这时，她那嫂子早已跑得不见人影。

“你这畜生，赶紧滚，今天看在娜布其的面子上我就饶过你。以后不准再踏进我家半步。”

嘎达苏拿刀指着我大骂。娜布其走到我身边用力拽着我。我虽然火冒三丈，但是碍于两手空空，实在是拿嘎达苏没办法，便一手推开娜布其，蹒跚着从屋里走了出去。

娜布其：

温都苏一路阴着脸，在黑暗中拽着我回到了家。回到家中，他一把锁过门，开始对我拳打脚踢。我没有哭，也没有叫出声。

痛打一阵，他还没有解气，撕开我出门时穿的唯一一件衣服，把我一丝不挂地摁倒在炕上，折腾了大半夜。我只是等待这件事情的结束，硬是没有出声。睡醒后，温都苏拽我起来："回家！"他吼道。我起身穿衣服："放下，你什么都没有带来，现在回去也不能带走任何东西。休想再动一下老子的一根汗毛。"说着，他边打边撵我。我用力抓着炕沿："温都苏，你消消气啊，以后我会跟着你下地干活的。我们两个……"我还没有把话说完，温都苏又冲了过来。

他冷笑着……

我什么都不知道了。

温都苏：

娜布其就像死了一样。以前，她可不是这个样子的。

那次，是的，就在那次……

在一棵大树上，一对鹌鹑在筑着巢。而在树下，坐着一对男女，男人想亲一下女孩儿，而女孩儿躲过去了。

"就像这对鹌鹑，我们也筑造爱的小巢吧！"

"我们什么时候才能过上幸福日子啊？"

"会很快的……你要等着我。"

女孩儿依在男人的肩上，而男人轻抚着她的秀发。火红的萨日朗花盛开在他们的身边。

"你就像萨日朗花，好美！"

女孩儿妩媚地微笑着，她俊俏的脸蛋就像盛开的萨日朗花……

男人起身想要摘下一朵萨日朗花给女孩儿，而女孩儿忙阻止："刚开始开花，为什么要把它弄断呢？它也是一条性命呢！"她说道。

"我想亲你。"

"你要是亲了那朵萨日朗花，就跟亲我没有什么区别。"

男人低头亲了亲萨日朗花的花蕾……而那朵花渐渐地变成一张笑脸。而这张脸……这个人就是娜布其。

我在暗地里看着他们两个人，忍不住咽了一下口水，还攥紧拳头。作为一个男人，我一定要把娜布其从他的身边抢过来。而现如今，我已达到目的。

娜布其！我跳了起来。看到她的枕巾湿湿的，我一脚踢开她的被子："想起谁了，哭得这么伤心！"我大声喊道。

她倔强地拽过被子蒙住了头。我更是气不打一处来，在她的肚子上用力踢过去。

"啊！"

娜布其转过身抱着肚子大声喊叫着。眼看着，她的褥子被鲜血染得一片深红。

啊，这是怎么了？

娜布其：

醒来后我发现自己躺在娘家……温都苏，我一闭上眼睛，眼前全是你动手打我时无情的样子。我就记着你踢我一脚，紧接着我便什么都不知道了。我流产了，是你亲手打死了自己的孩子。

现在，你还把我赶了出来，还说非离婚不可。不知道为什么，好端端的，他总喊着要离婚。

天啊，我这是怎么了。

温都苏，不管怎么样我绝对不会离开你的。刚结婚没多久就要离婚，这件事传出去多丢人啊！我绝对不会做出如此有损脸面的事情的。一想到离婚两个字，我的内心就情不自禁地颤抖着。温都苏，你一定是因为一时气愤才说出这句话，做出这件事情的。等气消了，一定会过来接我的。如果到那个时候，你依然还爱着我的话，我就将这些事情当成一场噩梦！我们的日子一定会过得更加幸福红火的。温都苏，我的爱人！

温都苏：

自结婚以来我第一次一个人过夜。整个屋子，空荡荡的。油灯微弱的光一闪一闪的，叫我的心中更加烦闷。阿爸在隔壁屋里叹着气。可怜的阿爸啊，阿妈去世得早，阿爸又当爹又当娘的把我拉扯大。但是，我一天都没有让我阿爸过上安宁的日子。我为什么要和娜布其结婚呢？都是因为我一时糊涂啊……但是，我从小就喜欢她啊。在她穿着小棉袄、扎着两个马尾辫那个时候我就深深地爱上她了啊！尤其在那一次，看见他们两个人坐在大树下谈论着爱的小巢和萨日朗花以后……所以，我就不惜一切代价，花了两千元将她买了过来。她的哥哥用我的两千元建设了幸福的小日子。而我得到了什么？娜布其转过身就去想着她心里的那个人。见鬼，世上女孩子都死光了吗？没关系，上面都号召我们，鼓励我们发家致富呢。我很快就会发财的。只要有钱，我还愁娶不上漂亮媳妇吗？

嘎达苏：

娜布其站在镜子前面梳着头发。看见我从外面进来，她吃了一惊，坐到了炕上。她的眼睛依旧是红肿的样子……唉！

“温都苏要是还和我纠缠的话，在上面派人调查的时候你就一口咬定是温都苏踢得你流产。要不，就出去传消息，他听到后，或许会对你好点呢？”

娜布其却低着头，对我说道：“真的是我自己在半夜走路的时候不小心摔倒在地上导致流产的。”

“你说什么？你如此这般疼爱的丈夫为什么到现在都不过来接你呢？为了离婚，他每天都往苏木所在地跑呢。你看看自己，说没有丈夫吧，还嫁人了。说有丈夫吧，就像个活寡妇。你这个样子，我能安下心吗？你回家吧！”

娜布其转过身又哭了起来。她现在动不动就要哭，像个泪人似的。

天啊，现在我该怎么办啊？

娜布其：

夕阳的余晖照射在沙丘上，我坐在这里等温都苏，已经等了一个下午了……

我可怜温都苏，越是可怜他，我心中越是爱着他。如果真离了婚，温都苏哥哥算是赔了夫人又折兵啊……虽然，我们两个人只是半年的夫妻，我却把自己的一切都交给你了啊。嫁给你，我究竟给你带来什么好处了呢？想来，只是让你变得一无所有，让你变得如此凶狠……温都苏，请你原谅我，你的娜布其没本事……

远处，温都苏一个人拖着沉重的脚步往我这里走来。

我……我……

我绝对不会离婚的……

温都苏！

温都苏：

不知道为什么，我像钉在那里似的站在原地，站了许久……

娜布其慢慢地向我走来。

白色衬衫，浅绿色的裤子随风飘摆，白色纱巾也飘飞着。这个女人的确太美了，简直就像一朵萨日朗花。一张俊俏的脸蛋好比十五的月亮，水汪汪的大眼睛像一面湖水，在吸引着我，召唤着我……尤其她那隆起的酥胸，白皙的皮肤，香甜又轮廓分明且性感的嘴唇……这样想来，不论任何人都会难分难舍地爱上她的。天，我第一次感受到娜布其竟是这样一个少见的美人。甚至可以说完完全全被她的美给折服了。我就算跑遍整个蒙古地区，也没有看到有第二个人。

“温都苏……”

我的全身颤抖了一下，向她扑了过去……

唉，不是天天喊着要离婚的嘛，怎么还……

娜布其：

温都苏朝我走过来了。我的身体缩成一团，他这是要来杀我的吗……我闭上了眼睛。死了倒省心，如果真离了婚……

就在这个时候，我听到了急促的呼吸声，却没有感觉到他有动手的样子。我慢慢地睁开眼睛，看见温都苏默默地站在我的面前。突然，他伸手抱住了我。此时此刻，我有很多话要对他讲，却没有说出口。我看着他痴迷的眼神，消瘦了的脸庞，被风吹乱了的头发和鼓着的喉结，顿时忘记自己此刻的处境，紧紧地贴在他的怀里。温都苏抱起我走进柳丛中。他把我从头发直到脚趾头轻轻抚摸着，开始抽泣起来……我第二次见到男人这样撕心裂肺的哭泣。第一次，是在阿爸阿妈过世的时候，哥哥哭得很伤心，虽然不出声，但他的眼泪一直流着……我的心都快碎了，随之贴在他的怀里哭了起来。温都苏坐起身，看着我说道：“娜布其，你又不是不知道，我不是一个狠心的人。你也不是不知道，我和阿爸两个人的日子是怎么过的，可以说是吃了上顿没有下顿。比起别人，我付出了双倍的努力，我砍柴，挖药材，卖牛粪，卖柴火。我就想好好地把日子过下去。”

他看着我乏力的样子，从包里拿出饼干放在我的嘴里，看着我吃了下去，他又把我抱到自己的腿上，亲吻着我的双眼：“娜布其，我要是再说离婚二字，我就不是人！”他说道。

听到他的话，我哭得更伤心。说真的，我们为什么要离婚呢？你又怎么能理解，我是如何爱着你的啊！我喜欢看你微笑的样子，还喜欢看你生气的样子，甚至喜欢看你拿着犁的样子。尤其看着你健硕的身材和鼓起的肌肉……自从回到家，我无时无刻不在想念着你。别人都在努力挣钱，我们却吵着闹着要离婚！

我没有想到我们两个人美好的日子就这样从这个柳林开始。我们手牵着手往家里走去。夕阳向我们温柔地微笑着。朝着村子，骑着马、牵着骆驼、开着四轮车的人相继而来，这个景象，触动了我们的心。我们的家乡如此美丽，现在，村里的嫂子们正端上饭菜等待着庄稼人的到来……

嘎达苏：

娜布其不见了，找遍整个村子也没有找到她。天，她该不会是……不会的，娜布其是个坚强的女孩子，无论怎么样，她都不会寻短的。但是，她究竟去哪里了呢？

原来，她正和温都苏一前一后地往村子走呢。看看这个不知羞耻的女人，不知道尊重自己，做出了这般丢人现眼的事情。

"男的三天两头闹离婚，而女的却穷追不放。"很快，这个笑话就会在村里传开的。真是闹出天大的笑话了。不是，娜布其你，说你什么才好呢！

娜布其：

哥哥阴着脸，没有说话。我刚要走进西屋，哥哥却叫住了我。

"娜布其！"

"哥哥，今天晚上我想……回家。"

"人家已经把你逐出家门，你倒好，荒郊野外追着他不放。温都苏要是觉得你是他媳妇，应该在白天的时候接你回去才对啊！"

"哥哥……"

"温都苏不来的话，你不许走。"

……

温都苏：

娜布其的娘家人没有送她回来，她自己也不来。哼，是在等我过去接吗？我才不去呢，我要是先去了，就等于是承认自己输了。

娜布其纠缠着说不离婚，也已经过了半个月。说实在的，她这是死要面子，又不是替我考虑的。娜布其，我温都苏又不缺像你这样两千元的女人。你处处都替你哥哥考虑，那我们就离婚吧。谁说了都没有用，我已经下定决心，明天就去离婚。你要是不去，我就算拖着你也一定要去离婚的。如果一方非要离婚不可的话，他们也会支持的。到那个时候，你和你哥哥都会丢尽脸面的。

娜布其：

我连续几夜没有合眼，我害怕活着了。我只是想让我哥哥过得好好的，自己也过得好好的，就这么简单而已。现在一想，这是个天方夜谭了。刚才我嫂子说什么来着？她说："都说你哥哥狠厉，还有比你哥哥更狠厉的呢。娜布其，你就跟着去，恶狼还知道疼惜自己的亲人呢，他连恶狼都不如。在他的暴力下过这辈子，说来可不容易啊。他真是不知好歹，我们又不缺他一个男人。"嫂子替我擦拭着眼泪，帮我梳了头发。我喝完一碗牛奶，便找温都苏去了。

是流产的原因抑或是长期没有干活的原因呢，我的浑身颤抖着，没有一丝力气。刚走几步路，便觉得喘不过气来了。他坐在柳丛下等着我。看见我，便起身快步走去。我也咬紧牙关跟上了他。

唉，时间过得可真快啊。转眼间已是深秋了。我鼻子一酸，眼泪止不住地往下流着。我被自己的男人抛弃了，我真是没有出息……

耳边传来哀伤的歌声，平添了我的悲愁。

如若知道起风
何苦种下荞麦
如若预知离异
何必举行婚礼……

路边的树上鸟儿成双成对鸣叫着。但是，我却准备离婚，这样一想，我们连鸟兽都不如。不想离婚吧，温都苏还说要娶别的媳妇给我们看看呢。我也不能总缠着人家不放啊……要说我呢……一个行尸走肉而已……

我们到了苏木所在地。

温都苏毫不犹豫地在离婚协议书上签下了字，连手都没有颤抖一下，脸色没有任何变化。倒是我浑身是汗，不由拿出手绢擦了擦脸上的汗水。我有点犹豫不决，一旦在那张纸上签下了字，我们的婚姻就真的完了。我咬着嘴唇，摆弄着发尖儿。苏木干部说道："你们到底离还是不离啊，我们这里可不是你们当儿戏的地方。"听到这句话，我闭着眼睛在他指定的地方摁了手印。我好像进入了冰窖，浑身颤抖着。离婚，也就是一张纸而已。

温都苏拿着手续走了出去。我真想撕破苏木那名干部的脸，连一句劝人和解的话都没有说。他的脸上没有任何反应，把印章和纸类的东西扔进抽屉里，抽着烟。我们的离婚对于他来讲，像家常便饭。我低着头走出来的时候撞到了从外面进来的一个人。

"哎呀，大白天的，你这是梦游呢？"那个人说道。

"哈哈，被自己的丈夫抛弃的怨妇，刚离婚。可能是想撞死在你的胸膛上吧？"里面传来一个声音。

听到这句话，我就像个摇曳在空中的叶子，觉得全身轻飘飘的。我拼命地朝着温都苏跑了过去。心中涌来不知是怨恨、怒火还是懊悔，在那一瞬间，我的心里已经想不起别的任何东西了。他头也不回地走在我的前面。走了将近有半道，我还是没有追上他，反而是离他越来越远了。树林一片金黄，树叶飘落在地上，给大地增添丰收的颜色。我瘫软在路边柳丛下面，躺了一会儿。看着天空中飘移并且散去的云朵，忍不住流下了伤心的眼泪，长叹了口气。

下　部

胡如苏：

娜布其和温都苏结婚了，我也匆忙跟花儿结了婚。花儿白净的脸，身材略微胖一些。娜布其结婚后我才注意到我们村里还有这样一个姑娘。我想爱上她，但是心中想到的还是娜布其。虽然和花儿结了婚，但我们还没有同房。心中想着别的女人，还想和花儿亲近，我还是做不到啊……

在我辍学回来的时候，娜布其已经长成亭亭玉立的大姑娘了。从那一刻开始，我就深深地爱上了她。

月光下，夏天的世界显得那么的微妙。晚风轻抚着大地，一切都很朦胧。我陶醉在初恋的美梦中，整个人都想融入到亲爱的大自然中。那棵大树、一对鹌鹑的窝儿、我亲吻的萨日朗花……

那一个月夜，她慢慢地走了过来。娜布其，那一天晚上，你就像个下凡的仙女，那么的美……曼妙的身材、纤细的腰身、飘着的长发，你身上的一切召唤着我的灵魂。

走到我身边，她转过了脸，一对柳叶眉紧皱着，湖水般清澈的眼神看着脚下的东西。高挺的鼻梁下像初开的萨日朗花般的嘴唇想要说些什么，在微微张着。细长的手指摆弄着发尖，竟哭了起来。娜布其，别人不了解你，我还不了解你吗！自从你的阿爸阿妈过世后，你就挑起重担子，过早地尝试了生活的艰辛。你自己都没有念上书，在我辍学回来的时候遗憾地问我："太可惜了，为什么不念了呢？"

"不念了，阿爸又患有顽疾，谁来养活这十几口人啊！"

娜布其，你的哥哥，从好几个地方说了媳妇，由于没能交上彩礼都……是的，就是从那个时候开始笑容从你的脸上消失，每天都皱紧眉头，愁眉苦脸的。就这样过了几年，你发誓不让哥哥成家立业，自己就不嫁人。我愿意等，而且我一直在等着……

但是……

你变了……

在赶牛或者饮牛的时候你连正眼都不看我了。我在你们家院外徘徊着，一直等到深夜还是不见你的人影，直到你们家的灯灭了我才回到家。从那个时候开始，我就猜出你已经不喜欢我了。你是对的，有哪个姑娘愿意嫁到像我们家这样人口多的家庭呢？尤其现在也不像从前。前几年，我们这里比着衣服上的补丁，但是现在人们都攀比富裕日子了。富裕？我拿什么富裕啊？除了草场，连一亩多余的庄稼地都没有，我拿什么发家致富呢！

那天晚上，你哭了很长时间，看着我无语地抓着泥土，便低声对我说道："胡如苏哥哥，我已经和温都苏订婚了。"我跳了起来。你的眼神不敢直视我充满爱的火辣辣的眼神。

娜布其走了，我一个人愣在原地。我绞尽脑汁想了半天，还是没有想出娜布其不喜欢我的原因。我有文化又帅气，我到底哪一点比不上温都苏了？

娜布其……到后来我才明白过来，你不喜欢我的真正原因是我手上没有两千元现金。在经济和精神方面，我败给了温都苏。再说，你的哥哥……你哥哥就是一个冷血动物，事情应该就是这个结局。我太幼稚太单纯太可笑了。那天晚上，我面对着狂野冷笑了一阵，决定找一个不嫌弃我们家的姑娘结婚。唉，人啊……

但是，娜布其和温都苏又闹起离婚，今天已经去了苏木所在地。世间事情竟是如此的捉摸不透。这一天，我又坐立不安，骑着马跟着他们去了……

花儿：

说真的，胡如苏不应该是娶我的那个人。但是，娜布其姐姐结婚不到一个月，我们两个人也结了婚。说是结婚，其实他就是娶回来一个家奴而已。但是，我已经感激不尽了。任何一个女孩子都愿意嫁给胡如苏哥哥，只要不嫌弃他们家的贫穷！我不管这些，我只喜欢胡如苏哥哥这个人，而且我不敢在他面前大声说话。结婚至今，他连亲都没有亲过我，更何况是同房呢……这一切，我能忍……我不生他的气。他到现在都想着娜布其姐姐，听到娜布其姐姐不幸的婚姻生活，他会担心得茶饭不思。有几个男人能做到这一点呢？他是个真正的男子汉大丈夫，这样一个男人总有一天会疼爱自己妻子的。我深信这一点。

我会努力观察你所喜欢的东西，争取早一点得到你的情爱。你喜欢吃牛犊汤，只要家里有面，我就会做给你吃。你看到鹌鹑的窝儿，会看上半天。你一定想要和我一起过上鹌鹑那样幸福的日子吧……我虽然没有娜布其姐姐的花容月貌，但我就是做牛做马在你们家干活，也一定要夺取你的爱。

那个晚上的月儿好美啊，就像一个银盘，上面的树和树底下的小白兔看得清清楚楚。胡如苏坐在沙丘上那一棵大树下，一直坐到了天空泛白。自从娜布其姐姐流产以后，他就变成了现在这个样子。我坐到他的身边那么长时间，他都没有发觉，只是看着前方发愣。就这样过了大半夜，太可怕了……他的眼神时而温柔时而狠厉，时而又模糊。突然，他抓了我的手，说道：“苦命的女孩儿啊！”听后，我激动得哭了起来。他仔细看着我的脸，又将我推了过去。原来，他把我当成是娜布其姐姐了。

“回家吧，我去寻牛。”说着，他离开了。我抱着大树痛哭着。为你，为我，也为娜布其……

这一天，娜布其姐姐去办离婚手续了。他也坐不住了，愣了半天，最终骑上马离开了。胡如苏哥哥，我也一直跟着你来到了一处高地上。你站在那里看着前方的宽路，而我藏在柳丛后面看着你叹气。此时此刻，这太阳公公也停留在原地，像是在取笑我般……

在前面沙丘上先后出现两个人的影子。那就是温都苏和娜布其。胡如苏和我同时看到了他们两个人。他快速走下这片高地，在齐腰的草丛中策马而过。

我闭上了眼睛。胡如苏哥哥，以后在你的眼里，我一定是个零存在了。我的全身颤抖着。娜布其姐姐，现在，你该怎么办？我也该怎么办才对啊？

娜布其：

“这媒人都来了好几次，你到底在想什么呢？”哥哥问了我好几次。我还是喜欢温都苏，这句话我无法说出口啊。只要他不说媳妇，我还是有希望的。我要等他，我要和他复婚。我想去找温都苏，试了好几次，但最终还是没有勇气便原路返回了。别人看见了会说什么呢？我害怕见到村里的姐妹们，尤其让哥哥知道了……不，我不能这样……

外面，一片漆黑。母牛都躺下睡觉了。我朝着温都苏的家走去。以前，只走十几分钟就到的地方，现如今觉得那么的遥远，走了半个小时还没有到，我往前走一步，再往后退一步，总是没有勇气迈开脚步。见了他，我该说些什么呢？我要哀求他吗？此时此刻，他究竟在想些什么呢？我的公公是个老实人，只听从自己儿子的话。所以，我的命运只掌握在温都苏的手中。

我想走到他的窗户下面，但不小心撞倒了水桶。

“谁啊？”屋里传来温都苏的声音，他走了出来。

一看见我，他就像见到了魔鬼一般：“哼，鬼鬼祟祟地躲在窗户下面做什么！想男人了吗？真要是那样的话，就白天来啊。那样的话，你爷爷我也许会让你进屋……”说着，他冷笑了一声。他浑身上下散发着浓烈的酒味儿。

我后退几步，往外跑了出去。我一切的希望都破灭了。远处传来夜行动物的声音，我毫无目的地往前走着。与其这样被人侮辱，还不如死了算了。我是个不要脸的女人，想野男人的臭女人……上苍啊，求求您了，快些让我死吧！

胡如苏：

我这是怎么了？原本打算回家的，可是不知不觉中又来到鹡鸰鸟筑巢的大树下面了。咦，那是什么呀？迎面走过来一个黑乎乎的东西。好像是一个人……而且还是娜布其呢。对，就是娜布其。她好像丢了魂儿似的，走得无精打采的。她没有看到我，抱着大树站了会儿便瘫坐在地上。

我抖搂着她的肩膀，大声喊着“娜布其”，她只是愣在那里。我把她拽向哪里，她就会跟着我移动着，别人对她做出什么，她都像是不反抗的样子。看着她如此可怜的样子，我的眼睛湿润了。她不停地在嘴里说着：“快点让我去死吧。”听到这句话，我一阵心痛，不由抱住了她。

“哈哈哈，怎么样，让我猜对了吧！胡如苏，再怎么样她都不是处女身了。她是我玩够了踢开的女人。哈哈哈……”

温都苏一手拿着酒瓶，另一只手指着我，东倒西歪地向我们走过来了。我放开娜布其，走到他的身边：“我命令你把娜布其接回家！”我咬着牙说道。

温都苏撇着嘴喝了一口酒："胡如苏你说什么？你们两个人在那一次，我寻牛的时候……就坐在这棵树下，不是美美地谈论着鹡鸰鸟和筑巢的事情，还说着什么萨日朗花的吗？我有钱，两千元钱！哈哈哈……"说着，他像是狼嚎般笑着，走向草原深处。

我推拉着娜布其把她送到家的时候，她哥哥一家人正在找她。他们用怀疑的眼神看着我。走到屋里，嘎达苏大声呵斥一声，娜布其便醒过来了。她跑进屋里找出一个剪子想要刺向喉咙，众人把剪子抢了下来。她的目光呆滞，头发蓬乱，无论谁说什么都听不懂，像是魂不附体的样子。

嘎达苏拽着我的衣领："胡如苏，你要是个男人就跟我说实话，把我妹妹带到哪里让她变成这个样子了？"他大声喊道。

我推开他的手，刚想说什么，温都苏从外面走了进来："嘎达苏，哈哈哈，你不就有个妹妹吗？别逮着谁就想赖谁……"他说着，高举酒瓶喝了一口："你的妹妹娜布其想我想得按捺不住了，大半夜的跑过去找我去了。哈哈哈，我没理她！"说完，他把酒瓶子扔向立柜。立柜镜子摔碎了，屋里的女人们大声喊叫着往外面跑去。嘎达苏冷笑一声："乡亲们听着，我已经从别处给娜布其找一个如意郎君了。这个畜生听到这个消息才变得如此丧心病狂。"说着，他向温都苏走去。众人拉着温都苏离开了。

夜，已恢复安静的模样。

花儿：

村里像炸了锅似的闹着，听到吵闹声我从屋里跑了出去，看见胡如苏扶着娜布其从野外回来了。

看到眼前的这一切，我的心像是被针扎着般疼痛，这一瞬间，我开始厌烦自己了。听到温都苏的一番话，我才醒悟过来，为误会自己的丈夫而深感懊恼，真想抽自己一把。我忙跑回家给胡如苏做了牛犊汤……

胡如苏没有动我做的牛犊汤，连看都没有看我一眼，上炕躺了下来。我多想替他宽衣解带，帮他盖上被子啊，可是我不敢去碰他。黑暗中，我收拾完牛犊汤，在他身边躺下了。我的眼泪静静地流着，我为自己的命运感到不公，也为胡如苏的命运感到不公。唉，这个世界啊……

胡如苏会怎么做呢？哪天他要是皱着眉对我说“我们离婚吧”，我该怎么办？我不敢接着想便拽过被子蒙住了头。但是，耳边回旋着一句“我们离婚吧”的声音，比天上的雷声还震耳、恐怖！

娜布其：

我在草丛中跑着，远处传来狼嚎的声音。温都苏就在我前面不远处，但是我无论怎么追都追不上他。温都苏走到前面的沙丘上，盘腿坐了下来。他的身边，大黄狗趴在地上向我吠叫。我十分吃力地走到沙丘脚下，在柳树根上摔了下去，起不来了。温都苏毫不理会这一切，像个陌生人，好奇地看着我，他还大声笑着。突然，从他的怀里跳出一个小男孩儿钻进我的怀抱。我一看见这个小男孩儿便怜惜得不得了，我去亲他，小孩子大声哭了起来。温都苏伸过手来想抱回小男孩儿，我便努力爬向温都苏坐着的地方。就在这个时候，涌过来很多人，硬是把温都苏和我给分开了。我不顾一切，大声喊着：“温都苏！”这时，我的妹妹把我给推醒了。我已经满头大汗，胸中感到憋气得很。原来，我做了一场梦。

我起身走到外面，一轮圆月高挂在空中，周围的一切看着十分清楚。我坐到了木墩上。突然，肚子里好像有什么东西在动，我惊得跳了起来。我的例假，已经好久没有来了。天，我该怎么办？我用力捏着木屑，痛哭起来。我该怎么办？例假已经有几个月没有来了，刚开始的时候以为是我伤心难过的原因，便没有当回事。如果是真的怀孕了，人们会怎么说我呢？温都苏听到了会怎么想？不管别人怎么议论，温都苏应该明白这一切的，应该没事的。就在那次，在沙丘上，在柳丛中……我怀上了温都苏的孩子。如果听到我怀孕的消息，温都苏应该回心转意的。我心中暗自高兴，祈求道，这可不要是一场梦啊……

胡如苏：

秋高气爽，原野上的一切都变得一片金黄。我要向谁诉说心中的苦闷啊？唉，娜布其和我……我想得心烦意乱，越想越理不清头绪，最后，我听从了马儿的意愿，任由它把我带到什么地方吧！

我看到了娜布其……娜布其挎着一个篮子往庄稼地走来。

我催马疾驰到她的身边，跳下马："娜布其！"我激动得喊出了声。

娜布其吃了一惊，摁住胸口看着我。

她的脸消瘦不少，眼神中藏着深深的哀愁。我心中有一千句一万句话要对她讲，但在这一刻却不知道从何说起，不由皱紧了眉头。

娜布其看着我，用手摆弄着篮子边沿，没有说话，从我身边擦肩而过。

"娜布其！"我从后面叫着，她不仅没有回头，反倒是飞快地顺着小路走着，不一会儿便不见踪影。

我醒悟过来，飞快地追了过去，一把抱住了她。

"娜布其，我要和你结婚，我也要离婚。我永远都不会离开你的……"说着，我就像疯了一样，亲吻着娜布其。

"我怀孕了！"娜布其喘不过气来，用力挣扎着，突然说出一句话。

“什么，你刚刚说了什么？”我惊得放开她，问道。

“我……我怀孕了。温都苏，他也不知道……”

“你，你，我还以为你是……”我直视着她说道。

我不知道自己是怎么离开娜布其的，心中涌来一股无名火：“娜布其，娜布其你竟然……娜布其，你怎么是这样一个人啊！”我在心中想着。

萨日朗花……我停下了。在我前面十几步之远，有一朵萨日朗花在随风飘曳着。

“你就像萨日朗花，好美！”

“刚开始开花，为什么要把它弄断呢？它也是一条性命呢！”

“我想亲你。”

“你要是亲了那朵萨日朗花，就跟亲我没有什么区别。”

是的，过去，无论我怎么想她，都没能亲到她。只是亲了一下萨日朗花而已……现在，她跟自己的丈夫离婚就怀孕了。过去，我以为她是一个天使，那么的纯洁。女人可真不能相信。

就在这个时候，一双柔软的手伸过来，摘下了萨日朗花。

花儿，花儿手里拿着刚摘下的萨日朗花微笑着向我走来。

“你，你把它放下！”我大声吼道。

花儿将手中的萨日朗花扔在地上，错愕地看着我。我一把抓过花儿的头发狠狠地打了她几个耳光，还把她推倒在地上。

花儿……

花儿躺在地上不反抗也不挣扎，伤心地哭着。她的眼泪随着她的脸颊不停地往下滑过。

花儿委屈的眼神，被太阳晒黑了的细长的脖颈，美丽的丹凤眼……看着这一切，我心疼地坐到地上，捶打着自己的头。我也哭了。

花儿：

我挣扎了几下，但最终还是没能起身。胡如苏哭着来到我的身边，把我的衣服脱得一丝不挂，还将自己的衣服铺在地上，再让我躺到上面，入迷地亲吻着我。他眼泪一把鼻涕一把向我扑来的时候，我紧紧地抱住了他。

胡如苏在爱着我，这对于我来讲就是天大的幸福。今天，花儿终于做了你的妻子，一切都在这个荒郊野外进行。事后，胡如苏十分疲惫地闭上了眼睛。我帮着他穿好衣服，将他的头枕到自己的腿上，轻抚着他浓浓的黑发。

温都苏：

什么？娜布其怀孕了？不要脸的女人，让我猜对了吧！刚和她结婚的时候，我的阿爸还劝我说："我们配不上人家啊，还是再考虑考虑吧！"只是我一心想娶她进门，阿爸最终才无奈地点头答应的。现在，我的阿爸在隔壁屋闭上眼睛一句话都不说，连看都不看我一眼了。

娜布其，你现在玩儿完了。在这个村里，你永远都抬不起头了。现在，瞎子、瘸子看了你也都会躲得远远的。你的代名词就是肮脏和丑陋。活该，与自己的男人离了婚便怀上了孩子，现在看你还怎么混在村里。怪不得，你深夜来找我呢，原来是在为自己丑陋的行为找替死鬼呢！

天啊，该不会是沙丘上的那次……不，不会的。哪有那么巧的事儿呢！如果真的是……我的内心充满了疑问和烦闷。这件事只有娜布其和上天知道。如果真的是……

晚上一个人睡不着觉的时候，娜布其用过的被褥令我更加的心烦意乱。我无法将她的影子从这个家驱逐掉。如果今天晚上娜布其还来的话我绝对不会再赶她走的。不管你肚子里的孩子是不是我的……

真是废话。我还没当阿爸就要养活妻子与别人生的野种吗？我真想一把摔碎手能碰触到的所有东西。

娜布其：

我把所有的希望都寄托在了孩子的身上。我的孩子特别淘气，整天动弹着，我只能等着把他生下来了。关于孩子，我幻想着所有美好的东西，一定是与爸爸一样有着黝黑的脸、大大的眼睛、高挺的鼻梁和大嘴唇的儿子。他会随我哪一点呢？黑发和眉毛要是随我的话，男孩子有点太小气了。如果在这个时候……温都苏在我身边聆听着孩子的动静那该是多么的幸福啊！温都苏，我绝对不会再嫁他人的。以前，我喜欢过胡如苏，认为他有文凭，还很能干。但是，自从和你结婚以后，我心中满满的想的可都是你啊！我无法再爱上别人了。以前，我怨恨过你，但一想到我肚子里的小家伙就是你的孩子，我心中所有的怨恨就会烟消云散，换来对你更多的爱恋。你如何能够感受得到，我无时无刻不在呼唤着你啊！温都苏，我生是你的人，死是你的鬼。你一定要来接我啊，我们结束这离散的日子吧！我每天晚上都会梦见你套上马车过来接我的情景。温都苏，村里的年轻人都过着幸福的日子，唯独我没有勇气面对别人而独自一人闷在家里。白天，我没有勇气在屋外散步，只有到了晚上才走到外面和天上的星星说着心里话，与沙丘说着话。温都苏，说实在的，我们两个人应该是幸福的一对才对啊！这个时候，你是不是正在睡梦中啊？或者是在想着什么心事呢？我远远地看着温都苏黑乎乎的房子，不由叹了口气。肚子里的孩子每动一下，我就会轻轻拍打着他："直到今天，你一次都没有听到过阿爸的声音，只是听着阿妈的哭声在长大。你一定要和自己的阿爸一模一样的……我的孩子，你快些出来吧，你知道在这个世界上，你的到来，将会意味着什么吗？你会连起阿爸和阿妈的心的。以后，我会抱着你在院子里溜达，还挤着牛奶，看着小牛犊吸吮着母奶的样子，等待着你的阿爸从地里回来。那是多么幸福的画面啊。那个时候，我会抱着孩子坐上火车跟着温都苏进城。

胡如苏：

自听到娜布其怀孕的消息，花儿就变得神经质，好端端的将饭菜倒进水缸里，听到微小的动静也会吓得无处躲藏。那天，我进屋的时候她正坐在炕沿上，看到我，她就十分害怕的样子，像是要说些什么却没有说出口，只是冒着冷汗。我理了理她下垂的头发，她努力地微笑着。

“怎么了？”

“没什么。”

我一个人走到了外面。花儿的眼睛在告诉我，她听到了村里的传言。村里人都在怀疑我，这倒是小事。可是娜布其说孩子是温都苏的，温都苏听后却说娜布其想赖上他。这真是奇了怪了……比起娜布其，花儿真的是个好女人。自从她嫁进我们家，我们才过上了像样的日子，家才有了家的样子。花儿，我不会抛弃你的。我开始喜欢你了。看着你苍白的脸蛋和消瘦的身材，我才感觉到自己有失一个男人的责任。

我回到屋里，看见花儿的脸变得通红。我坐到她的身边想要抱住她，她反而躲了过去：“一切都听从你的意见。你说什么就是什么。”她说道。

“什么？”

“如果你想离婚，我会同意的。”她说着莫名其妙的话语。

“谁想离婚了？”

“我，我要离婚！”说着，花儿大声哭了起来。

天，花儿也怀疑我了。

娜布其：

我决定打掉这个孩子了。哥哥威胁的眼神和紧皱着的眉头逼我坐上了马车。太阳像是为我伤心难过，躲在天边不露脸了。我看了一眼自己熟悉又温暖的三间土房。

温都苏啊，你快来啊。到了医院，他们就打掉我们的孩子了啊。为了孩子，你一定要过来啊。温都苏……我在心中呼唤着他，但是不见温都苏的影子。我咬了咬嘴唇。温都苏，你不尊重我，也不心疼自己的骨肉啊！如果真是那样的话，我还心疼你的孩子做什么？再说，我也不能给哥哥添麻烦了。自从知道我怀孕后，哥哥和嫂子之间也有隔阂了。真是给自己和他人添加了没有必要的麻烦。

但是，我还是忍不住再看了一眼温都苏的家。我看到了温都苏，他正套着马鞍呢。他……我抓住了车辕。温都苏骑上马，朝着我们家飞奔而来。我的心七上八下的。温都苏走到跟前勒住了马。哥哥就像没有看到他，一个劲儿地加鞭。我没有想到，此时此刻他会过来接我们。我浑身发热，嘴唇在颤抖着，眼泪顺着脸颊往下滑落。

我对孩子说道："你的阿爸来了，你看到了吗，孩子！他来救你了。你快点叫阿爸啊！"

哥哥冷笑一声，再次加鞭。在暴打下，马儿们快速向前奔跑，车就像是要颠覆过去一般摇晃着。温都苏的马按捺不住在原地嘶鸣。在转过去的一刹那，温都苏看了我一眼。他的眼里写满复杂的神情。他咬紧牙关，用力鞭打着马儿。

温都苏朝着远处的马群飞奔而去。他就像疯了一样，鞭打着马儿的同时大声喊叫着。马群受惊，四处乱跑。而温都苏从慌乱的马群中飞过。

温都苏，你太狠心了，连自己的亲骨肉都不救吗？

我们到了苏木医院。我在医生的带领下走进手术室。刚做完刮宫手术的女人苍白着脸从手术室走出来。我躺到手术台上。医生戴上手套摆弄着工具。

“阿妈！”突然，一个小男孩在我眼前舞动着手脚。

我坐了起来，快速跳下手术台。

“别动，千万别动。”医生叮嘱道。

“不，我要回家。”说着，我逃也般从医生前面跑过，跑出手术室。

天啊，我险些亲手杀害自己的孩子了。这个孩子险些还没能看到这个美丽的世界就夭折了。上苍啊，为什么？

我的浑身都湿透了。我要生下这个孩子，谁要是再逼我，我就跟他拼了。

我从医院的后门跑出来，顺着小路往家走了回去。

哥哥赶着马车追上了我，对着我苦笑了一下。

花儿：

听到娜布其姐姐要生了的消息，我跑到了他们家。她很难受的样子，但是没有叫出声。换做是我，一定会大声喊着胡如苏的名字的。她紧紧抓着炕沿。如果是我，一定会抓着胡如苏的手的。看着她难受的样子，我真想跑到温都苏家骂他一顿。早知道是这样一个结果，我没和胡如苏哥哥结婚就好了……不，除了胡如苏哥哥，我谁都不嫁。但是，娜布其姐姐太苦了……不能信命运这个东西。看着胡如苏哥哥和娜布其姐姐成双成对去野外摘野葡萄和山杏的情景，曾经我是多么羡慕和嫉妒的啊。但是，命运却乱点鸳鸯谱，还给我们带来了太多的喜怒哀乐。这都是上天安排的吗……

唉，娜布其姐姐偶尔张着嘴看着门口，这是在等着温都苏的到来啊！最终她还是没有喊出声，反而紧紧咬住了嘴唇。我苦命的娜布其姐姐，今天，温都苏打扮得漂漂亮亮的去订婚去了。这件事情，唯独你不知道。

又一个黑夜过去，迎来了黎明。不嫌弃我们这个乡村，又有一个可爱的小生命降临在世上……娜布其姐姐看了女儿一眼，轻轻地闭上了眼睛。泪水从她眼角滑落。我用毛巾裹住她被汗水湿透了的头发，她的脸上出现了微笑的表情。但是，由于出血过多，她的身体很虚弱。娜布其姐姐不再往门口看了，而是安静地躺着。这份宁静实在是太吓人了。

娜布其：

温都苏走了进来。他朝着我笑了笑，给我端来黄油和药物。他看着熟睡的女儿，对我说道："快穿衣服吧！"

我打扮得漂漂亮亮的，跟着温都苏走着。夏日的早晨实在是太美了。我们来到了自家的庄稼地。

我往后看了过去。透过一片树林，我的家乡忽隐忽现，我的心中产生一种难舍的感觉。我这是要去哪里啊？温都苏又去哪里了？无论我看向哪里，都是一片荒野和沙海……从天边飘下一位姐姐，来到了我的身边。她拽了我的衣袖："妹妹，我们走吧！"她对我说道。

我惊醒过来，看见油灯的光很微弱，而我的女儿在哭着。我的身体十分虚弱，开始大出血。

啊，她们这是来接我的呢……我要离开了……

我身边没有一个人陪着，花儿已经走了。哥哥和嫂子也睡了。我拼尽全力喊道："哥哥！"听到叫声，嫂子跑了进来。

银白的月光透过窗户照射着屋里。我的女儿睡得十分香甜。我轻轻抱起她贴在自己的怀里。我把乳头放到她的嘴边，她用力吸吮着。吃吧，我的孩子……这也许是你第一次，也是最后一次吃到自己的母乳呢……

泪水滴落在她的小脸上，我走到窗户跟前仔细地看了她。她的头发又黑又长，柳叶眉毛，那高挺的鼻梁极其像温都苏，尤其她的耳朵就像复制了她阿爸的耳朵。我的孩子，我轻轻地亲了亲孩子粉嫩的小脸。我的嘴唇碰到她的小唇，她想吸吮我的嘴，不一会儿又熟睡了过去。孩子，你不睁开眼睛看看你的阿妈吗？为什么总是在睡觉呢？你醒醒啊，看一眼自己的阿妈呀，要不然，你就再也看不到自己的阿妈了啊……

我当上了母亲，但是我听不到女儿的喊叫声了……

胡如苏：

刚要躺下睡觉，外面传来一个声音："胡如苏，花儿，娜布其大出血了……"

我跑到娜布其的家，看见她脸色苍白，用被子裹着身体，一动不动地躺着。

"娜布其！"

"胡如苏哥哥！"娜布其睁开眼睛有气无力地叫道。

她做出微笑的样子，闭上了眼睛。嘎达苏领着医生从外面走了进来。

医生摇了摇头。

"娜布其……"嘎达苏抓着娜布其的手，说不出别的话了。

娜布其轻轻地把手放到我的手上："哥哥，这是温都苏的孩子，现在我就把她交给你了。"说着，她看了我许久。

娜布其！听后，我的脑子里一片空白。这是什么意思，我做梦都没有想到会是这个样子。但是，我没有这个勇气啊，我怎么能养你的女儿呢？娜布其，我……

屋里的气氛变得很严肃，而且很安静。

娜布其在等着我的答案呢，我该怎么办？

"娜布其姐姐，我收养你的女儿，我要把她抚养成人。"花儿哭着说道。她抱过娜布其的女儿。

花儿！

娜布其脸上出现微笑的神情，闭上了美丽的眼睛……

花儿：

胡如苏在娜布其姐姐的坟前放了一束萨日朗花。撒在坟上的五谷杂粮种子开了花，其中还长出了一株飞燕草。原来，她喜欢的不是萨日朗花，而是飞燕草呢！

是啊，都说飞燕草是苦命女人的化身。

我的小萨日朗水汪汪地看着墓地上的飞燕草。

啊，我的孩子，这是你亲生母亲的墓地啊！以后，你会明白的。

原载《哲里木文艺》杂志 1988 年第 9、10 期

译于 2018 年

图书在版编目（CIP）数据

野马道 / 内蒙古翻译家协会选编．--北京：作家出版社，2020.4

（优秀蒙古文文学作品翻译出版工程）

ISBN 978-7-5212-0444-5

Ⅰ．①野… Ⅱ．①内… Ⅲ．①中篇小说-小说集-中国-当代 Ⅳ．①I247.5

中国版本图书馆 CIP 数据核字（2019）第 052538 号

野马道

编　　者：内蒙古翻译家协会
责任编辑：陈晓帆　袁艺方
装帧设计：孙惟静
蒙文题字：艺如乐图
出版发行：作家出版社有限公司
社　　址：北京农展馆南里 10 号　　　**邮　　编**：100125
电话传真：86-10-65067186（发行中心及邮购部）
86-10-65004079（总编室）
E-mail: zuojia@zuojia.net.cn
http: //www.haozuojia.com
印　　刷：中煤（北京）印务有限公司
成品尺寸：152×230
字　　数：200 千
印　　张：16.25
版　　次：2020 年 4 月第 1 版
印　　次：2020 年 4 月第 1 次印刷
ISBN 978-7-5212-0444-5
定　　价：42.00 元